山河辞

王连芳 著

天津出版传媒集团
百花文艺出版社

图书在版编目（CIP）数据

山河辞 / 王连芳著 . -- 天津 : 百花文艺出版社，2025. 2. -- ISBN 978-7-5306-9053-6

Ⅰ. I267

中国国家版本馆 CIP 数据核字第 2025GG1729 号

山河辞
SHANHE CI
王连芳　著

出 版 人：薛印胜
责任编辑：郑　爽
策划编辑：吴秀娟
装帧设计：悟阅文化
出版发行：百花文艺出版社
地址：天津市和平区西康路 35 号　邮编：300051
电话传真：+86-22-23332651（发行部）
　　　　　+86-22-23332656（总编室）
　　　　　+86-22-23332478（邮购部）
网址：http://www.baihuawenyi.com
印刷：成都市兴雅致印务有限责任公司
开本：880 毫米 ×1230 毫米　1/32
字数：169 千字
印张：7
版次：2025 年 2 月第 1 版
印次：2025 年 2 月第 1 次印刷
定价：69.00 元

如有印装质量问题，请与成都市兴雅致印务有限责任公司联系调换
地址：成都市金牛区沙河源街道陆家桥社区
电话：028-83181689
邮编：610000

所见山河（代序）

王　选

连芳嘱我为其新书写序。我拖拉许久，倒不是不写，写是要写，毕竟答应了。可一来琐事缠身，二来也心虚，序言这等事，似乎要大讲道理、一本正经才是，可这正是我所欠缺，三来一直不知该写点啥。可也不能因着这些原由，而误了出书。即便如此，也拖延了月余。实在惭愧。

我在天水那会，与文友聚，有人说清水一作者文风和我颇像，我倒好奇，他们推送我数篇文章，细细一看，确有几分相似，不论所写之事物，还是用词、情绪。这位作者就是连芳。印象中，我没见过连芳，也或许见过，但定是在应酬场中，我没有留意。当然，这都次要，见没见过，仅是表象，而读了文章，则不仅是见过，也算是相识了。

连芳是清水王河人。王河我没去过，但名字到很亲切，一则王河也“姓王”，我亦姓王，王家人相见，分外眼热，二则我有朋友是王河人，人多才，又醇善。如此，去不去王河，倒也无关紧要，翻看连芳文稿，从她所写一景一物、一食一味、一人一事中，可觉王河和我那生养之地——麦村极为相似，或者说，就是同一地方，仅是名字不同罢了。那个地方，就是故园。

我们都是从故园出走之人，一走，便是半生，或二十年。我们借居于城市，在水泥、玻璃、钢铁、预制品、防腐剂和内卷中活着，可依然眷恋着那片土地，依然在梦里回到丛林、回到河畔、回到麦田、回到苜蓿深处、回到亲人梦中。但现实，我们却又无法回去，不能回去，不会回去。这应该是现代人所患的“通病”，我们仅是写出来而已。为什么会有此病？一言难尽，或许，唯有阅读这些文字，那长长短短的篇章，才是答案。

连芳也定是深陷回忆之人。回忆是一方旧池塘。养着过去的生老病死、喜怒离合。站立于池塘中，双脚深陷，而四顾却又茫然。回忆还是一堆五谷杂粮。养着故去的亲朋好友、乡风民俗。站立于杂粮边，内心沉沉，而长风又吹散了念想。可她同我一般，还是那么固执，要在回忆中打捞点什么，即便是徒劳，可似乎又抓住了点什么，即便纸上得来，满是故旧荒唐词句，可依然着了痕迹，刺了斑疤。

连芳关于故园旧人旧事，是会写的，也是写好的。她写王河旧人，如常顺、三女儿、商商等，皆为我们所熟知却又漠视，她却用笔墨为他们画像、填墨、留存。其中，三女儿唱戏一段，更是词句生动、拿捏到位，人物形象，立于笔端。她还写故园饮食，我也写过，甚至为此写了一本书，故多留意了一番，我发现有些细节，连芳比我写得更为详尽，这或许跟女性对食物天然的敏感有关，也跟她的生活经验有关。我们自然有所区别，而相同之处甚多，这种相同，便是对乡味彻骨的惦念。

当然，连芳文章，文字利落，跟王河人一样，直爽；篇幅精短，倒跟清水县城一样，地方不大，可生趣处颇多；情绪饱满，这更像清水人喝酒，肝胆相照，客人要醉，我也得醉，最后，主客皆醉，相扶而出，呕天吐地，我们称此种行为乃实诚。我二十来岁当记者，去清水采访，每次都喝醉。

自然，连芳文章，也有不足之处，我想有必要点出来，就是每篇约三千字左右，如此体量，多少对文章有所影响，诸如叙事、写人，这种影响便导致少了细节。少了细节，文章便有铺排之嫌。文如看山不喜平。当然，这对大多写作者而言，属共性问题，在此点到，大家斟酌。

此外，写故乡之作，多如汗牛充栋，要写好，并非易事，以前农村，大都生活相似，经验相近，所以，旧事新写，写出新意，也值得我们斟酌。

看完连芳书稿，似有故地重游之感，那些人事，多已远去，甚至湮没于尘埃。时代变迁之迅速，让人目不暇接，亦万分惶恐，可人仅是时代车轮上的一粒尘土，要么随着轮子向前滚去，要么被轮子甩出时代轨道。如此想来，让人唏嘘，也让人无奈。好在还有这些文字，如港湾一般，在孤困时，在沉沦时，在喧嚣时，翻几页，读几行，且算疗伤。这或许也是文学的意义之一吧。

昨晚，兰州下了雨，想清水也是。春日迟迟，寒意仍在。抬头左望，兰山雪白，云缠山顶。想清水王河背阴处，亦有隔年积雪未化。而春雨落，王河山上亦有白雾缠住群山吧。看到景，想到人，想到文，虽有距离之隔，可方块字、人之心情、故园情怀定是相通的。相通就好，这世间，多是隔膜，而相通者，也是寥寥。

我向来不善作序，也非贤达名士，从不装模作样，也不喜粉墨登场。既已应允，便不可草率。且以此千把来字，作个序言吧。至于我如何褒贬，如何引介，文章，还需读者一篇篇读，日子，还需一天天读。于大多人而言，写者，坦诚就好，读者，走心便足。

目录
CONTENTS

第一辑　山村风物

第二辑　负暄絮语

第三辑　人间有味

第四辑　山河岁月

第五辑　人间问俗

第一辑

山村风物

怀念那时雪

一冬无雪，怀念那时雪，是自然而然的事。

没有雪花的冬天，就像春天没有花朵，夏天没有浓荫，秋天没有落叶，所谓的季节就失去了更替的意义。

今年的冬天格外干燥，天天艳阳高照，碧蓝的天空没有一丝云。天，一天比一天蓝；地，一天比一天黄。车行处、人走处，尘土飞扬。大街小巷，大人小孩的咳嗽声出了这家的门，传入那家的窗，互相应和着。干渴的大地渴望一场雪，久病的人们渴望一场雪，而雪距离人们似乎还很遥远。

人来人往的街道旁，忽然传来小孩的声音："哟，好漂亮啊！"我猛地一回头，随着小孩的目光，看见一座小楼高悬的水管上吊着三根冰凌，一尺来长，大人的大拇指那么粗，晶莹闪亮。我的眼前豁然一亮，一股亲切感涌上心头，好像见到了久别重逢的朋友，激动不已，停下脚步，和小孩一起抬头观望。这种冰凌，城里的大多数小孩都没见过。于我而言是好久未见，满脸激动。看到冰凌，好像一下子回到了故乡，回到了童年。

那时，王河的冬天是热闹的，几乎隔两三天下一场雪。在雪未落下之前，山村就那么一种颜色，黑压压、黄扑扑，单调而古朴。傍晚，风乍起，天昏地暗的大雪一来，可就不一样了。灰蒙蒙的天空越来越低、越来越低，几乎和大地连成一片，人的眼前如纱似雾，朦朦胧胧。紧接着，大片大片的雪花随风飞舞，一会儿，瓦白了，树白了，草垛白了，人白了，天白了，地白了，全白了。村子里，小孩的打闹声、大人的呼唤声、羊咩声、狗吠声、猪哼声、牛哞声，突然没了，好像一下子被一扇门关住了，村子里静悄悄的，只听到雪落地的簌簌声。屋子里，刚吃完饭的人们围坐在热炕上，女人纳鞋底，男人吸着旱烟锅，小孩玩杏核，各行其是，其乐融融。他们什么也不用愁，不愁吃、不愁穿，听到糊窗户的纸被雪花碰撞的哗哗声，就知道“冬天麦盖三层被，来年枕着馒头睡”。待到冰雪融化时，万物复苏，又会迎来一次大丰收。

雪下了整整一夜，父亲也不用早起驮粪，一家人都想偷个懒，在热炕上暖一会儿。椽缝里一束一束的白光照得屋子里通亮，翻个身，还想睡一会儿，邻居家扫雪的扫把声“沙沙、沙沙”，一声比一声响，吵得心慌。父亲也开始喊我们起来扫雪了。推开门一看，嗬！好美的雪呀。院子里像铺上了一张白亮白亮的地毯，差一点铺上廊檐。瓦楞上半尺来厚的雪，平整、光滑、均匀地覆盖了整个瓦沟，像是能工巧匠千锤百炼的白玉顶，线条垂直，棱角分明。门外的树上都挂满了银条，像是一树一树的花开，颤巍巍、亮晶晶，忍不住动一下，飞花四射。大地、田野、河流、羊肠小道已消失了明显的分界线，凸起的是雪丘，凹陷的是雪沟，深深浅浅全是白，分不清谁跟谁。远处的大山，像滚滚海浪，在碧蓝的天幕下汹涌而起，一轮红日在东方的浪尖上慢慢升起，照耀在西方的雪岭上，整个世界粉妆玉砌，就像一块光芒万丈的透明水晶。此时的我，只想静静地看着，不忍心去给洁白的世界制造一点瑕疵。但是，生活需要瑕疵，人间不能没有烟火。

父亲和哥哥拿着扫把在前面扫，我拿着铁锹在后面铲。父亲扫得很卖力，高大的身躯一弯一弯，扫把一划一划，眼前的路宽广起来。父亲和哥哥嘴边白雾袅袅，像是人间烟火。院子里的积雪扫完了，用铁锹堆起一座大大的雪山。接着，扫大门外小道上的雪，我趁此机会在院子里堆雪人。拿铁锹在雪堆上拍几下，一个圆圆的脑袋成型了，用铁锹在脑袋下铲一圈，脖子自然有了，其余全是身子，强壮无比。设计精巧的五官和装饰最重要，找一个黑色的塑料桶倒扣在头顶，活脱脱一个绅士帽，拿两块黑炭镶嵌在脸上，一根胡萝卜倒垂在黑炭中间，一绺红纸贴在胡萝卜正下方，一位满脸微笑的绅士肖然挺立。左侧插一把扫把，右侧立一把铁锹，俨然是一位扫雪神使。当我正为自己的杰作得意时，父亲和哥哥走了过来，说要把雪人移到门外的大树下。我有点不舍，父亲说，现在不移出去，到了下午太阳一晒，化了，院子里全是水，出出进进不方便。我只好同意，却不忍心亲眼看着自己的成果被摧毁，便躲到大门外的园子里踏雪。

一脚踩下去，雪已到小腿肚，身后是一串串小脚印。这时，踏雪的不止我一个，一群小麻雀在那蹦蹦跳跳，一会儿飞在树上，一会儿落在地上，几只鸡也在树下抖动着翅膀。突然，不知从哪里窜出一只黄猫来，在黑狗的追赶下爬上了树。原本平整洁白的雪地，一会儿工夫，印上了各种形状的“花”，麻雀爪花、猫爪花、狗掌花、鸡爪花搭配均匀，错落有致。看着脚下神奇的自然花，我甚至忘记了自己也是“绣花朵”的一员。

中午，阳光一泻万顷，大地波光闪闪，从土层深处传来一阵阵窸窸窣窣的声音。仔细听，才知道是雪融化的声响；仔细看，到处的雪层都快速变薄了。瓦沟露出了黑色的脊背，屋檐上的水像倾盆大雨，哗哗往下流，从房檐这边朝那边看，从瓦沟到滴水檐好像挂了一片晶莹流动的帘子，叮叮当当地奏着美妙的乐曲，吟唱着冬天悲壮的歌。远山、田野、小道也慢慢露出了黑肚皮，雪越来越少，空气越来越清新，只要你狠狠地吸一口，泥土的清香直入肺腑，全身舒畅。

夕阳站在树梢上，纵身一跃，躲在了山背后。中午挂在房檐的水帘，这时，冻结成了一根根长短不齐、粗细不一的冰凌，吊在瓦檐上，白花花、亮晶晶，像水晶棒，像水晶针，像锋利的剑，指向滴水檐。淘气的小孩用推耙钩一个下来，拿在手里玩，或者用舌头舔着吃。

王河的冬天就是这样多彩多姿，味道十足。一天中，可以欣赏到雪花的四季变化，怎能让人不怀念。

小楼高悬的水管上吊着的三根冰凌摇来晃去，啪地掉在水泥地上，摔得粉身碎骨。我的心为之一震，突然失去了故乡童年的记忆，美好灰飞烟灭，心被掏空了一样，接着是搜肠刮肚的咳嗽。

我多么希望，下一个路口能看到一场雪，那该多好啊！

家乡的花牛河

“脚踏王河水倒流，扳倒秦岭当枕头”，这是小时候听到的有关赞美家乡小河的最美诗句。

现在想想，这是多么浪漫而壮观的一幅动态画。在这样的动态画中，以河为床，头枕秦岭，看云卷云舒，听风吹杨柳，多么惬意、闲适。我的家乡——王河的自然灵性多半来自这条特殊的河流。

家乡的名字叫王河，家乡的小河却不叫王河，有关它的名字，有一个神奇的传说：春秋战国时期，鲁班赶着一头拉着泰山的花牛经过王河村口，刚好三更鸡鸣，花牛突然死了，鲁班将泰山放在村口，把花牛埋在泰山脚下的小河边，小河便有了一个历史悠久的名字——花牛河。

“大河向东流”，王河地处黄土高原，坐落在崇山峻岭的夹缝中，花牛河随千转百折的地形蜿蜒流动，形成了特殊的河流方向——自东向西流。小时候，听大人说王河的水是倒流的，我便对这条小河充满了敬仰之情，敬仰它的与众不同，敬仰它的逆天奇迹，敬仰它的顽强生命力。在外乡人面前，我总以家乡有这样的小河而骄傲，并以此作为炫耀的资本。

花牛河不仅仅是我的骄傲，更是儿时的乐园。

夏日的午后，艳阳高照，深蓝的天空白云朵朵。劳累了半天的大人在家呼呼大睡，小孩子趁此机会向小河边跑去。男孩拿着瓶子捉鱼，女孩端一盆衣服洗，美其名曰洗衣服，其实是为了玩。孩子们聚在一起，轻抚清澈明净的溪水，感受抓鱼的欢快，交流自己新收获的自然小故事。霎时，寂寞了一上午的小河喧闹起来。男孩还没奔到小河边，脱掉的一只鞋已经飞到了河对岸，另一只也掉入水中。他们一个个光着脚丫，在水中仔细地寻找着、摸索着，想得到意外的惊喜。女孩子不喜欢他们这样折腾清亮的河水，几声谩骂、吆喝，男孩子们自动向下游走去。这时，上游地带便成了女孩的天堂。一个个女孩拿起盆子，在小河中盛一盆水，赤脚坐在被太阳炙烤得滚烫的石头上，搓洗汗腥味很浓的衣服。她们一边洗，一边谋划下午的事：东山的杏子黄了，南山的豌豆成熟了，西山的半夏出苗了，北山的野花正好看。周密的计划连忠诚的小河也为之动情，歌声在女孩们的窃窃私语中唱得更响亮了。一阵微风拂过，躺在岸边细茸茸的小草上晒太阳的衣服也飘飘欲仙，带着青草味，带着阳光的香气在岸边舞弄风姿。挂在树枝上的衣服聚集了阳光更多的热量，摸着，滚烫舒心，嗅着，清香扑鼻。蓝天、白云、小河、青草、洗衣女组成了一幅鲜艳、美丽的山村画。偶尔，有人牵着牲口来饮水，牲口的鼻子可灵了，嘴靠近河水，鼻子嗅一嗅，不干净，一口都不喝。沿着河水一路嗅去，直到找到干净的水才喝，喝好了，摇摇头，甩甩嘴角的水珠，随主人满意地离开。

先洗的衣服晒干了，后洗的衣服还在洗。捞起浸泡的衣领，捏一小撮洗衣粉，撒开，捞几滴水使其融化，双手来回搓，搓得衣服泛白，没发觉，还在搓。村口出行的人渐渐多起来，传来大人的叫喊声："快，上疝了，衣服穿不烂，让你们洗烂了。"惊慌失措中，胡乱拧一下最后一件衣服，收起晒干的衣服，跑回家，戴顶草帽，上疝了。

温柔的花牛河也有发怒的时候。夏季暴雨不断，小河的脾气也长了几分。摸着石头过河是一件艰难的事，摇摇晃晃，最终还得脱了鞋子，挽起裤腿，蹚过去，小孩由大人背过去。电闪雷鸣时，老人都说过这样一句话："白雨要连下三天的。"事实证明，暴雨真的连下三天。小河水势大涨，涛声隆隆、波涛汹涌、浑浊不清，向空中、向两岸不断扩展，住在河两岸的人家担心不已。记得有一年夏天，雨水丰富，接连几天的暴雨，河水冲入岸边人家的屋内，吓得那家人搭着梯子从房顶逃了出来。沿河岸住的人家相继逃离，之后，再没有见过那么大的水。

冬天的小河别有一番滋味在心头。寒冬腊月，大雪纷飞，冰天雪地。小河失去了往日一路欢歌、一路笑语的风采，变得沉默不语。它波光闪闪、流动不息的身姿凝固成了一条前不见头、后不见尾的白玉带。孩子们对它更是无比神往，喜欢在这条玉带上留下自己的欢声笑语，留下自己调皮的脚印，留下自己美好的青春年华。随着你呼我唤的召集声，一群群孩子你推我挤地在小河上展开一场精彩的滑冰比赛。带头的孩子奋力起跑，伸开双臂，向前滑去。后面的一个接一个紧追不舍，其中有一人不小心摔倒，壮观的一幕便呈现在大家面前。一列队伍一个接一个倒下去，哭疼的、嬉笑的、呐喊的乱作一团，其实这就是孩子们所寻求的刺激之美。滑过的河床晶莹透亮，冰层坚硬无比。偶尔有断裂之处，随手用石头敲几块下来，拿回家。听爷爷奶奶说，小河的冰能治愈脸上的冻疮，于是晚上睡觉之前，用冰块在冻得青一块、紫一块的脸上蹭来蹭去，冰冰凉凉的舒服极了。过一会儿，脸蛋像火烤一般烫、针刺一般疼、猪血一般红，为了美，只得忍着，把美好的愿望天真地寄托在小河的冰块上。

冰封的小河是冬天山里孩子唯一的娱乐场所。孩子们一边开心地玩，一边唱着那首古老的歌谣："头九温，二九暖，三九、四九冻破脸。五九、六九过河看柳，七九、八九过河洗手。九九八十一过河挖泥……"在歌谣的期盼声中，等待迎接小河的春天。

有一年，西北大旱，花牛河"憔悴"了，河床露出了干瘪的裂纹。村里的水井基本没水了，怎么办？各队队长带领村里人沿河道打井。王河村共有八个队，每个队至少有一口井，雨水充足的时候，井水丰盈，不知道珍惜，打一桶水，如若有草叶之类的漂浮物，倒掉，再打。担回家的水，人吃、喂猪、饮牲口、洗衣服，随便用。碰到旱灾，河里没水，井能看见底了，才后悔当初不知道珍惜。各队把自己的老井锁起来，为自己队里人救急，再另外寻找水源。一队队长带领村民在花牛河坝里选地，打井。从泰山庙脚下，上水沟里开始，到二队的老井旁一共打了八口井，积攒水，解决当前的困难。风调雨顺的日子，一口老井，全村人足够了，河边多余的井，为安全考虑，填平了。那场劫难过后，花牛河一直细水长流。

现在，花牛河成了王河一道美丽的风景线。

花牛河两边修筑了很高的河堤护栏，架起了几座古朴的小桥，方便、利民。河堤两边，红叶李纷纷扬扬，灿若云霞，间隔着四季常青的松柏，郁郁葱葱，随河身蜿蜒而去。东西两岸，高楼错落有致，店铺鳞次栉比。夜晚时分，岸上，街道在两旁的太阳能灯光的映照下，乡村特有的宁静完全沉浸在夜的美丽中。沿河道的小村庄白墙黛瓦，花团锦簇，一村一广场、一亭子。乡村振兴中，这片热土每天都在变化着。

花牛河，王河人的母亲河，已融入家乡人的血脉，也浇灌着一代又一代家乡人的梦想……

老屋的故事

家乡变成故乡的那一天，老屋成了我唯一的念想。回老家去，唯一理由就是看看老屋。

老屋坐落在王河东坡村口泰山庙脚下，北靠张家崖，南望献羊嘴，东邻泰山庙，西临花牛河，可以说是一块依山傍水的宝地。老屋有两道大门，沿一条曲折的青石小路而上，看到一座高大宽敞的木板大门，原质原色，门扇和门框质地、纹理粗糙，没有任何的装饰，年代久远，却依然坚固，这就是我家的第一道门。穿过第一道门，青石小路左前方是老屋，老屋门前是一个宽敞的院子，三面围墙，顺墙树木茂盛，最多的是杏树，最大的是榆树，最美的是一棵梧桐树，最甜的是一棵酸梨树，最弱不禁风的是两棵樱桃树，后来还种了两棵柏树。

屋后的园子里有梨树、杏树、桃树、桑树、榆树等。春天，屋前屋后的树木发芽，接着是一场又一场的花事。桃花、杏花、梨花你不让我，我不让你，次第开放，红的像火，粉的像霞，白的像雪。几场雨过后，风铃一样浪漫、喇叭一样精致的梧桐花挂满枝头，轻盈、优雅。花香满园，老屋就像躺在花朵中熟睡的婴儿，香甜、惬意。黑黑的瓦沟在花团中若隐若现，是人间最美的烟火。

老屋是一个典型的方方正正西北大院子，土筑围墙，三面盖满了土瓦房，一面是出入的正大门。门前有一棵一百多年的大榆树，盘虬卧龙般的树根露在两米多高的土崖外面，树干粗到两三个成年人伸开胳膊，手拉手才能围住。枝干分枝无数，有的树枝直冲云霄，有的垂落地面，没人修剪，也没人破坏，自然形成了一座绿色的小山。大榆树目睹了发生在老屋里的故事，也亲眼见证了老屋衰老的全过程。

中华人民共和国成立前，我家被称为“桃树园”，是四里八乡有名的大户，家里有专门干活的短工。后来，我们分了家，在老祖宗遗留下来的房子旁边修建了现在的老屋。我出门玩，村里人都叫我桃树园里的娃娃。桃树园成了我的标签，对此，我问过祖父和父亲：“我们家以前是地主吗？我们家以前有好多桃树吗？”祖父和父亲都没有明确的回答，他们只是说：“你也看到了，我们家只有一棵毛桃树和两棵樱桃树。”

祖母是老屋的第一位女主人，她是我最喜欢、最敬佩的人。祖母最大的心愿是我的父母好好种地，我们姊妹几个好好读书。祖母每天五更起床，吸几口旱烟，喝几口罐罐茶，便开始了一天的忙碌生活。祖母一手拄拐杖，一手提篮子，在大门外找柴火，先安顿好她的热炕，然后去厨房烧糊糊，擀面，下面，烙馍馍。那时，白面很少，只有过年才吃白面馍，平时只吃玉米面。祖母每天做我们喜欢吃的碗饽子，搅一大盆黄澄澄的发面，用油刷子在热锅里刷几下，盛一满勺发好的面均匀地倒入锅底，有碗口那么大，像一轮满月。一面上色之后，翻转，给另一面上色，盖好锅盖，把握好火候，时不时揭开锅盖，不断地翻转，直至熟透，出锅。祖母一铲子铲起，一只手扶着冒着热气的碗饽子，圆圆的，深黄色，花色匀称，好闻得很。掰开，咬一口，有一点柔，也有一点酥，觉得比过年的油饼还好吃。每天下午，祖母都会烙一瓦盆碗饽子，第二天下午就会盆底朝天，一家十几口人，养活很艰难。

祖母负责做饭，母亲负责赚钱。母亲心灵手巧，除了地里干活之外，还要给别人缝衣服，挣点钱，给我们几个添补学费。最初，母亲给我们村的供销社缝棉袄，每天早出晚归。后来，母亲买了一台缝纫机和网边机，在家里给人缝衣服。她不识字，但能记住别人衣服的尺寸。她自学裁剪，做的衣服合身，款式别致。四里八乡的男男女女、老老少少都来找母亲做衣服。大闺女、新媳妇来找母亲学做衣服。母亲收了好多徒弟，老屋一天出出进进的人络绎不绝，村里人既羡慕母亲的手艺，又羡慕母亲的人缘。快到过年时，母亲屋里的两个大木箱上堆满了各色布料，红的、黄的、绿的、蓝的……应有尽有。上面没有任何标识，母亲在裁剪时，记得一清二楚，从来没有混淆过。年底，她整夜整夜地不睡觉，要把所有接收的衣服都做好，让每个人穿上合身的新衣服，过一个幸福快乐的年。

老屋距离人家远，经常乐声不断。大哥喜欢拉板胡，二哥喜欢唱秦腔。一到腊月和正月，大哥和二哥忙得一天到晚不见人影，排练正月的秦腔演出。看到大哥在戏台上拉板胡入迷、陶醉的样子，我很自豪。我最喜欢看二哥唱戏，他经常扮演的是皇帝，手提龙袍，长袖一甩，别提有多神气了。二哥初三毕业，中专考试落榜，母亲埋怨说是二哥爱唱戏造成的。二哥上学时，是我们家最艰难的时候，兄妹几人都上学，家里没有多余的钱，二哥拼命学习，吃了不少苦。一个大雪纷飞的日子，晚饭过后，一家人坐在热炕上暖着。突然，二哥从学校回来了，他冻得满脸通红，手脚僵硬、冰凉。祖母心疼地问："下雪路滑，县城距离家有三十多公里山路，你是怎么回来的？"二哥说他是自己走回来的。县城到我家没有直达车，再说二哥也没钱坐车，只能步行。二哥的手和脚在热炕上暖了好一会儿，愈加发红，摸上去还是很冰。后来，二哥以优异的成绩考上了大学，临走时，父母东借西借，东拼西凑才凑够了学费。二哥工作之后，过年回家有专车接送。那一年，他开回来一辆桑塔纳，引来全村人的围观。他说，他每次开车到三里堡子梁，就不由自主地想到对祖母的承诺，便鸣笛几声，想着如果祖母还活着，一定会拄着拐杖，站在大榆树下，望着三里堡子梁，嘴里念叨着：“是我的孙子回来了。”他穿着黄大衣，下车，扶着祖母回家去。祖母乐呵呵，高兴得合不拢嘴。

二哥一有时间就给三哥辅导英语，face（脸）、dog（狗）、bee（蜜蜂）……三哥半天没记下，一旁玩耍的我却倒背如流，二哥夸我聪明。现在，其他英语单词我都忘得一干二净，唯独二哥教的那些单词我一直记得很清楚。三哥和我相继考上了大学，我考的学校不好，但是，那一年，大学录取通知书是县上派车派人送到家里的。车到家门口，他们放起了鞭炮，父母自豪地出门迎接。我是我们村里的第一位女大学生，全村人都很羡慕，父母更是高兴。那一天，父母放下手头所有的活，拿着通知书，左看右看，激动得不知道说什么才好。

祖母走了，父母也走了，我们几个都在外地，老屋一天比一天苍老。每次去老屋，屋前屋后的院子里，除了以前的老树之外，都是疯长的野草，齐腰高，有的甚至超过头顶，扑面而来，紧紧地将我抱住，好像久别重逢的朋友。没有主人的日子，院子就这样荒芜着，任由野草生长，任由尘埃覆盖，任由山鸟起落。老树有的死了，有的长得更加高大、茂盛、张扬。

老屋的土围墙变矮了，窗户经风吹日晒，完全变成了一张白纸。老屋好像一位拄拐扶墙走的老人，弓腰驼背，满脸千沟万壑，风一吹，浑身的灰尘稀里哗啦，直往下掉，不知道它还能撑多久。打开生锈的门锁，院子里，冰草、艾蒿、车前子、小榆树、蒲公英、牛尾草……长得满满的。屋檐下的铁钩上，挂着父亲饱食过麦香的镰刀，还在发光。熏黑的土炕前，斜躺着祖母曾经弯腰背着的小背篓。厨房的墙角处，站立着父亲肩负一辈子的长扁担。西厢房里被厚重的尘埃封存着母亲视为生命的缝纫机。厨房的灶台上，倒扣着祖母的黑瓦罐。院落很寂静，心事却很拥挤。屋里还是原来的样子，好像时光未曾走远，只是落了一层灰尘罢了。

老屋就这样老了，老成了一个神话，一个永驻在我心间不老的神话。神话里，有祖母的梦，有父母的梦，也有我们兄妹的梦。

每隔一段时间，我都要去看看老屋，去看看前院、后院里的树，去看看屋前、屋后、院子里疯长的野草。我总觉得老屋、树和野草都有祖母的味道，有父母的味道。

哦，铃铛

“叮当、叮当……”是我记事起听到的最美妙的乐曲。

包产到户那一年，受上天的眷顾，我家喜得一头黑色的小骡驹。它，可爱又淘气，得到全家人的宠爱。父亲视它为珍宝，并赐名为小黑。父亲从爷爷那里讨来了我们家族的传家宝——铜铃铛，还买了一个牛皮项圈，连同铃铛一起挂在了小黑的脖子上，小黑显得更加英武威猛了。小黑很喜欢铜铃铛，有事没事自己摇铃铛玩，它的一举一动都会被铜铃铛用清脆悦耳的声音传送给我们。不信，你听，远处“叮当——叮当——叮当”是小黑在悠闲地漫步。“叮当、叮当……”是它在激动地蹦跳。“叮当——叮当叮当叮当——叮当”是它在摇头摆尾地炫耀它长长的发鬃，或是在驱赶蚊蝇。

父亲把小黑当自己的孩子一样养育，不断地摸索小黑的脾气，根据小黑的习性精心地喂养它、调教它。一个春夏秋冬，小黑长大了，躯体强壮剽悍，毛色黑而发亮，一切听从父亲的指挥。父亲说：“小黑，慢点走。”小黑马上放慢脚步，等父亲追上来。父亲说：“小黑卧下。”它立马屈膝。只要父亲挥挥手，它就会跑起来，铃铛声沉稳、响亮。父亲骄傲地宣布，小黑能帮他干活了。

大地苏醒，万物萌发。小黑为我们全家带来了一个崭新的春天，希望遍野，一片葱茏。“一年之计在于春”，当早春的太阳羞羞答答爬上山头，父亲牵着小黑，带领全家劳力走向田间地头。一路上，有铃铛的伴奏，我懒惰的脚步也轻快了许多。一到田埂，父亲架好犁，套上小黑，耕地的日子开始了。小黑年轻力壮，拉犁，是轻而易举的事，年迈的父亲扶着犁跑步，紧追小黑。新翻的泥土波浪般涌动，我们兄妹几个跟在后面敲打大点的土包，旷野上只有“叮当、叮当”的铃铛声和父亲的吆喝声。一家人的希望跟随铃铛声，在云端上张望，在泥土里扎根。

麦垛排队站立田间的季节，小黑是我们家的得力干将。黎明拨开黑夜紧闭的睡眼，蜿蜒曲折的山间小道上，响彻山谷的铃铛声引领我们朝“前沿阵地”进发。绕过一道道弯，爬上眼前遥远的那座山，才看到我家田地里高耸林立的麦垛。我们有点泄气，路远，路陡，麦子多，何时才能搬送到麦场呢？父亲看到我们沮丧的表情，大声嚷道：“抓紧干，正午天太热，我们早点休息！”哥哥也打起十二分的精神和父亲一起捆麦驮，我在一旁数道：“一、二……十九、二十。爸，太多了吧，左右各十，小黑能扛得住二十个麦捆吗？”父亲专注于捆麦驮，不理我。我真替小黑担心。麦驮捆好了，父亲和哥哥拼全力从两边抬起，我在后面用力向前一推，麦驮稳稳当当地骑在小黑的背上。小黑左右摇摆几下，坚定地朝前走去。我牵着小黑一路小跑，小黑的步伐铿锵有力，铃铛声节奏均匀，只有呼吸急促罢了。一早上，我在麦场与田地间来来回回跑了五趟，面对太阳的炙烤，我浑身无力，一屁股坐在麦地里起不来。小黑瞪大眼睛顽皮地看着我，摇了摇头，很无奈。

大雪纷飞的日子，小黑也不闲着。早饭后，听见铃铛远去的声音，知道是父亲赶着小黑驮粪，为来年的播种作准备。

一年的奔波忙碌，也没时间留意小黑的蹄子长厚了多少。黄昏，在夕阳的余晖里，一棵大白杨树下，传来大人们的呐喊声。凑上去一看，人群中，一人牵着骡子头，一人拽着骡子的蹄子，一人拿着弯刀，正在给骡子削蹄子。骡子的一条腿被抬起，受到惊吓，摇摇晃晃、来来回回跳。父亲牵着小黑来了，我在一旁安慰小黑要听话，不要乱动。它真理解我的意思，乖乖地等待人们抬起它的蹄子，用弯刀把厚厚的蹄子削了一圈又一圈，待四个蹄子薄厚一致，小黑走起来觉得很轻巧，一高兴，铃铛响个不停。

在日出而作、日落而息的日子里，我和小黑结下了深厚的感情，是小黑成就了我的坚强与执着。

后来，我工作了，很少回家。只要走在回家的路上，大老远就能听见小黑的铃铛声，根据声音的节奏判断出小黑是在吃草、打盹，还是张望。

有一次，母亲病危，我急匆匆回到了老家。白天，没注意小黑，晚上，母亲有所好转，我急忙去看小黑。院子里静悄悄的，我也觉得奇怪，平日里可不是这种气氛，怎么没有响亮的铃铛声？几步跨进小黑的屋子，打开灯，屋里收拾得干干净净，不见小黑的踪影。我大声喊道："爸，小黑去哪了？"父亲拖着沉重的脚步走到我面前说："我知道你们兄妹几个都喜欢小黑，和小黑一起经历了生活的艰辛，你们和我一样都舍不得它。所以，我没有告诉你们，就提前独自作了决定，把它卖了。"卖了？我几乎要疯掉了。"为什么？小黑可是给我们家干了十几年的活，没有它，就没有我们的现在，你怎么能这样做呢？"我不断地埋怨父亲，而且语气有点过分。父亲点了一支烟，神情沮丧地说："你都看到了，我和你妈都老了，身体不行了，说不定哪天就走了。小黑年龄也大了，牙板骨都快不行了。我们不忍心看着小黑有一天在自己眼前先断气，提前把它送给一户好人家。不管它先走，还是我们先走，对双方都是一种安慰。"听到这，我更难过了，连忙说："爸，你不是身体好好的吗，怎么能胡思乱想呢？以后不许这样想，要好好地活着。"父亲点了点头，我和父亲同时抬头仰望那轮圆月，彼此沉默着，心里全是小黑。

不知道，小黑现在是否还活在这个世界上，而我的父母早已离开了人世。

每次回家给二老扫墓，不免想起小黑，想起父母接连离开的那一幕，我真的很心痛。现在想想父亲之前说过的那番话，我才真正懂得了父亲的决定。如果父母亲眼看着小黑在他们面前停止呼吸，铃铛声不再响起，他们一定会和我此时一样痛苦，一样孤独。父母提前卖掉小黑是最好的选择。

哦，小黑，你在他乡还好吗？你的铃铛声就这样在父母预先的祝福中，从我的耳边消失了。但我心中的铃铛声，在岁月这场风的吹打下，响得更深远、更辽阔……

山里人的梦亮了

一九八七年，我家通电了，彻底告别了黑灯瞎火的日子。

大哥作为农村第一批电工，跟随工程队驻扎王河村，开始户户通电工程。王河村没有公路，只有一条崎岖的山路，手扶拖拉机、架子车方可勉强通过，其他车只能遥远张望。大哥每天开着手扶拖拉机，载着绳索和工友们去五公里外的公路站搬运电线杆。一根电线杆，钢筋混凝土铸造而成，沿途运送，全凭一批强壮的电工。村里人每天朝山头遥望，一排排电线杆慢慢走向村口，走向村子的大街小巷。一根根粗黑的电线悬空而来，钻进每家每户的房檐，燕子、麻雀落在上面，载歌载舞。

我家住在村口，村里的第一根电线杆栽在我家门口，电线也从我家屋檐引进、引出，我高兴得手舞足蹈。

记得那晚，村里老老少少、男男女女都相继拥进我家，看明晃晃、亮堂堂的电灯。小孩兴奋极了，手拉手挤在人堆里，与光和影子捉迷藏。大人们笑得合不拢嘴，在亮如白昼的房屋里，额上皱纹间卷裹着的一两颗小土粒，清晰可见。他们刚从田里回来，没来得及抖去一身的尘埃，听说我家亮起了村里的第一盏电灯，急忙赶来看。来来往往、出出进进的人们都说着同样的一句话："有电就是好，一盏灯，照得满屋子亮堂堂的，和大白天一样。"

爷爷坐在炕角落，吧嗒吧嗒地吸着水烟，满脸堆笑，又有些骄傲的神气。夜深了，人群散去，爷爷讲起了他第一次进城的故事。有一年，他去县城找大伯，晚上，大伯将他安排在县城最高级的招待所住宿，想让爷爷好好享受一下城市生活。大伯带爷爷走在通往招待所的街道上，灯光明亮温暖，人影错综繁多。爷爷想：我们农村人在这个点，早已进入了梦乡，城里人竟然在大街上安装电灯，太浪费。招待所三层楼，灯光四射，如一块巨大的透亮水晶。服务员打开二楼的一间房门，“啪”的一声，屋子瞬间洒满了雪白的光。大伯安顿好爷爷便离开，爷爷看着雪白的墙壁、雪白的被褥、雪白的床单、雪白的地板，觉得自己站也不是，坐也不是，生怕自己身上的乡土气息弄脏眼前洁净的一切。直到眼睛看累了，他才想起关灯睡觉，大脑里闪出大伯的嘱咐，开灯、关灯只需拉一下灯绳就好了。他伸出手，小心翼翼地拉了一下灯绳，灯泡忽闪忽闪，就是不灭。一拉，灯灭，放开手，灯亮，一明一暗，折腾了无数次，还是那样。最后，爷爷为了省电，手一直拉着灯绳到天明。大伯来了，爷爷还不肯松手，大伯见状，哭笑不得，说灯绳拉至“啪”响一声是关，再拉一下，“啪”便是开。爷爷试了几次，果真如此。大伯笑着对爷爷说：“爸，你昨晚惊险的一夜，如果传出去，准会让人笑掉大牙。今天出了这个门，你的故事会被永远关在这间房子里，让它飞不出去。”

爷爷讲完他与电灯的故事，看着门后墙壁上吊着的长长灯绳，花白的胡须上下抖了抖，笑了，我们大家都笑了。我说：“爷爷，你真笨。”爷爷说：“都是农村人没见过世面惹的祸。”现在，我们村有了电，啥时候像城里人一样，电灯电话，楼上楼下，就好了。夜已深了，我们各回各屋，伸手拉一下灯绳，“啪”，满屋子明晃晃，又“啪”一声，黑夜闭上了眼睛，梦里，灯光如昼。

我家通电以后，村里人羡慕极了，天天盼望着自家快点亮起来。大哥和他的电工队友们格外忙碌，腰间挎着工具包，在电线杆上爬上爬下，架电线，为每家每户引线、走线，安装电表、灯泡、灯绳，讲解有关正确使用电的常识。没多久，全村通了电。一群任劳任怨的乡村电工拉着电杆、电线，翻山越岭，走向更偏僻的村庄，为村民们带去光明。

家家户户通电了，山村的夜晚终于有了星星点点的亮光，从各户人家的窗户、门缝透出的光，足以温暖漆黑中孤独的鸟窝、寂寞的大树和历史的尘埃。

村里经济宽裕的人家，用上了60瓦的灯泡，过新年时，甚至用100瓦的灯泡；有的人家用上了电棒，贫困人家也亮起了15瓦的灯泡。一盏盏灯，或昏黄，或雪白，或刺眼，或柔和，点亮了农家简陋的小屋。一个村子不大不小，家家户户打开门窗，山村像黑夜的眼睛，一闪一闪，充满感激的光芒。关上门窗，山村连同黑夜一起沉睡，梦中有光，有故事。

电给山村带来了光明，也给贫困人家带来了烦恼。个别贫困户因交不起电费，仍在黑暗中摸索。他们依旧过着“点灯不用油，耕地不用牛”“灯头朝下”的生活，或者为了省电，借着月光做晚饭、烧炕、喂猪，迫不得已时才开一小会儿灯，他们的小日子在一滴油、一度电中纠结着。村里也有一两户经济宽裕的人家，买了14寸的黑白电视机，成了山村里一则爆炸性的新闻。每天晚饭过后，大人、小孩都向他家跑去，炕上、地下坐满了人，去迟了，只能靠墙、靠门站着，等待他家的电视开机。看一次电视，活生生的人物、动物、植物，精彩的情节一直萦绕在心头，失眠、做梦的不仅仅我一个。那时，我最大的愿望就是自家也拥有一台电视机，但那只能是一个梦，一个美好的梦。

路灯，山村人没有想过，太奢侈，但回到山村的城市人想过，他们想让农村的夜晚亮起来。

那年，嫂子领着两岁半的小侄儿从上海来老家避暑。小侄儿对农村的一山一水、一草一木都充满了好奇，他喜欢老家的马、牛、羊、猪、骡、鸡……阳光下，感受着清风拂面，听着鸟语蝉鸣，他兴奋至极。可是，到了晚上，面对一盏15瓦的灯泡，他却哭起来，边哭边闹：“屋子里怎么这么黑，我要到外面去看五光十色的路。”嫂子拿他没办法，只好带他走出院落，无边无际的黑暗立即聚拢而来，小侄儿哭得更伤心了。嫂子对他说：“这是农村，没有路灯。”小侄儿不解地问：“农村为什么不安装路灯？”父亲拿着手电筒走出来，摸了摸孙儿的小脑瓜，说：“以后农村一定也像大上海一样，电灯电话，楼上楼下。”

父亲的这一句“电灯电话，楼上楼下”是爷爷当年的梦想，也是父亲的梦想，更是千千万万农村人的梦想。

去年，嫂子和二十二岁的侄儿来老家探亲，一进村口，便是一声时隔二十年的惊叹。二十年后的今天，她惊叹大西北农村的跨越式发展。二十年前低矮破旧的土坯房不见了，眼前是一排排整齐美观的小二楼。嫂子兴奋地说：“这不正是好多生活在上海的人，做梦都想拥有的别墅吗？”不远处，高楼稀疏，与山与天相连。坑坑洼洼、泥泞的羊肠小道不知去向，通向村子深处的是一条平坦、宽阔的水泥路，两旁绿树成荫、鲜花盛开，枝条掩映中的太阳能路灯排列成行。小卖部门前坐着的老大娘、老大爷、小伙子、年轻媳妇拿着手机，专注地玩着，时而欢笑，时而沉思，时而自言自语……一位大嫂高举手机，唱道：“我本是女孩人家，心肠软，悔不该门外做针线。那相公进门有人见，又说长来，又道短……”边唱边转圈、甩袖、录视频。大西北的秦腔就这样得以传承。嫂子又是一声惊叹，转身对儿子说：“那年，我们回老家，只有照明灯，没电话，没电视，没……你看看现在，农村网络普及，连老太太都玩直播了，真是难以想象。你爷爷的愿望，电灯电话，楼上楼下，真变成了现实。”

晚上，我们一家人漫步在老家的街道上，灯火辉煌，树影摇曳。两旁楼房的窗户里传来电视机不同频道的声响，音乐声、说笑声、鸟鸣声、流水声……交织着，变幻着，奏响了一首农村奋斗的壮丽之歌。凉风习习，我们都沉醉在山村的乐声和灯影中。嫂子突然取笑儿子说：“二十年前，你在爷爷家哭闹着要看五光十色的路，现在低头看看，脚下五彩斑斓，再抬头望望，街灯、星星已连成一片，农村的夜晚真亮啊，仿若梦境。”侄儿不好意思地说：“你还记着？那也是所有老家人的美好愿望，现在不也美梦成真了吗？”我们异口同声说是。街灯随之晃了一下，比以前更亮了，好像是来自大山深处的赞同。

社会在变，时代在变，农村发展的步伐分分秒秒都在加速。近年来，国家能源局重点帮扶项目像一缕温暖的春风吹进清水大地，清水县 20 兆瓦光伏扶贫电站和 617 户户用光伏发电系统全部并网发电，惠及每一户建档立卡户和精准扶贫户，山村人的梦亮了。

从我家通电说起，三十三年，家乡发展的道路一片光明，电灯电话，楼上楼下。

桐林湾的风

桐林湾一年一场风。

“桐林湾梁”王河人都这么叫，叫得轻描淡写。然而，一个“梁”字，好似一场风，带着历史的况味，不分东南西北，在桐林湾一直刮着，春夏秋冬皆如此。“桐林湾的风冻死人”，这是小时候经常听大人们说的一句话。那时，从未爬上过桐林湾梁的我，对桐林湾这个地方充满了好奇与遐想，对从桐林湾走出去和回来的人，满是羡慕。羡慕他们是走出山沟、坐过大巴的人，羡慕他们是在大都市的灯红酒绿里摇晃过的人，羡慕他们是见过大海、见过世面的人，羡慕他们是被桐林湾的风吹过的人。

桐林湾是通往白驼、松树、王河三乡镇的一处三岔路口。这里普通如泥，微小如叶，过往客人，无心一瞥。就是这样一个不起眼的路口，在王河人心里却是一个充满希望的渡口、一个踏实的驿站、一个温暖的港湾。

桐林湾是王河通往外界唯一的出口，不管去哪里，都要在桐林湾坐车。吹吹桐林湾的风，是我小时候最大的梦想。

踏进中学的大门，机会来了，那个暑假，老师带我去县上参加团代会。清早，跟随老师去桐林湾坐车。王河村到桐林湾五公里路，平路、山路各占一半，轻装上阵，心情愉悦。五公里路，在以前的梦里便是天涯海角，可望而不可即。真正踏上旅程，刚一启程，好似春风十里，山野风光还未尽兴，便到了。三岔路，沿山梁分叉而去，小石子一路追随，偶尔有车路过，尘土飞扬。山梁上，除了几棵树、一座房，就是群山，一眼望不到边的群山。风声呜呜。人，是很难碰到的。

坐在桐林湾的大路边，第一次等车，很新鲜。六月的天气，梁上的风吹来，凉飕飕的。一个小时、两个小时过去了，不见车的影子。老师说，黑山子梁上有车下来，才有希望。顺着老师手指的方向，我看见了传说中的黑山子。长辈们常说，黑山子把老天爷戳了一个圈。亲眼所见，黑山子的确是群山中最高的一座山，海拔还不到两千米，别人高而大的说法确实有点过于夸张。不见有车下来，起身到四周看看，梁上唯一的一座房子青砖黛瓦，红门红窗，以山为邻、树为伴、风为乐、路为望，孤独而倔强地耸立着，猜想就是供销社之类的。门开着，进去看看吧。果然是一家农副商店，柜台外边，严严实实码着化肥，柜台里面，全是农用工具。见有人进来，营业员抬头看了一眼，没说话，继续整理叉把、扫帚、锨。出门，远远望见黑山子梁上有一个白点在闪动，慢慢近了，希望如一朵红云在心中升起。迎面的风吹乱了头发，裹紧了衣服，凉丝丝。想起进城，光秃秃的山梁上满是希望，一片碧绿。

进县城上学后，每次在桐林湾等车是最痛苦的一件事。开学第一天，吃过早饭，父亲背起一袋麦子，弯腰驼背，气喘吁吁，跋山涉水，向桐林湾走去。我背着行囊紧随其后。走走歇歇，父亲背靠田垄，缓一口气，豆大的汗珠在千沟万壑的脸上滚动，背上的衣服湿透了，我非常气恼那一袋麦子。麦子呀麦子，父亲艰难跋涉五公里路，只因你是我在学校填饱肚子的口粮。一到桐林湾，脚还未站稳，风一阵紧似一阵，天上又飘起毛毛细雨。汗水、雨水交织在一起，风一吹，浑身上下冷飕飕。父亲将麦子放在树下避雨，吩咐我路上小心，便回家去了。看着父亲远去的背影，我的心中吹进酸涩的风，充满潮湿的心事。开学季，等车的学生有十几人。他们和我一样，大包小包，还有一袋麦子；他们和我一样，望着黑山子梁，满脸愁云；他们和我一样，蜷缩着身子，在风雨中瑟瑟发抖。早晨到达桐林湾，一小时一小时等到中午，再一分钟一分钟等到下午，过来一辆车，所有人都围上去，司机一挥手，示意满了，疾驶而去。有几人追着车跑，招手大喊，无济于事，双手扶腿，大口喘气，沮丧而归。一天的希望在叹息声中没了，接着又是无望的等待。十几个人，谁也不想站在商店的廊檐下避雨，或是进店暖暖身子，都站在路边，眼巴巴望着黑山子，生怕有车过来，自己来不及挪动行李，赶不上末班车。两个做生意的人衣服单薄，捡来几根树枝，背风生火，火苗跳跃，他俩围着火堆，双手靠近火焰，缩回搓搓，再靠近。火熄了，车还没来，他俩踩踩灰烬，背起背包，回家了。雾锁山头，暮色沉下来，焦急的心几近崩溃。忽然，有人叫道："车，快看有一辆车！"十几双眼睛聚焦在一起，好似打开了一只巨大的手电筒。一束光从桐林湾直射黑山子，希望又在山腰燃烧起来了。一声长鸣，车停下来，车门打开，男生帮女生扛麦子上车，女生帮男生提轻巧的行囊，满满一车人，长舒一口气。桐林湾的风席卷而过，车打了一个冷战，一脚油门，向县城驶去。

有梦想，注定要远行，桐林湾越来越远，慢慢变成了故乡的大门。每逢假期，归心似箭，恨不得马上飞回家。一下车，脚踏在桐林湾的大路上，和风来一个久违的拥抱，心旷神怡，到家的踏实感真好。故乡，在心底就像一棵老树。年轻时渴望从老树上飞出去，刺探辽远的天空、新鲜的空气、斑斓的世界。可是，及至中年，才知道对故乡的眷恋是每个人都摆脱不了的命运，就像叶子对根的情意。桐林湾亲切的面容让人觉得以前走五公里路等车，都是无比幸福的一件事。

现在啊，桐林湾变了，变美了。在桐林湾修建了出入口，长亭、竹林环绕中，一座白墙黛瓦的丰碑昂然挺立，"王河"两个大字醒目耀眼，丝绸之路上曾经繁华的驿站也被人们想起，于是有了"丝路古邑，文化重镇"的美誉。公交普及，各乡镇四通八达，桐林湾过往车辆很多，像我一样停车驻足的很少。风吹过脸庞，柔柔的、暖暖的，失去了以前的那股刚劲、猛劲。看到那家青砖红瓦的商店，好似比以前更孤寂，如同一位饱经沧桑的老人，灰头土脸，茫然地望着远山。我禁不住走过去，发现房子主体没变，时代久远，屋漏的缘故，换了瓦砾，黛色变成了红色，一扇门变成了两扇门，多开了一扇窗。靠左手的门是新改造的，探头进入，一位白胡子老人斜靠在椅子上，眯缝着眼，不知是睡着了还是醒着。环顾屋内，顶棚、墙壁还是以前的样子，墙皮欲掉，光阴的尘埃生根、发芽，满屋子泛着黑黄的光。柜台上，矿泉水、口香糖、面包、饼干、打火机等商品乱七八糟地堆着，浮尘朦朦胧胧一层。绕过老人，进入套间，一张床，铺盖脏乱，几件衣服随意扔在床头上，还有几个简单的灶具，锅碗未洗，破旧不堪。也许是响动太大，老人睁开了眼，挪动了一下身子，看了看我，没说话。我有点不好意思，说："叔叔，你多大年纪了？"

"八十岁了。"

"这家商店开多少年了？"

"二十世纪四五十年代就有了，后来是白驼供销社的化肥销售点，现在我们两家买下来，中间隔开了。"

走出老人家的店，进入隔壁一家，也是老样子，黑咕隆咚，屋顶掉落了一大块，墙壁露出草泥巴的痕迹，商品摆放很整齐。店主是一位四十几岁的妇女，胖胖的，腿有点瘸。她很热情，开口便说："年轻力壮的都去外面打工了，剩下我们老弱病残的，守着这间房，推光阴。"

我买了一瓶水，走出商店，心情有点沉重。在这前不着村后不着店的桐林湾，老人和妇女对驿站的坚守也许是过往车辆人心里的一丝温暖。可是，他们的生活也应该有所改变。我想，肯定会的。

王河，变了

王河，这几年的变化真大。穿梭于村村通道路上，呈现在眼前的乡村图景像一首诗、一幅画、一首歌，多姿多彩。

半年前，桐林湾车站还是一年一场风，什么都没有。从春走到夏，一面白墙黛瓦的驿站牌在绿树掩映中屹然挺立，“王河”二字醒目、庄重、耀眼。“丝路古邑”几个字满含历史的沧桑，唤醒了王河悠久文化的发展历程。

曾无数次进进出出的岔路口，今日，却看到不一样的景致，一股暖流涌上心头。王河终于有了自己的大门，左右对称，中间镂空，上方呈三层楼模样，高低层次起伏、错落有致，“大美王河”四个字镶嵌在镂空的正中间，隽永、厚重。门的西边是一头耕牛在人的吆喝下，奋力向前，拉犁。东边有长廊驿站，走累的人可以坐下来休息，温暖而惬意。进入门内，顺着台阶上山，有一凉亭，西北而望，王河的山山水水、一草一木，随着山势绵延而去。

王河从古至今，西片的经济始终发达于东片。驰车西行，在树木郁郁葱葱的莺歌岘梁，大战莺歌岘的情景在大哥以前的讲述中，无论如何也挥之不去。一九七八年冬，莺歌岘一片荒凉，灰扑扑、冷飕飕，毫无生机。王河乡民兵驻扎莺歌岘，全乡所有人员，包括学生也聚集此地，修梯田，那是历史上规模最大的一次集体修梯田。偌大一座山，一个月之间变得层次分明、平整有形。第二年春，山梁上栽满了树。四十二年的风风雨雨，莺歌岘苍翠一片、绿波荡漾、年轻张扬、生命蓬勃。

沉浸在旧时光里，一路西行，打捞眼前的欣喜。全寨村是我小时候想象中的“青藏高原”，遥远、寒冷，听说此村子像一块被阴干的腊肉，冷冻在阴面的山梁上。迎着凉风，一拐弯，眼前出现了一处胜景。一道山梁犹如人伸开双臂的胸膛，温暖、舒适，一个崭新的村庄坐落在此，像一个熟睡的婴儿，安闲、憨厚。相对而望，屋舍俨然，错落有致，白墙青瓦、红门银窗，在阳光的爱抚中熠熠生辉，四面良田环绕，阡陌交通。房屋前面是一个平坦、宽敞的大广场，一角有用来休闲的长廊和亭子，另一角是精彩纷呈的文化墙，中间有红绿分明的篮球场，一旁是四方的乒乓球台。好一处人间仙境，有良田、屋舍、娱乐场，绿树环抱中是具有江南风格的院落，这都是以前想都不敢想的大西北农村。

前几日，我曾感叹王河村桥头和粮管所对面的新农村，桥头的十几户，独家独院小二楼，向阳、明媚，看着舒服，好生羡慕。粮管所对面的新农村地势平坦、宽阔，地理位置得天独厚，有平房，也有六层的高楼，间距合理，视野开阔，暖气进农户，以前的奢望都变成了现实。我也曾感叹南湾的新农村，北山阳光充足，白墙黛瓦，团结紧促。春天，桃红柳绿、百花争艳；夏天，白云朵朵、绿树成荫；秋天，蓝莹莹的天、绿油油的地，凉风拂来，是说不出的心旷神怡；冬天，银装素裹，分外妖娆。今天，站在全寨的新农村前，我像一个迷路的孩子，进入了陶渊明的桃花源，漫步于画中，深藏心中多年的高、远、冷顿然消失，我不断地重复着一句话：“这几年，我们农村的变化可真大。”

我一步三回头地离开“桃花源”，来到了传说中的八岔沟。很小的时候，经常听大人说八岔沟人才辈出，心之向往。从那时起，我在自己的大脑里曾无数次地勾画过八岔沟的地理概貌，一定是一条沟，有八条分支。我对八岔沟的阴山、阳山、后坪、西沟、成寺这几个村庄的名字滚瓜烂熟，牢记于心，知道那里是王河的富庶之地。带着对八岔沟的敬仰之情走进她的怀抱，走进成寺广场。环顾四周，原来八岔沟像一个绿色的聚宝盆，我烂记于心的那几个小村子温柔地卧在盆子的内壁上，每户人家的屋顶在绿树覆盖中若隐若现，偶尔传来一两声鸡鸣狗叫，打破山的宁静和沉默；成寺广场呈东西走向，东边是舞台、亭子，西边是娱乐秋千，马路边上的花园里，格桑花尽情绽放着，红的、黄的、紫的、粉的……鲜艳至极，每一朵都是一张淳朴的笑脸，尽显憨厚和乐观，阳光下，一簇簇亲密相依，热情奔放地守护着自己的村庄。之前，我也到过李沟广场，很是震撼。一座乡村大舞台比轩辕广场的舞台有过之而无不及，沿河边的文化专栏丰富多彩，一座复古风格的八角亭，让李沟的小河边多了几分雅致和唯美，让一条狭窄的沟立刻变得生动起来。踩在石磨板拼成的台阶上，顿感时光的车轮滚滚而来，感到六分亲切、八分震惊、十分惊喜，四周弥漫着浪漫而恬淡的慢时光。广场东边的艺术造型，瓦片堆积的复古围栏、鲜花拼成的热情汉字，是典型的原始和现代相结合的新生派，既让人怀念过去，又让人憧憬未来。看到河对岸的人造茅草屋，我不由得想起祖先们艰难的生活经历，发出“处在当前，珍惜拥有”的人生感慨。今天，漫步成寺广场，又是另一种感慨，遥远的大山里也有这样的广场，我们山里的条件真是越来越好。

一路前行，一路感慨，貌似听到了魏湾梁上农作物生长、拔高的声音，一丝喜悦跳上心头。停车驻足，漫山遍野是一人多高的核桃树，绿叶舒展，微风中精神抖擞。树下一道又一道的地膜蔬菜刚发芽，破土而出，阳光下，嫩嫩的、绿绿的，满眼希望。沟底的玉米、马铃薯长得正欢，这是我最想看到的。如果说，看到山间盛开的花只是一种美的享受，看到荒芜的田地是一种悲凉和担忧，那么，看到向上生长的庄稼便是一种来自心灵深处的踏实，真正感觉到黄土地的厚重、乡村振兴的意义。

进入魏湾村，首先映入眼帘的是一幢崭新的二层小楼，这里是魏湾村的村委会。门前的几棵杏树上，杏子黄了，树下能闻到一股香甜的味道。围墙边，鲜花盛开，院内整齐、干净，阳光洒满庭院。每间房子的门牌名称醒目明了，档案室、会议室、财务室等布置干净整洁。魏湾下辖林沟，湾里有王家、魏湾几个小村子，以前，这几个村庄各居一山头，遥相而望。互相往来时，在仅通一人的山路上，下一座山，过一条沟，上一座山，折腾得气喘吁吁。院落稀稀拉拉，乱七八糟。眼下的新农村连成一片，红砖青瓦，整齐有序，一条水泥大路宛若游龙，通向远方，大车、小车自由通行，毫无阻碍。正午，一缕清风吹来，行走在乡间的小道上，村庄上空炊烟袅袅，迎面花香扑鼻，接着是韭菜香、醋香、浆水香，一缕一缕沁人心脾，心在山野飘香中碎了一地的乡愁，是日思夜想的正宗家乡味。

抬头，再次回首山坡上的小楼，心生异样的感慨。没想到，小楼下乡进村的步伐迈得如此快，就连魏湾村这样的小山村都有了二层小楼。时代在变，环境在变，一切都在变。

眼前的王河，水泥大路纵横交错、条条相连，村村相通，一村一广场一舞台一亭子，运动器械排成行，文化长廊放光芒。这样的景致，只有用“没想到”这几个字才能充分彰显王河这些年的变化。

王河，迎着阳光，色彩斑斓地变化着、奔跑着。

我家门前的大榆树

夏日的黄昏，村头一户农家门前的大榆树下，一老一小，爷孙俩正坐在麻线口袋上乘凉。夕阳的余晖透过浓密的树叶，斑斑驳驳的影子倒映在地面上，一阵晚风吹过，传来鸟儿归巢的歌唱。

头枕在爷爷腿上仰望榆树的孙女突然问道：“爷爷，这棵树这么高，这么粗，长在这多少年了？”

爷爷右手拿着旱烟锅，左手抚摸着孙女柔软的细发轻声说道：“六十五年了，是我二十岁时种在这里的一棵树，今年我已经八十五岁了。”

三四岁的孙女一转身跳起来，用手拉着爷爷雪白的长胡子，两眼直直地盯着爷爷布满千沟万壑的古铜色脸说道：“爷爷，怪不得你的头发、眉毛、胡子全白了，而大榆树却还这么绿，原来你比大榆树的年龄都大。”

“哈哈哈哈哈……”爷爷笑得前俯后仰，被旱烟呛得上气不接下气，小孙女连忙给爷爷捶背。

爷爷喘气平息之后，他看着眼前两个成年人伸开双臂也抱不住的树干，对小孙女讲起了大榆树的故事。

“一九五八年，困难时期，一家老老少少十口人，吃饭成了大问题。刚开始全家出动在野外挖野菜，田间地头、大山小沟的野菜全部挖没了，怎么办？树叶又成了人们的救命粮。那时家门口的大榆树就成了全家人的命根子，榆钱饭甜丝丝的，非常好吃。到后来最艰难的时候，用弯刀把树皮刮下来煮着吃。这棵榆树被从头到脚搜刮得只剩白花花的树干了，它就这样救了全家人的命。第二年风调雨顺，榆树奇迹般地复活了。看，榆树经历了一场大劫难，现在长得多茂盛，它可是我们家的救命神。”

小女孩听着遥远的故事，听着听着，流下了伤心的眼泪。她抱着爷爷的腿，用爷爷的粗布蓝裤子擦了擦眼角问道：“爷爷，我们还会挨饿吗？我怕。”爷爷摸了摸她的小圆脸说：“只要你听爷爷的话，爱护这棵大榆树，就不会挨饿。”

小女孩坚定地点了点头。

时间如水，岁月如歌。爷爷走了，我已经由小女孩变成了要去上大学的姑娘。我这一走，家里只剩下年迈的父母。每次放假回家，沿着河道，大老远便看见母亲站在榆树下的墙角处，伸出头向我走来的方向远望。近了，近了，母亲大声地叫着我的名字。我也兴奋地喊道：“妈，你怎么知道我今天要回来？”母亲说：“我和你爸掐指算日子，心里琢磨着你这几天要回来，我天天在榆树下等你。快回家，饿了吧？我给你做你最喜欢吃的浆水面。”

晚上，躺在温热的土炕上，夜是那样静，没有汽笛声，没有喧闹声，偶尔传来榆树上鸟儿的窃窃私语。母亲说：“树上的鸟儿知道你今晚在，这吵闹的声音比平时小多了。我们家住在村头，大白天要看到几个人影都很难，幸亏有榆树和鸟给我和你爸做伴。”此刻我才明白，平时我们兄妹几个都在外地，很少回家，父母孤独的身影，恐怕只有守护家园的大榆树看得清楚。

“每逢佳节倍思亲”，一年到头漂泊在外的游子，都会不远万里回家过年。母亲知道哥哥姐姐也要回来了，从腊月二十三开始，她一天到晚总往榆树下的墙角处跑。一听到班车的汽笛声，她会跑得更快。每次站在那，她都会朝河道边遥望很久很久。每次都是高兴而去，失望而归。看到母亲失落的表情，我安慰道：“妈，你就歇会儿吧，今天，你已经去过八次了。哥哥姐姐到时候自然会回来的，不用你接。”“你知道啥？我这心里憋得慌，去榆树下看看，说不定他们回来得早。”母亲说着又朝榆树走去。我不再阻拦，我知道榆树下是母亲的守望台。

人生如梦，一晃这么多年过去了，脑海里的画面好像昨天的故事，我也被沧桑岁月变成了一位中年母亲。物是人非，无情的年轮带走了我的两代亲人，但大榆树依旧枝繁叶茂。

这棵榆树迄今为止正好有百年的历史了。百年的岁月，百年的巨变，榆树承载了更多人的感情。在与风雨同行的时刻，它更努力生长，开枝散叶，守护家园。现在看到的大榆树盘虬卧龙般的树根，是露在两米多高的土崖外面的，树干粗到两三个成年人伸开胳膊手拉手才能围住。枝干分枝无数，有的树枝高高在上，有的垂落地面，没人修剪，也没人破坏，自然形成了一道绿色的屏障，是喜鹊安家的好地方。

今年春天，回家办完父亲的丧事，看见满院狼藉，想到以后空无一人的寂寞小院，不免伤心难过。大哥突然兴奋地叫道：“我找到了三张三十五年前的老照片。”我们兄妹五人同时凑过去看，第一张是爷爷奶奶在门前大榆树下的合影，第二张是爸爸妈妈在榆树下的合影，第三张是我们兄妹五人在榆树下的合影。这第一二张照片已成为我们几个心中永远的记忆和怀念。看着第三张照片上的哥哥姐姐还那么年轻，我也只有三四岁的样子，心里更不是滋味。想到以后兄妹几人或许很少再一起回来，大家提议把三十五年前我们兄妹五人的照片重新回放一次。于是，我们几个按照原来的次序，找到原来的位置，在大榆树下，随着咔嚓的声音，瞬间，又一次留下了难忘的回忆。

时隔三十五年，我们都老了，老一辈亲人都离我们而去。时间已逝，至亲已去，谁也无法挽留什么，唯独眼前的大榆树一天比一天茂盛。榆树粗壮的枝干，浓密而翠绿的叶子是对将要踏上征程的我们几个最好的承诺，它永远是我们家的守护神。

我的家永远在大榆树下，与岁月无关。

小樱桃红了

小樱桃红了，等我一年又一年。

桃树园真的一棵桃树都没有，倒有两棵小樱桃树。我想，樱桃树也有“桃树”二字在其间，也不枉我家徒有虚名一场。

我家第一道门西侧的围墙内长着两棵樱桃树，倚墙而长，两面围墙遮挡，另外两面杂树掩映。外人一般朝第二道门直走，不会注意到樱桃树的藏身之处。瓜果飘香的六七月，没有淘气的孩子来破坏，我才有樱桃得以解馋，一饱口福。说来也奇怪，这两棵樱桃树真会选择生长地，南面的围墙绕土崖而走，低矮，阳光铺展无余，小樱桃树在隐蔽的角落里充分享受阳光的爱抚。一棵繁盛，沿根部一簇散开，蘑菇状，果子是红色的；另一棵挺拔，树干独立，果子是白色的。两棵树并肩而立，像极了一对历尽沧桑、海誓山盟的伴侣。

两棵樱桃树，何年由何人栽在这里，我曾问过祖父和父亲，没人知道。我们村只有二奶奶家和我家有樱桃树，我以此为骄傲。

这几年有了大樱桃，小樱桃可能被好多人遗忘了，遗忘了它的颜色、它的芬芳，甚至遗忘了它的存在。大樱桃色泽艳丽、肉质肥厚、汁液饱满、口感爽滑，一个相当于十个小樱桃，深受人们的青睐。大樱桃不管从外形上还是口感上都惹人喜爱，可称得上是“阳春白雪”，小樱桃只能是“下里巴人”了。即使这样，我还是喜欢小樱桃。大樱桃于我而言，只能说是一饱眼福和口福，再没有回味无穷的感觉了。可小樱桃就不同了，总有千丝万缕的情愫在其间。走在大街上，偶尔看到乡下老人篮子里的小樱桃，心潮就会随之而动荡、翻滚。一些人、一些事、一些情感奔涌而来。

我和两棵小樱桃树一起成长。

春天，樱桃树和其他树木一样，该发芽的时候发芽，该开花的时候开花。繁盛的一棵，花朵是粉色的，娇艳欲滴，是花中的“好女子”；挺拔的一棵，花朵是白色的，冷艳庄重，是花中的“伟丈夫”。一树妖娆丰韵，另一树纯洁质朴，在蝶舞蜂闹中，美醉了春天，美醉了我诗意的童年。花开花落，枝繁叶茂。青枝碧叶间，阳光跳跃，一颗两颗带有紫色花托的小樱桃蓬勃生长。不远处，传来一两声喜鹊的叫声，震得樱桃叶抖动起来。忽明忽暗的叶缝间，无数个小樱桃探头探脑，小米粒大，一身绿，绿得精巧、绿得可爱。小樱桃不急着长大，它们在慢慢享受属于自己的一季光阴。我可急坏了，一天到晚往树下跑几十回。仰头凝视，这一颗樱桃长大了一点，那一颗的花托掉了，有时，还会帮小樱桃摘掉未褪尽的干枯花托。奶奶看见了，朝我喊了一句：“心急吃不了热豆腐。”

隐隐约约又是一句：“时候到了，樱桃自然会长大。”

父亲看见了也会嘀咕一句：“看把你急的，有那么馋吗？”

夏天的晌午，四下里寂寂的，阳光灿烂，蝉声落下来，像雨点砸在我身上。我猜想，小樱桃红了。我箭一般冲到樱桃树下，树影横斜，深深浅浅，流淌一地。我的到来打破了光与影的宁静，斑斑驳驳的光点照在我身上、脸上、手上，梦幻般迷离。我急忙躲进密叶中，寻找熟透的樱桃。波光流转中，忽然，目光锁定了一颗红樱桃，豌豆般大，红得透亮、红得晶莹。真不忍心伸手触碰，怕一触即破。最后，还是伸出了右手，用大拇指和食指轻轻一捏，一拉，玛瑙般的小樱桃滚落手心。此情此景，只适合一句话：捧在手里害怕摔了，含在嘴里害怕化了。捧在手心，左看右看，就是舍不得吃。贪婪的目光仍旧穿梭于叶缝间，寻寻觅觅，蓦然回首，另一树樱桃有一颗闪动着白光，耀眼、夺目。一转身，我蹲下瘦弱的身子，树叶从身上滑去，一个马步，钻进另一棵树的树叶里，在密密麻麻的绿叶间，终于找到了闪亮的那颗白樱桃。放在手心，一白一红，皮薄晶透，滚圆滑软。我双手捧着，拿给奶奶看，一进门，喊道："奶奶，快看，樱桃熟了，你尝尝。"奶奶看了一眼，笑道："从花开到结果，你天天看着，馋得口水都流下来了，快吃吧，我们老人不馋。"我又双手捧到父亲母亲眼前夸耀一番，他们说着同样的话。在哥哥姐姐面前夸耀可得小心，多留一个心眼，稍有不慎，他们真的会拿去吃。在家人们面前夸耀完毕，我才拿起一颗，小心翼翼地放进嘴里，舌尖往上颚轻轻一顶，汁液横流，甜中带酸，酸中带涩。连最后一个小小的桃核，也舍不得吐出来，不断咀嚼，直至无滋无味，仍觉得很是美好。

两树樱桃，由于光线的切入点不同，往往是树梢的樱桃先熟，由树梢到树身，由叶子外围到叶子内层，依次熟透。从第一颗樱桃变色，吃到最后一颗樱桃落地，大人宠着我，兄弟姐妹让着我。樱桃，没人和我争，没人和我抢，从春走到夏，我吃完了两树樱桃。那个年代，对我来说，杏子、苹果、梨都是很珍贵的水果。樱桃、桃子简直是人间稀品。

二奶奶家也有一棵小樱桃树，在她家房子侧旁的园子里。全村的小孩对此一直虎视眈眈、垂涎三尺。偶尔有人去偷，会遭到二奶奶的驱赶打骂。二奶奶对樱桃看得越来越紧，我也从来没想着去摘，不过，心里一直惦记着，到底没能吃上一颗，遗憾至今。我记得二奶奶很疼我，每次去她家玩，她总要翻箱倒柜给我找好吃的。二奶奶是"三寸金莲"，行动多有不便，时常拄着一根拐杖。她一见到我，嘘寒问暖，双膝跪着，双手撑在炕上，从炕角跪到炕沿边，溜下炕，一手拄拐杖，一手扶门扶窗，从屋子那头的柜子里摸出一个苹果递给我。我知道，柜子里装的是麦子，她把苹果藏在麦子中，谁也找不到，留给我吃。二奶奶家门前还有一棵大杏树，杏子成熟时，小孩经常去偷。二奶奶一天守在树下看着，偶尔碰到小孩拿棍子偷打，二奶奶绝不轻饶，咒骂不停。唯独我，二奶奶大老远看见，会叫我来吃杏子。在那个水果如此珍贵的年代，我不仅有二奶奶给的苹果、杏子，还有一家人谦让我的两树樱桃。和其他小孩相比，我的童年生活真可谓有声有色、有滋有味、幸福满满。现在回想起来，我就是一个名副其实的吃货。

二十年过去了，长辈一个个离我而去。我，极少有合适的理由再回到那片热土，去看看小樱桃树。

去年，我们兄妹几人带领儿女回到老家。阳光在院子里流淌，满眼碧绿，也有些颓败。一家人摆开战场，准备烧烤，还没来得及四周转转，儿子突然兴高采烈地跑过来问我："妈，你看，这是啥？"

"樱桃！"看着儿子手中捧着的"小珍珠"，我惊讶地叫道。

儿子也很惊奇，说："我第一次见到这么小的樱桃。那边围墙处有两树樱桃，一树白色的，一树红色的。"顺着儿子的手指，我向大门外张望，第一道门的墙角处，两棵樱桃树灿烂如靥。我像当年一样，飞奔而去，抬头凝视，小樱桃失去了往日的色泽，暗淡无光，也变小了许多。瘦瘦弱弱地挂在枝头，有的腐烂了掉在地上，蚂蚁围攻。原来小樱桃不见主人，相思成疾，消瘦了它的颜色、它的芬芳，甚至消瘦了它的……

小樱桃啊小樱桃，原来，我来与不来、在与不在，你一直在这里发芽、开花、结果、落叶。日升日落，云卷云舒，是你，一直守护着生我、养我的这片土地。

小樱桃红了，等我一年又一年。

燕子窝

每次读到林徽因的“你是一树一树的花开，是燕在梁间呢喃，——你是爱，是暖，是希望，你是人间的四月天！”不由得想起家乡的小燕子，想起老家屋檐下的那个燕子窝。

春天，万物吐新，鸟语花香，南去的燕子日夜兼程、不远万里飞回北方。它们到来之后，第一件大事是选择垒窝的好地方。听老人们说，燕子垒窝，挑选地方的眼光是很高很毒的。它们挑选家庭和睦、生活幸福的人家屋檐，作为垒窝的理想位置，燕子选定福地，必给主人带来好运。看到盘旋飞舞的燕子，我多么希望它们能够在自家屋檐下安家落户。

正如所愿，一天清晨，两只燕子在我家院子上空盘旋了好久，低声耳语，大声歌唱，不肯离开。我知道它们在寻找什么，于是故意走开，不去惊动它们。中午回家，看见上房廊檐的石板上有几根短小、带有泥巴的树枝，感觉有点奇怪，心想：除了我在家里制造点乱七八糟的垃圾，还会有谁呢？可是，今天我不在家呀。想到了行踪可疑的燕子，顺着石板正对的方向看上去，发现屋檐的电线上也吊着几根小树枝之类的东西，我高兴极了。燕子选准我家了，这是燕子对我家的眷顾。正当我仰头细看时，一只燕子衔着树枝飞回来了，我急忙躲在房门后，顺着门缝偷看，生怕呼吸的力气大了，吓跑了它们。只见燕子轻轻地站在电线上，嘴巴小心翼翼地将树枝往电线上放去，面对细长、光滑的电线，没有任何外物作为支撑，燕子的嘴刚靠近电线，树枝就掉了下来。真可惜，我在心里默默念叨着，真想搭个梯子帮它们放上去。紧接着，另一只燕子也衔着树枝回来了，尽管它非常小心，带有泥巴的树枝还是掉下来了。两只燕子你看看我，我看看你，窃窃私语了一阵，飞走了。过了一会儿，它们又衔着泥巴飞回来了。这一次，泥巴、树枝、电线成功对接，看到燕子们高兴地打转，我暗暗鼓掌。整整一下午，它们来回无数趟，但成功地搭在电线上的树枝没几根。我心里真着急，就对父亲说："我们帮燕子搭建一个窝吧，凭它们自己，什么时候才能把窝搭好呀？"父亲说："傻孩子，燕子是很有灵性的鸟，如果你帮了它们，它们就再也不来了，千万别去打扰它们。窝，迟早会搭好的。万事开头难啊！我们只需耐心等待。"

我听了父亲的话，打消了帮助燕子搭窝的念头，每天暗中观察燕子搭窝的过程。几天过去了，燕子和我也渐渐熟悉起来，我再也不用偷着看它们的垒窝行动。我站在屋檐下，无所顾忌地和燕子对话，虽然互相都听不懂，但目光的锁定点是相同的，屋檐上的那个点。

半个月过去了，燕子窝的底部已初步成形。还是父亲的那句话"万事开头难"，后期的工程就比较顺利了。想着完工后，燕子就有了自己的家，我真替燕子高兴。每天中午、下午放学回家，第一件事就是来到屋檐下，抬头看看燕子窝的进展程度。晚上趴在土炕上，一边写作业，一边听燕子的商议，听着听着便进入了甜美的梦乡。母亲一声呵斥，我猛地睁大眼睛，用手擦擦嘴角还在流淌的口水，再去重新打开课本。母亲看见我睡眼惺忪的样子，生气地说："睡觉还有点早，你就不能多看会儿书吗？我和你爸在这大山里待了一辈子，辛辛苦苦只能勉强维持温饱。你应好好读书，将来有一天走出这大山！你看屋檐上的燕子，它们俩忙乎了半个月，窝才搭建了一个底部，但它们一直在坚持。听，现在它们还在商量明天怎样以最快的速度垒窝呢，而你只知道玩、睡……"听了母亲的这些话，我惭愧极了。想想燕子刚垒窝时的情景，是自己亲眼所见，泥巴和树枝一次又一次地掉下来，但燕子毫不气馁，它们心里一定有一种信念：坚持就是胜利，窝一定会建好的。而我呢？想到这，我的大脑里好像有一股清泉在流淌，一下子清晰明朗起来，好像有一股力量促使我挑灯夜战，好像有一种声音对我说，要想有好的前途，必须有燕子垒窝的精神。

一根树枝、一滴水、一点泥巴成功粘连，是燕子一天天的希望。早点看到搭好的窝是我的希望。一个月后的一天，我正在写作业，听见两只燕子在屋檐的电线上叽叽喳喳吵个不停。我扔下笔，急忙跑出屋子，抬头仰望，只见一个窝窝头大小的小圆窝架在屋檐的电线上，稳当、坚固。两只燕子正在为自己一个月以来的成果而歌唱、欢庆。我张大嘴巴，惊叫起来，燕子窝搭好了，太神奇了。这时，燕子高兴地在我的头顶盘旋、飞舞、吟唱，以此来显示它们的辛勤劳作没有付诸东流。从这之后，燕子便有了自己的家。晚上，它们再也不用蹲在电线上提心吊胆地睡觉，而是舒舒服服地卧在家里，不怕风吹，不怕雨淋，安安稳稳睡个踏实觉。

自从燕子窝建好之后，我在它们坚持不懈的精神鼓舞下，突然有了梦想。我早出晚归，对燕子每天的活动关注得就比较少了。不知不觉，燕子在我家屋檐上落户已两月有余。一天早晨，我从燕子窝下走过，发现屋檐下的石板上燕子屎比以前多了，便停止了脚步，抬头凝神细观。听见窝里传来细小嘈杂的叫声，窝边探出几个小脑袋。“是雏儿。”我惊奇地喊道。正在我兴奋之时，看见两只燕子一前一后从远处飞回来了。它们来到窝边，小雏儿张大嘴巴，燕子轻巧迅速地把衔着的食物喂到孩子的嘴里，转身又飞走了。等下一次飞回来，把食物喂到上次没吃着的雏儿嘴里。这样来来往往、反反复复，一口一口喂养小燕子成长。我被眼前的这一幕震撼了，原来燕子竟是这样喂养孩子的，真不容易。

小雏儿在爸爸妈妈的关爱中一天比一天健壮，叫声也比以前响亮。它们的窝此时显得有点小。晚上，燕子的爸爸妈妈只好又蹲在窝边的电线上守护着孩子们。有燕子的陪伴，时间过得飞快，一眨眼又过了二十天。小雏儿长成了小燕子，一共有四只，一只比一只淘气、可爱。它们四个一刻也不停息地在窝边跳呀唱呀，听到燕子们叽叽喳喳闹个不停，凭以前的经验已经知道燕子又有什么重要的行动，于是急忙来到屋檐下抬头仰望。只见小燕子的爸爸和妈妈在窝前盘旋低飞，叽叽喳喳地鼓励小燕子勇敢地起飞。小燕子们站在窝边左顾右盼，同样叽叽喳喳地看着脚底下悬空的天地，谁也不敢第一个起飞。在爸爸妈妈无数次的演示和百般鼓励中，一只小燕子终于鼓足勇气冲出了小窝，妈妈带领它飞向远处的小树。接着第二只、第三只、第四只小燕子都飞出了小窝，跟随爸爸妈妈去寻找食物，去享受广阔的自然之乐。看着它们一家快乐飞行的背影，我有一种说不出的激动和喜悦。晚上，燕子一家唱着欢快的歌又飞回了它们的家。四只小燕子在爸爸妈妈的陪伴下，经过春末的洗礼、盛夏的考验、初秋的滋润，一个个身怀绝技，在空旷无垠的天空中无所不能。秋风一天凉过一天，燕子的爸爸妈妈带着小燕子飞往南方。它们这一走，屋檐上悄无声息，寂寞极了。我望着空空的燕子窝，每天在掐指计算着春天的到来，盼望着燕子的再次归来。

好多年过去了，偶尔回趟老家，而且每次回家都是冬天，注定和燕子无法相见。经过廊檐，总是忍不住抬头看看屋檐，看看屋檐电线上燕子搭过窝的地方。

春天在路上，家乡的小燕子一定又在返程的路上。我的耳边好像又回响起了那首传达天涯游子思乡之情的歌：“在那遥远的小山村，小呀小山村，我那可爱的小燕子可回了家门……”

第二辑

负暄絮语

常 顺

常顺是王河出了名的慢人。

他走路慢，说话慢，吃饭慢，干活慢。

光阴易逝，物是人非。每当想起常顺，我心里便有十二分的温暖、十分的敬意、八分的同情。

常顺，常顺，大人小孩都这么叫他。这名字听起来顺耳，叫起来顺口。人们这样叫着叫着，一切大灾大难都绕道而去，常顺也就成了村里人的“救世主”。

常顺驼背，走起路来，如同一弯慢慢移动的下弦月。一年四季，肩上的锄头、榔头、扁担、杈把、扫帚、锨轮流坐庄。从早到晚，他身子朝前，向下，用力的动作固定了他面朝黄土背朝天的走路姿势，想走快点都不行。几十年来，从未见他走路快那么一点点，每走一步，好像拖着千斤重担似的。他走路的速度让人揪心。人们常说一句话：“油缸倒了，八字步不乱。”的确是这样，他抬起左脚，悬空，好像在思考何时落地的问题，右脚啥时向前迈还真是个谜。旁边看见他走路的人急得直跺脚，可他本人不慌不忙，一如既往的节奏把握得很好，一步，一晃，一晃，一步，岁月真是漫长。这也许与他长年跟在牛后面走路有关吧。

每天早晨，常顺的一声“哟——哟——哟……过来——快走”吆喝牛的声音打破山村的寂静，唤醒沉睡或是做梦的人们，大家都知道，常顺要去田里干活了。中午，村里人吃完饭两小时左右，才听见常顺吆喝着牛，声音有一搭没一搭的，由远而近，慢悠悠地回来了。好奇心促使我站在院子大门的门槛上，踮起脚尖向屋后的土台上看去。只见那条狭窄的小路上，两头老黄牛摇头晃脑、甩着尾巴，一前一后、不紧不慢地走着，旁边一头可爱的小牛犊边走边玩，甚是高兴。常顺挑着扁担跟在牛后面，一边走一边慢悠悠地和淘气的小牛说着话：“好好走路，不要跑来跑去。”语气亲切、温和，听不出半点的疲劳感和饥饿感。小牛才不理会他，继续前后左右乱跑，好像故意在挑逗常顺的慢性子。常顺的长鞭还未落下，小牛早已不见了踪影。在一闪一闪的树缝间，常顺和牛就这样演绎着一幅有趣的人牛逗乐图。阳光惬意地流淌，屋后土崖上一点一点移动的那幅图在平淡的光阴里更加和谐、淳朴。下午，我不知道他几点去田里，但是，他晚上归来时，真可谓是响彻全村，惊天动地。不管春、夏、秋、冬，他夜晚归来的时间都是一样的，二十三点左右。我吃完晚饭，写完作业，在甜蜜的梦乡游荡，常顺吆喝牛的声音连同整个村子一起唤醒我。我睡眼惺忪地斜着眼睛朝墙上的挂钟一瞥，睡意顿消一半。天哪，他还是回来得那么准时。山村的夜从太阳落山就开始了，没有路灯，几盏照明灯随着门窗的关闭，微弱的光随之拐弯，毫无保留地宅在屋子里，没有一点反射之力。夜深人静，伸手不见五指，一片漆黑。整个村子只有常顺吆喝牛的声音在黑漆漆的村子上空飘荡、回旋，由远而近，仍是那么亲切、温和、慢悠悠，如同一首动听的歌。牛儿偶尔“哞哞”叫两声，宣告忙碌的一天终于结束了，全村人都知道常顺终于回家了，习惯于被半夜惊醒的一颗心也踏实了。

下雨，常顺不用下地干活，但他还是没有歇脚的地盘。家里的两个热炕上早已挤满了人，热闹至极。偏房炕上是一帮小孩子在毫无顾忌地玩扑克牌，穿越屋顶的吵闹声足以掀翻整个屋子。正房炕上是一帮大人在聊天，有男人，有女人。他们一个个唾液四溅、眉飞色舞，有影子、没影子的流言蜚语在狭小而拥挤的空间乱飞，飞满藏有污垢的眼角褶皱里，一漾一漾地，那也许就是不为人知的秘密。常顺戴顶草帽，在牛槽旁转来转去，看看槽里的草料还有多少。顺手拿把铁锹清理牛圈里的粪便。大雨倾泻，他只能蹲在屋檐下的土墙根处，“啪嗒、啪嗒”吸旱烟，面无表情地看雨帘垂落的壮美，偶尔也为院子里游动的水花眨一下眼睛。土墙根做靠背，一顶破草帽点缀他古铜色的脸，透过雨雾，自然呈现的是一幅古朴的山村人物画。蒙蒙小雨，他走出大门，蹲在路边，眺望远处的大山、田野、弯弯曲曲的小路。有时，和过路之人搭讪几句，语气还是那样柔和、温婉、慢悠悠的，像极了头顶上若有若无的雨丝。

常顺对来他家里串门的大人小孩热情至极，不仅让出了他的热炕头，而且还及时提供家常饭。正午时分，那些聊得兴致正浓、玩得忘了回家的人，常顺绝不会打扰他们，还端来他家的馓饭，每人一碗，温和地说：“都饿了吧？吃碗饭，接着聊。”小孩害怕自家大人着急，一个个跳下炕，跑了。大人都知道常顺是个热心肠，也就不再推辞，想吃就吃，想喝就喝，比在自己家还自在。吃完饭，随手一放碗，接着天南地北、海阔天空地聊。常顺佝偻着腰伺候完别人，他的那一碗饭已结了一层厚皮，没了温度。他二话不说，依旧蹲在廊檐下，靠着土墙根，筷子一晃一晃，嘴巴一张一合，饭在嘴里慢慢被咀嚼，表情呆若木鸡，好像在想心事。一口饭下肚，过程漫长，一碗饭下肚，是一个漫长的过程。

常顺对待客人如家人，对待邻里如亲人。

帮左邻右舍干活是常顺的家常便饭。早上左边的邻居进门说：“常顺，我家的骡子没草料了，想请你铡草。”中午右边的邻居进门说：“常顺，我家修房子，想请你和泥。”晚上前面的邻居进门说：“常顺，我家的麦子上场了，想请你碾场。”第二天后面的邻居进门说：“常顺，我家的炕塌了，想请你打炕……”常顺手头的活，一年三百六十五天，从早到晚排得满满的。他自己家的活只能挤时间干了。

常顺的人生字典里没有“拒绝”这样的词汇。

我家有忙不完的农活，也找常顺帮忙。他从不推托，宁愿把自己家的活拖后，也不耽误我家的事。他干活认真老实，虽说慢了点，但从不投机取巧，让人放心。

常顺是一个很暖心的人，有时候也让人同情，甚至会责备他的心胸太宽广，为人太善良。

常顺家的正房炕上，一年四季总坐着那么一个人，花白头发、满脸胡须，一副凶神恶煞的样子。对于他，村里大人小孩的说法不尽相同。有人说那人是常顺老婆的老相好，有人说那人是混饭吃的，有人说都是常顺的心太软……流言没有眼睛，但它有翅膀，飞得很快。听到那些有辱常顺人格的流言，我既同情又生气。看到那人坐在常顺家热炕上吃饭，常顺却蹲在土墙根，一种莫名的恼火涌上心头。依我看，那人就是村里的一个厚脸皮的光棍、一个无所事事的懒汉。他游手好闲，一人吃饱，全家饱，就想待在常顺家混饭吃。

不管日子怎么过，常顺一辈子就是这样的人。

前几天听人说常顺去世了，他走得很安详，我不免有些难过，但仔细想想，一个八十几岁的老人，自食其力至生命的终结，没有病痛的折磨，像熟透了的庄稼，自然黄了，自然走了，是一种幸福。这种结局，是他一辈子修来的福，如同名字一样——常顺。

放羊娃

放羊娃的一副好嗓子是在山野上练出来的。

小时候，家里养了十几只羊，很磨人，尤其放羊，一年四季拴绑着一个人，从早到晚，天晴天阴，总得跟着羊打转。父母干农活，要求我们兄妹几个好好念书，不让放羊，家里的羊交给村里一个放羊娃捎带着放。那时，村里把放羊的不管男女老少都叫“放羊娃”。一个人带领上百只羊，得摸清每一只羊的脾性，根据脾性的不同采取不同的管教方法。羊是一种很有灵性的动物，和人待在一起时间久了，会听人话。人们常说：“林子大了，什么鸟都有。”一群羊也是一片江湖，听话的有，乖巧的有，倔强的有，调皮惹事的也有。放羊娃得利用手中的长鞭，盯好带头羊，羊群完全在她的掌控之中。

放羊娃早出晚归，把羊放养得圆鼓鼓，训练得很听话。我家住村口，每天早上，父亲将羊赶到羊圈大门口，等放羊娃一到，一大群羊混在一起，浩浩荡荡朝山野走去。中午，听见“咩咩、咩咩”的叫声，由远到近，我急忙跑出去迎接羊儿回家。站在大门石阶上，看见羊儿挤来挤去，不安分地走来。只听放羊娃一声“羊，离告，离告”，混在一起的羊群立马分成两家，她家的继续朝前走，我家的顺势朝我家羊圈走来，数一数，一只也不多，一只也不少，正好。

我家的院子很大，母亲种了好多菜，葱、韭菜、芫荽、茄子、辣椒、西红柿。一有空闲，母亲总在她的菜园子里拔草、松土、施肥。母亲蹲在菜园里，像做针线活一样，把菜园打理得井井有条，行是行，列是列，中无杂草，土质疏松。遇到干旱的日子，一到黄昏，母亲就让父亲挑几担水浇菜。母亲说，羊粪是韭菜最好的肥料。过段时间，母亲会往韭菜地里撒一些羊粪，再浇一些水，韭菜疯长。一大家人天天吃，炒着吃，腌着吃，包韭菜饼吃，吃不败，有些在长大，有些在长老，割了一茬又一茬。母亲割一大捆，挨家挨户去送人，村里人都说母亲是种韭菜的行家。母亲送给放羊娃的最多，天天送。

别看放羊娃把羊带出羊圈，漫步山野，信马由缰，哪只羊怀羊羔了，她很清楚。羊快生时，她把那只羊留在家，嘱咐父亲常留意。父亲一边干活，一边关注羊的行动，发现有异常，扔下手中活，帮羊接生。母亲给羊烧面汤，等面汤烧好，送来，一只白净、可爱的小羊羔卧在麦草堆里，观察着这个陌生的世界。羊妈妈轻声呼唤着，舌头不住地爱抚着刚落地的小羊羔。接连几天，羊妈妈喝着特殊待遇的“催奶汤”，喂饱小羊羔。过几天，小羊羔蹦蹦跳跳跟随羊群去往山野，啃嫩草、嗅花香、追蝴蝶。

放羊娃最怕快嘴羊吃苜蓿。大片大片的苜蓿地，四月铺展成一场广阔的绿色盛宴。羊群抵挡不住绿色鲜嫩的诱惑，一头扎进苜蓿地，像割韭菜一般，只听见“哧哧哧”往前赶。嘴巴麻利的领头羊，在缺少青草的季节，把自己喂得肥肥的，放羊娃夸它能干，以它为榜样，教训其他羊。一遇到满山绿油油的季节，放羊娃最不放心的就是快嘴羊，怕它吃多了，吃大亏，有时甚至搭上一条命。羊群归圈，听到放羊娃大喊：“快来人啊，羊胀了！”村里有经验的大人闻声赶到，小孩也争先恐后赶来，只见那只馋嘴羊的肚子像两口合起来的铁锅，圆鼓鼓的，在人群中乱跑乱叫，声音听起来很凄惨。羊吃苜蓿吃多了，再有经验的人也无能为力，救不了馋嘴羊的命，只能看着它由最初的蹦蹦跳跳到最后的奄奄一息，一命呜呼。有时，大人们使出浑身解数，救回羊的一条命，放羊娃开心极了，抱着羊，像抱着久别重逢的孩子，抚摸着羊头，满脸激动。

村子不大，村里发生的鸡毛蒜皮的小事总有爱搬弄是非的人到处传播，人人皆知。村外，山野广阔，发生的事只有放羊娃知道。放羊娃手持长鞭，脚踏崇山峻岭，抬头，蔚蓝苍穹浩瀚无边；低头，人间百态尽收眼底。正午时分，村里的馋眼人钻进烂嘴人家的玉米地里，一会儿工夫，抱着一大包玉米棒出来，放进篮子里，再拔几把草盖在篮子上，朝路两边望一望，没人，镇定自若地走了。馋眼人以为这事自己做得神不知鬼不觉，殊不知，山梁上的放羊娃看得一清二楚。晚上，羊群进圈，听见村里的谩骂声，放羊娃一声不吭。久而久之，村里的牛鬼蛇神，放羊娃心里明镜似的。有时，村外的庄稼、果子被偷，有人怀疑放羊娃，放羊娃经常背黑锅，还是一声不吭。自己被冤枉，换得村里太平，也值得。

放羊娃一声吆喝，羊群攒动，草木抖擞，山河战栗，放羊娃就是山梁上至高无上的统治者。一年四季，放羊娃以羊为伴，孤独了，对羊群说几句，对羊群唱几句。羊群咩咩的叫声是山野唯一的赞语。放羊娃有一副好嗓子，挥动鞭子，和羊群走上山野，一声“哎——呀”清脆婉转，接着，《柜中缘》中许翠莲的唱段一开腔，行人止步，飞鸟落地，花草乱颤，羊群静默，空旷的蓝天下，彼此起伏的秦腔悠扬、悦耳，堪称大西北最美的音弦。一字不识的她记忆力惊人，一本戏、一个角色，唱词很多，她都能准确无误地唱下来。新春年戏，她由山野走上村子大舞台。舒缓的乐声中，她身穿大红裙，迈着急碎步，侧身走了出来，猛一转脸，惊艳了全场观众。好多人没认出放羊娃那张精致的脸，一双杏核眼圆又圆，两道柳叶眉弯又弯，挺鼻梁、薄嘴唇，唇红齿白、面如桃瓣、目若秋波、颈长腰细，一转身，一抬头，一甩袖，活脱脱一个美人坯子。唱腔一出，声音清脆、婉转、悠扬、悦耳，台下掌声不断。一本戏演完，放羊娃没忘一句台词，她的生动演绎彻底征服了观众的心，人们无不感叹：放羊娃了不起。

我很羡慕放羊娃的随性、自由。假期，在我的再三要求下，放羊娃决定带我去放羊，专门去我没去过的地方。先去石堡子，听村里的老人说，那是他们的避难所，高大巍峨，山顶平旷，有伸手触蓝天之感。羊群跑不出石堡子，我俩放心地躺在石堡子上，看蔚蓝的天空云卷云舒，倾听风儿低吟浅唱，幻想山的那边是什么。两颗自由的心一起跳动，我羡慕她的无拘无束，她羡慕我认识很多字，相视一看，我是她心中的风景，她是我心中的风景，再看看蓝天白云，我们俩都笑了。

朱家湾也是放羊娃口中一个很神秘的地方。那天，我和放羊娃到朱家湾放羊。放羊娃指着一片密林对我说，那是一片坟地，正午时候，山峁上的人都回家了，坟地里就传来说话声，很热闹。我问道："真的还是假的？""不信，今天中午我俩迟点回家，从那经过，听一听？"我头皮一阵发麻，还是算了吧。放羊娃坚持要迟回家。太阳一点一点挂在当空，影子一点一点变矮，只剩头顶了，山峁上回家的人声渐渐远去。看着那片密林，我害怕极了。放羊娃说："走了。"说着，长鞭一挥，羊群拥挤着跳下田垄，慢慢靠近坟地。我不敢落后，担心有一双无形的大手拽住自己的衣服，急忙跑上前，拉住放羊娃的胳膊，死活不放。骄阳似火，一阵风吹过，树叶哗啦啦响起来，放羊娃说："听，有说话声。"我浑身肌肉一紧，头"嗡"的一响，失去了听觉，直往放羊娃身上贴。几十步的路，好像走了几十年的光景。从那之后，说起朱家湾，我仍心有余悸。

放羊娃胆大老练、博学多识、口若悬河，听她讲古经，敬意油然而生。跟随放羊娃放羊，我对生我养我的地方有了深刻的认识，也学到了不少东西，是书本上没有的。跟随羊群，跋山涉水，有惊无险，享受自然之趣，快乐无比。

农历六七月，天气炎热，人困羊乏。羊身上裹着厚厚的一层毛，一到中午，羊头挤头，“呼哧、呼哧”直喘气，不挪步。长鞭落在羊身上，毛像被子一样挡着，等于给羊挠痒痒，羊一动不动，这是放羊娃最头疼的事。剪羊毛迫在眉睫，放羊娃中午之前赶羊群归圈，大人们也放下手里的活，早点准备剪羊毛。剪羊毛是一项技术活，稍有不慎，会剪破羊皮，渗出鲜血。父亲走进羊圈，抓住一只羊，提起后腿，放倒在羊圈里，膝盖摁住它，羊咩咩叫几声，动弹不得，便悄无声息。母亲右手拿剪刀，左手拨开羊毛，从脊背开始，一道一道往下剪。羊毛细、密、厚，一剪刀下去，力度不轻不重、合适到位，深浅也有度，太深了剪破羊皮，太浅了毛剪不干净。剪刀把握不好，一只羊剪完毛，身上一棱一棱、一道一道的，羊变成了斑马，难看极了。母亲的剪刀技术有目共睹，下手稳、准、快，一只羊完工，拍拍羊的屁股，羊起身，耸耸脖子，摇摇头，抖动几下肚子，全身平整白净、精神焕发，发出愉悦、爽快的叫声。一把小剪刀，一中午只能剪一两只，十几只羊得花费一周多才能完工。身上光秃秃的羊在烈日的暴晒下，跑得格外快，放羊娃赶羊不费嗓子、不费力，省事多了。

剪下来的羊毛擀成一张羊毛毡，是农村人最奢侈的想法。王河镇，石匠在樊家石窝，擀毡匠在李沟，李爸兄弟俩是李沟有名的擀毡匠。忙完农活，李爸来到我家，开始擀羊毛毡。用大弹弓把羊毛弹绒，均匀地铺在竹帘上，拿小弹弓弹细腻均匀，压平，不断喷洒热水。接着把竹帘卷起，用细绳捆紧，兄弟俩来回地在地上用脚踩，羊毛紧紧粘在一起。解开竹帘，沿着毛毡边由外向里卷一圈小边，把竹帘再次裹紧，继续来回踩蹬，直至毡片成型，移到坡形的木板上，用一根可活动的绳子固定好，在木板上随着绳子的松紧用脚来回碾，边碾边洒热水。羊毛毡随着碾的时间的延长，变得坚厚结实。解开绳子，用手搓揉毡边，矫正定型、整齐。羊毛毡光滑平整，洗干净，晾干，一张原质原色的羊毛毡就完成了。凑近鼻孔，嗅到一股浓浓的羊毛味。放羊娃很羡慕我家的羊毛毡，母亲让李爸捎带着给放羊娃家也擀了一张毡，放羊娃很感激。

我家有三张羊毛毡，都是李爸兄弟俩擀的。其中两张毡的一角压上了红、绿头绳，很漂亮，一张铺在上房炕，一张铺在东房炕。一方炕，铺一张羊毛毡，很实用。羊毛毡隔潮、保暖、调温。冬天，炕烧得烫手，铺上毡，人躺在上面，热度刚好，热腾腾。倘若有一晚烧炕失误，柴火熄灭，炕冰凉冰凉，铺上毡，被窝里依旧暖烘烘。夏天，隔几天烧一次炕，下雨了，炕上的潮气全凭一张毡隔着。还有一张毡，母亲舍不得铺，用牛皮纸卷起来，捆好，立在炕角旮旯里。母亲去世，最后的一张毡也不知去向。

擀毡剩下的羊毛，爷爷不让浪费，架起手摇纺车纺线。爷爷的纺车一直放在磨坊里，闲暇之余，搬到院子里纺麻线，合绳，织口袋。这次纺羊毛线最高兴的是我，有了线，可以织毛衣穿，多好。爷爷坐在纺车前，左手一撑挑着羊毛的小木叉，右手转动车轮把柄，细而均匀的线缠绕在轮子上。爷爷很认真地纺线，我心里却打着小算盘。

王河的冬天很冷，一双单布鞋，风里来雪里走，教室的泥火炉，没温度，一双脚冻得没地方搁。看到放羊娃织手套，想到爷爷的羊毛线，我央求放羊娃教自己织毛线袜子。放羊娃找来一把老扫帚，挑选了两根均匀、笔直的竹子，拿小刀将两端削尖，打磨光滑，织袜子的针做好了。她一边起针，一边讲解针法的分类。作为初学者，得选择最简单的针法，平针最适合。她两手握针，一挑，一绕，一钩，线编织在一起，来回重复，动作娴熟。我接过针，手忙脚乱一阵子，在她的细心指导下，学会了平针织法，长出一口气。没想到，高难度的织法还在后面。一双袜子是有形状的，织多少针，加针、减针，加多少、减多少，都要遵循一定的规律。像跟屁虫一样跟着放羊娃学针织，我态度诚恳，织错了，拆了又织，织了又拆，不厌其烦，放羊娃手把手教，一遍又一遍讲，毛袜子终于完工了。一双白色的羊毛袜子上脚，暖和，合脚，走在上学路上，喜不自胜。看到其他同学脚伸到火炉旁取暖，我也去凑热闹，一不小心，火星暴起，毛袜子被烤焦了一坨，散发出一股浓烈的毛臊味。见此情景，气得我直跺脚，想到放羊娃的一片苦心白白枉费，我伤心极了。

后来，羊卖了，放羊娃也到了该嫁人的年龄。她家姐妹六个，没儿子。在我们村，没儿子的人家要招一上门女婿入赘。放羊娃家姐妹，大的已嫁人，小的还在娘怀里吃奶，只有放羊娃正好。父母之命，媒妁之言，放羊娃和邻村一位互不相识的男子订婚了。从此，放羊娃脸上没了笑容，走路低头弓腰，说话细若蚊足。人们都说放羊娃变了，从那桩不情愿的婚事开始变了。结婚那天，放羊娃哭得很伤悲，她的青春献给了羊群，她的人生将要交于一个令自己生厌的陌生人，哭声里充满了无奈、愤慨和对命运的抗争。

放羊娃的婚姻没有爱情，只是两人同住一间屋，同吃一口锅，零交流，视若无睹。冬天，吃过麻菜馓饭，大门外，男人女人凑在一起，扎堆闲聊。放羊娃在一旁听大家聊得正欢，眼一瞥，看见男人走过来，她脸一沉，由内而外地厌恶，一转身，离开。好事者想牵根线，让放羊娃两口子说一句话，也没机会。放羊娃不理睬男人，男人也不抱怨，家里田里的活一样没落下，村里人夸他是一个勤劳可靠的人。四五年过去了，放羊娃的心还是没被捂热，却耗尽了所有等待铁树开花人的耐心。村里，风言风语飘来飘去，说什么放羊娃铁石心肠、没良心，好端端一个男娃娃就被耽搁了……

在一个柳絮如雪、青杏悬枝的早晨，放羊娃名义上的男人坐火车去陕西割麦子。没几天，传来噩耗，他突发病死了。村里炸开了锅，都埋怨放羊娃不好好待男人，使了什么魔咒咒死了男人。守灵三四天，放羊娃一直跪着，没人让她起来，晕倒了，也没人理睬。放羊娃稀里糊涂成了寡妇，处境愈加艰难，她低头从路边走过，别人指着她脊梁骨骂。

有一天，放羊娃离家出走了，再也没有回来。听人说，放羊娃赶集时和一小伙一见钟情，约好时间，跟着小伙跑了。再后来，又听说放羊娃生活得很好，儿女双全，还在城市里买了房子。我相信，这些都是真的。

跟随放羊娃放羊时，我就知道放羊娃是一个有思想、有追求的人，低处的光阴困不住她。

父亲和中山装

父亲一辈子穿的衣服款式最多的就是中山装。

中山装款式简单，大气、庄重、威严。父亲挚爱中山装，他的为人也像中山装一样朴实、重情重义。听人说，父亲念书时很聪明，在全县统考中，曾考过第一名的好成绩，后来因为家里没人干活，就放弃了学业。他也有去当干部的好机会，也因没人干活而放弃。每当父亲拿着算盘，手指拨动珠子时，我就为父亲而惋惜。父亲干苦力活从不知道省力气。年轻气盛时，装一两百斤粮食的大麻袋，拼命扛。那一年，粮食丰收，父亲扛麻袋伤了胸肌，胸部疼痛，呼吸困难。父亲咬紧牙关，借了钱，吃了几十服中药，才保住了命。每当想起这件事，父亲为自己曾经的年轻而自豪。父亲干了一辈子苦力活，只为我们能有口饭吃。父亲晚年时，各种综合征表露无遗，膝盖疼痛，无法伸曲，手关节变形，伸展迟缓，人生最后的日子无法站立，只能在病床上度过。

父亲的大多数衣服都是母亲做的，款式永远都是那一种，四个兜的中山装，只是布料在不断地变化，从浅蓝棉布、深蓝棉布、蓝涤纶、蓝巴拉马、蓝卡基到毛料。包产到户那年，父亲是穿着蓝棉布中山装当大队书记的，看着父亲每天提着算盘，拿着账本，东奔西走，俨然一副老干部的样子，我非常骄傲。父亲凭借超人的记忆力、惊人的珠算能力、漂亮的书写赢得全村人的爱戴和拥护。

曾记得，四虎是我们大队最穷的人，他没爹没娘，兄弟二人借住在大队院里，吃了上顿没下顿，很可怜。有一次，他家里有急事需要钱，可谁也不愿意将钱借给他。他来找父亲，父亲二话没说，把自己仅有的十元钱给了他。包产到户那会儿，十元钱是很多的。三十年后的一个夜晚，四虎来到我家。他说他现在情况好多了，儿女大了，也有了自己的房子，他始终没有忘记父亲对他的援助，在他最困难的时候，是父亲的十元钱救了他。滴水之恩，当以涌泉相报。现在，他有了还钱的能力，他要把钱还给父亲。父亲再三说都过去三十年了，不要还了，让孩子好好过日子吧。但四虎意志坚定，非还不可，经过一场你推我让的礼仪争斗后，父亲败下阵来，接受了那十元钱。四虎走后，父亲很感动，他不断地念叨四虎的憨厚、老实，作为人所坚持的道德底线，不忘初心、执着、讲信用。

父亲喜欢看书，经常拿书中名人的事例来教育我们。三哥中途不想上学了，整天在家里和母亲作对，父亲说，做人心中要有信念，要有目标。困难像弹簧，你强它就弱，你弱它就强。面对困难，要知难而上，不能妥协退让。再大的困难，只要你坚持，想办法克服，最终会迎来意想不到的结果。父亲还说，当年红军四面遭反动派的围追堵截，他们爬雪山、过草地，有多少人为此献出了生命。一九四九年，毛主席穿着中山装，站在了天安门城楼上，庄严地宣布中华人民共和国成立了，那是何等威武，何等神圣。父亲还用孟子的“得道者多助，失道者寡助”来教育三哥，当时我不知道什么意思，只记得我很佩服父亲，佩服他渊博的知识，佩服他侃侃而谈的口才。

二哥工作之后，给父亲买了一件小方格的夹克，毛料的。我看着很时髦，别人也很羡慕。但父亲穿了几次说不知道是谁设计的这衣服，老是往上缩，东南西北风都被装在里面，人一动，风飕飕地顺着腰直往里钻，一点都不科学。他认为还是中山装最好，它能体现每一个中华男儿的方刚、正直、率真的本性，上身也很随身、方便。老百姓穿在身上是一种朴实的象征，忠诚、本分。之后，父亲再也没有穿过那件夹克。有一年，我看见父亲把那件夹克包裹在醋筐篮上，在父亲取下包裹，搅醋藻时，我拿起热气腾腾的夹克，一股陈醋的酸味扑鼻而来。这是父亲第一次这么奢侈地糟蹋自己的衣服，我觉得有点可惜，二哥更是心疼，那可是他花了半个月的工资买的。父亲却不以为然，他说，这本来是一件没用的衣服，布料结实，包醋筐篮正好。

父亲这辈子最佩服、最敬仰的人就是毛主席。闲暇之余，他总是给我讲毛主席的伟大事迹，他说，这辈子他如果能去趟北京就知足了。二哥终于圆了父亲的梦，他带父亲去北京，游览了毛主席纪念堂和天安门广场。在天安门前，父亲站在毛主席的挂像下，拍了他平生最满意的一张照片，笑容可掬、慈祥威严。照片中，毛主席的中山装领子笔直挺拔，父亲的中山装也毫不逊色。在父亲最后的日子里，他每天都要拿出那张照片看看，用干枯的手指摸摸毛主席的衣服，再摸摸自己的衣服，露出幸福的微笑。他的照片都快被他瞅烂了。有时，还会给我讲一讲他的旅游经历，我已经听得耳朵磨出了茧。

每当我看音乐频道的节目时，父亲总是夸赞刘德华的《大中国》唱得好，其实，我心里明白，父亲是喜欢看刘德华的那身打扮。刘德华唱那首歌时，穿的是改良后的中山装，充分彰显了中华男儿本色，和歌词相得益彰，民族文化的传承与发扬都聚集于那件中山装上。

那年，姐姐买来了各色绸缎，红色、黄色、紫色、咖啡色、白色。母亲很满意，父亲看了看说："我在这一世天天穿的是中山装，到了那一世，我也想穿中山装，再给我做一件中山装吧。"姐姐又买来了当时很流行的布料——蓝卡基。母亲是一位裁缝，是当地很有名的裁缝，她的徒弟多得数不胜数。姐姐在闲暇之余，跟母亲学做衣服。这次做寿衣的事本应由母亲的徒弟和姐姐来完成。但母亲还是不放心，她亲自裁剪，尤其那件中山装，母亲画尺寸时，一手拿着尺子，一手拿着粉笔，左思量，右思量，好像难以定夺的样子。她把衣长、衣宽、袖长都做了精确的计算，从她的眼神中，我看出了母亲的慎重和认真。寿衣做好之后，母亲把寿衣烫熨得平平整整，叠好，裹一块臭蛋，用白棉布包起来，锁进了大木箱里。

父亲悄悄地走了，穿着自己钟爱一生的中山装走了。在今生，父亲对自己的信仰忠贞不贰，他热爱历史，热爱文化，热爱身边的每一个人。信仰这种东西一旦在人的心中扎下了根，外界的任何因素是难以改变的，就像父亲对中山装的挚爱一样，阴阳两界无法左右。

有一天出门，看见一位身穿中山装的老人，看起来六十多岁，和父亲一样，头戴一顶蓝色扇扇帽，身穿深蓝色、四个兜的中山装，有点褪色、陈旧。他从我的身边走过，背影像极了父亲，显得那么亲切。我心里琢磨着，现在，衣服的颜色、款式一天一个样，一季一个样，人们都在追求时尚、追随潮流。平时，穿中山装的人已经不多了，没想到，还有像父亲一样执着、固执的人存在，真让人感动。

看到他，我想起了父亲，想起了父亲心中永不言弃的信念：不管是活着还是去了，只穿中山装。

母亲和缝纫机

尺子、粉笔、剪刀、老式缝纫机是母亲养活一家人的重要武器。数十年如一日，在“唧唧复唧唧”的声音中，母亲亲手缝制的每一件衣服都是她的孩子，纷纷落地，滋润着千家万户。

自记事起，母亲在王河供销社缝制棉大袄。供销社按件计数付给母亲手工费。我每次去找母亲，看到一间大厂房里堆满了雪白雪白的棉花和深蓝色棉布料，母亲和一位阿姨在棉花堆和布匹之间忙碌着。裁剪布料、铺垫棉花、缝边、钉纽扣、烫熨等一系列细活，都离不开母亲那双灵巧的手。货物催得紧急时，天还没亮，母亲就出发了，夜深人静时才拖着疲惫的身子回家。一年中，总有那么一段时间，家里见不到母亲的身影。为了我们兄妹五人不饿肚子，好好读书，母亲就这样在一间厂房里和缝纫机一起工作了八个年头。

后来，供销社从外地订购物品，不需要手工缝制的棉大袄了。母亲就在家里架起缝纫机，为村里村外的人缝衣服。一传十，十传百，好几里之外的人也步行来找母亲做衣服。尤其进入寒冬腊月，每家每户都要为孩子准备过年的新衣服，母亲更忙了。她住的小屋柜子上堆满了一摞又一摞的各色布料，用粉笔标上了主人的名字。母亲按照主人拿来布料的先后日期，开始动工。晚上，一个25瓦的电灯泡光线暗，母亲主要是裁剪布料、网边、熨烫，白天开始走线、缝纽扣。冬天的山村格外寒冷，天刚微微亮，其他人缩在被窝里不敢出来，母亲的缝纫机便“唧唧复唧唧”地开始了一天的歌唱，直到万家灯火通明才停止转动。有时，我一觉睡醒还看见母亲在灯光下穿针引线、缝边，把走斜的线拆掉，重新走。母亲两鬓斑白的头发在灯光的照耀下格外刺眼。线掉了，她还是不厌其烦地一次又一次重新穿，不是针眼变小，而是年龄变大，灯下穿针难上加难。我凑上去帮母亲穿针，她少不了夸我几句，我乐滋滋地又进入下一个梦乡。

平时，母亲的活比较少。母亲是闲不住的人，闲月里，又自学缝纫机绣花，当时，母亲买回来好多绣花图纸。她把白色的布料铺开，放一张复写纸在白布上，把选好的图纸平铺在复写纸上，拿圆珠笔沿着图纸上的图案描摹，描摹完之后，掀开图纸和复写纸就会看到白布上的图案。母亲拿着印好图案的白布左看看，右瞧瞧，兴奋得不知道接下来该干些什么，爱不释手的样子有点可笑。觉得满意之后，她把花缯套在印花上，根据自己的想象开始搭配线的色彩，开始在缝纫机上绣花。村里人非常喜欢母亲绣的鸳鸯戏水图、荷花图、喜上眉梢图、金鱼图……这些绣花图栩栩如生，无论是色彩搭配还是绣花，谁都挑不出半点瑕疵。山村十里内外，儿女喜事，绣花枕头一对，母亲做的绣花枕头温暖了大大小小十几个村子的热炕头。

母亲的巧手名声传遍山里山外，慕名而来的好多年轻姑娘都想拜母亲为师，学习缝纫和刺绣。于是，一字不识的母亲有了办一期缝纫培训班的想法，她把这个大胆的设想告诉了父亲，父亲相信母亲的实力，大力支持。母亲不识字是个大问题，父亲给母亲出了一个两全其美的好主意，让母亲和表哥两人合办培训班，表哥讲授裁剪理论知识，母亲示范传授实际操作技能。母亲欣然同意，开始筹备开班的准备工作。

三叔家的院子没人住，父亲把几间屋子收拾干净，一间最大的当作授课教室，两间小的，一间为缝纫操作室，一间为裁剪操作室。就这样，乡村第一家裁剪缝纫培训班轰轰烈烈地成立了，报名的事经大家口头宣传，当天就有七八个人来报到。两三天之后，二十人的培训班正式开课。表哥超人的口才让枯燥无味的裁剪理论知识变得生动而有趣，听完理论课的姑娘们面对布料还是束手无策。这时，该母亲出场了，姑娘们围在母亲身边听母亲讲解，看母亲如何实际操作。母亲拿起卷尺先教她们如何量衣长、胸围、袖长、裤长、臀围等。接着，在台桌上展开布料，左手拿尺子，右手拿粉笔，按照量好的尺寸开始画图。母亲边画边讲解，姑娘们才恍然大悟、茅塞顿开，终于明白理论知识用到实践中是怎么一回事。如有谁还没听懂，母亲会一遍又一遍耐心地讲解、比画。等图画好了，母亲才拿起她那把年代久远的剪刀咔嚓咔嚓剪下去。网边、缝边工作，母亲都是手把手，一个一个教她们。怎么才能把线缝均匀，中途缝纫机出现了故障该如何处理，怎样才能把纽扣钉匀称，并把做好的衣服烫好，母亲对每一个环节、每一个细节严格要求。一期培训班结束了，母亲的徒弟们都能独立完成一件衣服的裁剪和缝制过程。从母亲脸上，我看到了她的成就感和幸福感。想把这一门技术学精的姑娘们继续跟着母亲学习，母亲算不上桃李满天下，但可以说桃李满山村。

自己耕耘的生活是美好的，岁月却是无情的。母亲年龄大了，眼睛也老花了，再也不能守在缝纫机旁了。不管母亲有多么不舍，陪伴了大半生的缝纫机还是被岁月封存了起来。母亲小心翼翼地将缝纫机包裹起来，放在老屋的墙角处，报纸盖了一层又一层，每一层都是母亲的心酸史。

有一天，母亲没来得及告别每一个人，没来得及告别她的缝纫机，就急匆匆地走了。母亲不辞而别，每一次回到老屋，我觉得到处都是母亲的影子，看到墙角处的缝纫机，觉得母亲不曾远离。这台老式缝纫机是母亲生命的延续，它永远忠诚于自己的主人，替主人守护家园。不管我何时回家，看到它，就像看到了母亲。

母亲走了，标尺模糊了，粉笔风化了，剪刀老了，缝纫机也老了，母亲的人生之旅灿烂成一个不老的传说。老屋墙角处的缝纫机在光阴的尘埃里铁锈斑斑，生长着一种情感叫母爱。

奶奶·故事·热炕头

门前的大榆树绿了又枯，枯了又绿；院子里的花儿开了又败，败了又开；奶奶的故事在记忆的长河中清晰了又模糊，模糊了又清晰。一切被定格在真空回放的瞬间，真实而具体。

——题记

三月，是一年中最美丽的月份，我在家人的期盼和祝福中，有幸成为三月花海中最美的一朵。我的到来打开了春天的画卷，也开启了奶奶人生最为充实的一段历程。我圆圆的脑袋枕在奶奶柔软的胳膊上，我和奶奶的故事便开始了。

我刚出生十多天，母亲患了一场大病，奶奶把我从母亲身边抱走，就这样，我来到了人世间最温暖、柔软的怀抱。不管白天还是黑夜，奶奶的大衣襟就是我的被子，奶奶的胳膊就是我的枕头，我和奶奶合体难分。奶奶一头白发，梳一个小丸子头，一张白净的脸慈祥而富态，一双“三寸金莲”离不开一根竹竿拐杖。奶奶经常穿一件深蓝色的粗布大襟布衫，我的头一直藏在她的大襟衫里找奶吃，她的那件布衫是我那时的依恋。听哥哥姐姐们说，我刚出生那会儿，头是圆西瓜形的，可后来就变成了现在的葫芦形，都是奶奶的胳膊枕头惹的祸。奶奶不忍心把我的头放在枕头上，她把自己的胳膊给我当枕头，任凭我滚来滚去。上初中后，我还不习惯枕枕头睡觉，没有奶奶的“胳膊枕头”来束缚，我的头在土炕上到处游离。有几次睡前头朝炕边，第二天醒来，发现自己头朝墙角，倒睡在炕上，我真为自己梦中翻腾的本领叫绝。睡姿不佳，这是奶奶“溺爱”的后遗症之一。

后遗症之二，是我最难以启齿的一件事，我是吃奶奶的奶长大的。三岁之前的事，我就不知道了。自记事起，我清晰地记得，奶奶烧水、烧汤、烙饼、擀面、洗锅……哪有奶奶的身影，哪就有我。别看我小，却是奶奶另一根能自由行走的“拐杖”，是奶奶忠实的影子，有时也能帮奶奶干点活。我离不开奶奶的大衣襟，也离不开奶奶讲的故事。奶奶能讲好多好听的故事，一年三百六十五天，天天讲也讲不完。奶奶不识字，记忆力却超乎寻常，想象力、口才也令人吃惊。一件简单无趣的事经奶奶一番渲染，回味无穷。奶奶讲故事时，神态安然悠闲，她一边吸着浓香的旱烟，一边讲着遥远而迷离、梦幻而神奇的民间传说。我静静地听着轻松愉悦的神话故事，思绪随着奶奶的香烟圈飞翔、穿越，在远古与现实、离奇与神秘之间碰撞出智慧的火花。从奶奶讲的故事中，我获得了想象的翅膀。翅膀在飞翔，我的嘴也不闲着，趁奶奶不注意时，一头钻进她的大衣襟里找奶吃，没奶水还要吃，这是我的习惯。最为过分的举动是，在奶奶拄着拐杖弯腰行走时，我会不顾一切地把头埋在奶奶的大衣襟里，奶奶往前走一步，我就倒着退一步，头藏在衣襟里，还吃得有滋有味，奶奶有时喊疼，我却不理会。我上了一年级还在吃奶。三哥看不惯我的行为，他想出了一个好办法。有一天，我哼哼唧唧地向奶奶蹭过去，要吃奶，三哥说奶奶的奶头在流血，现在不能再吃了。我掀起奶奶的衣襟看，收起了贪吃的念头。事后，过了一段时间三哥才告诉我，那是他的计谋，血是他涂的红辣椒，我听后号啕大哭，从此也就断了奶。我对奶奶并没有因此而疏远，我还是喜欢跟着奶奶。

奶奶对我百般疼爱，当然，我也不能做一个自私鬼。五六岁时，我懂事多了，看着奶奶行动不如以前灵便，决定帮奶奶干一些力所能及的活来减轻奶奶的负担。奶奶睡的土炕，冬天暖和，热又舒服。我喜欢热炕头，一看到奶奶准备烧炕，很积极地去打下手，帮奶奶准备干树叶、长柴草、推耙、火柴，一切准备妥当之后，站在一旁，看奶奶怎样烧炕。奶奶年纪已大，行动极为不便，只能双膝跪着，或者侧身坐着干活。奶奶双手把干树叶放到土炕门的边沿，用推耙推到炕窝的左右两边，放长柴草进去，划燃一根火柴，发出嘶嘶的声音，接着柴草噼里啪啦燃烧起来。整个炕窝里火苗四蹿，寒风刺骨的傍晚，我们蹲在炕门前，觉得浑身暖洋洋的。看着火苗，我和奶奶都有一种成就感，这时，奶奶该干些什么，我知道，她的旱烟瘾犯了，我可派上了用场。一看见奶奶坐下来，就连忙去拿她的旱烟袋和烟管。捏一撮旱烟叶放到烟管里，让她用嘴含住烟管，划燃一根火柴，靠紧烟叶，奶奶用力吸几口，火星稳定，奶奶的神情变得安详而满足。看着奶奶呼出大大小小的烟圈聚成一股淡青色的雾气，萦绕飘散，我极力、贪婪地伸长脖子，追着去闻浓香的烟味。奶奶抽着烟，给我讲《孟姜女哭长城》的故事。烟抽完了，故事也讲完了，奶奶接着干她的活。我看着炕窝里草燃得差不多了，准备下一道工序的材料，提一篮子干树叶之类的燃料，一篮稍微细而且潮湿的燃料，我和两个篮子一起排队等待奶奶的行动。奶奶用推耙把干树叶推到火堆上，再把潮湿的细料推到树叶上，关上炕门，双手拍拍衣襟上的土灰，等着享受夜晚的温暖。我继续跟在奶奶的身后，随时准备着她的旱烟袋，也准备着听下一个故事。哥哥姐姐把我叫作奶奶孝顺的“旱烟袋”。

天长日久，我从奶奶那完全掌握了烧炕这门技术活。小学以后，我接管了为奶奶烧炕这项光荣的任务，每天放学回家，我的第一项任务是为奶奶烧炕。凭着我的聪明、伶俐，烧炕很容易。我烧的炕奶奶睡着舒服，自有其中的奥秘。全家人只有奶奶才能分辨出，别人和我烧的炕在温热上是有差别的，也只有奶奶才能领悟到这温热之间的玄机。夜深人静，躺在自己的劳动成果之上，尽情地享受热而不烫、热且舒服的最佳温度，别有一番风味。尤其，当奶奶在别人面前夸奖我烧炕的技术时，我还有点不好意思。我和热炕头就这样结下了不解之缘。

我和奶奶的故事很多、很长，长得讲不完。

三女儿

三女儿，是王河村一个响当当的人物。

三女儿住河东岸，村南头，大人小孩、男女老少都叫她三女儿，叫着年轻，听着亲切。自记事起，“三女儿”这个名字便刻在我心里。后来，我问长辈们，三女儿有没有其他的名字，他们摇摇头说不知道。我猜想：在农村，芳芳、花花、女女这些名字经常用，非常接地气。难道，她姓三，名女儿？不可能，百家姓里没有姓三的。那就是，她在家中排行老三。至于户口簿上，她叫什么，还是没人知道。这些都不重要，她的名字毫不影响她的名气，反而是她的名气，让她的名字更响亮。

三女儿以爱骂人而出名。但是，她骂人是有原则的，绝不骂她所尊敬的人，比如我的父亲，三女儿一看见就小爸长小爸短，叫个不停。至于家人，她自己可以随便骂，绝不允许外人说三道四。三女儿只要睁开眼，第一句话：“这个跛子（她男人）把人往啥时候害里，亏他老先人的。”第二句：“死得快了的坏东西（她的大儿子），还在磨磨叽叽。”推开大门，环视一圈，含沙射影地还要说几句：“现在的人良心都让狗吃了，心思太坏，天天伤害我的几只鸡。叽叽，叽叽，乖乖待在院子里，别乱跑。”转身，关好大门，三女儿扯开嗓子唱着秦腔去田里了。一天到晚，如若让她的嘴合上，不出声，休息片刻，除非太阳从西边出来。

三女儿有两个儿子，她偏爱老二。看见老二，笑嘻嘻地迎上去，拍拍打打说：“我的世糊糊，饿了吧，妈给你找好吃的。”真是捧在手心害怕摔了，含在嘴里害怕化了，不知道该如何是好。

老二就是她口中的“世糊糊”“现世宝”“狗娃”……世界上最美好的称呼都配得上她的心肝宝贝。对老大，她就是传说中的后娘，甚至比后娘还狠毒，不是打就是骂。旁人听着心惊肉跳，当娘的怎忍心对自己的儿子骂出这样的话，况且儿子还未成年。

三女儿干农活瞎转悠，成天盯着不顺眼的人，嘴里忙着翻人家老底，自己手里干不出活。她的男人是个老实厚道的人，忙里忙外一把手。家里、田里的活，男人一个人干，三女儿进进出出像是监工的，不找男人麻烦，相安无事，就是万幸了。男人右脚上有三个鸡眼，刚好在脚掌处，走路钻心痛，只能左脚用力，右脚一瘸一瘸的，好多年了，医治需要钱，只能咬着牙忍着。三女儿叫他“跛子”。三女儿大清早不骂男人，有可能是嘴巴还没活动舒展开的缘故，村里人还真不习惯。晚饭前后是三女儿骂男人的又一个点，很准时。村庄上空，炊烟四起，暮色渐浓，隐隐约约传来几十年未变的老调子，不用猜，就知道是三女儿。接着，巷道里传来一群小孩的嬉闹声，三女儿又骂人了啦，三女儿……大人跑出门，一把扯住自家孩子，屁股上一巴掌，说：“三女儿是你能惹得起的吗？小心那狼婆婆找上门来，撕烂你的嘴。”孩子吓得一声不吭了。第二天、第三天，一年三百六十五天，三女儿天天如此，老调重弹，小孩像庄稼，一茬一茬天天如此在疯跑、在报信：三女儿骂人了。

三女儿经常故意找邻居的碴。邻居见三女儿绕道行，不是真正地怕她，是怕惹一身骚。中午，下地干活的邻居回家，正做饭，三女儿在大门口跳着撒泼：“是谁偷了我的鸡，心里清楚，只隔一堵墙，心太黑，偷我的东西，手生疮……”邻居气得直跺脚，想冲出去给她两巴掌，想想算了，一冲动，往后无安宁日。下午，三女儿一到田里，隔山架檩大吼：“是哪个断手的，偷走了我的镰刀，心让狗吃了……”漫山遍野的人对此习以为常，不去理会，只觉得三女儿一上山很热闹，好像山坡上一下子聚拢来成千上万的人。山野寂静下来，大家都知道三女儿的东西找到了。晚上，麦场里更热闹，家家的麦子进场了，堆天囊地、界限分明，各忙各的。有一种声音絮絮叨叨，像秋天的雨，连绵不断。“人的心思咋就这么坏，一转眼，我家的两捆麦子不见了，天煞的……”不用听，就知道是三女儿。大家心里思忖，自家的多得忙不过来，还用得着拿你的，躲都躲不及。一麦场人没人去理会，各自收工回家，吃饭、睡觉。天地为证，月亮为镜，三女儿骂累了，顺手牵羊抱了别人家的几捆麦子，回家了。一进门，头伸进鸡窝一看，那只游荡的鸡也回来了。男人做的饭，冒着热气，她闷头就吃。谁都知道，三女儿骂人有一半是为了躲避干家务。

三女儿唱的比骂的好听。

三女儿的嗓子是骂人练出来的，“哎呀”一声，村落肃静，花枝乱颤。她高兴的一天，前脚跨出大门，后脚踩着唱腔《杀庙》的片段：

> 母子三人出宫院，不由人黑血往上翻。强盗今日为官宦，贪图富贵无心肝。母子们好似失群雁，猛然想起事一端。昔日里孤雁心脊乱，一心要奔极乐天。整飞了七日并七晚，两膀无力落沙滩……

唱得声情并茂、珠泪涟涟，农村人没有随身带卫生纸的习惯，她左手一把鼻涕，右手一把眼泪，唱到动情处，撩起衣襟，抡起袖口擦来抹去，眼红鼻子肿。没人敢打扰，任凭她唱啊、哭啊、笑啊，世界是她一个人的。大路上、街道上、田野里，走到哪唱到哪。田间地头，三女儿的《赶坡》最拿手。

> 军爷！军爷讲话真见浅，你把我宝钏下眼观。我的父在

朝为官宦，所生下三花无一男……

三女儿入戏太深，把自己当成了王宝钏，越唱越来劲，感觉地动山摇，骂得薛平贵沉默了，她长吸一口气，浑身舒畅。三女儿是山峁上劳作者的随身听，在哪座山、哪条沟都能听得见，草儿听了疯长，花儿听了争艳，庄稼听了颗粒饱满。

人们常说，三个女人一台戏。三女儿一个人就是一台戏，一台精彩的戏。

正月，村里唱戏，三女儿说就那几个旦角，她一个都看不上，都没她唱得好。有人说，三女儿的《杀庙》可谓一绝，今年上舞台唱唱，让大家伙开开眼界。三女儿以为是大家闹着玩，没想到真让她唱，她慌了。平时，她一个人唱，没观众，心里舒坦，上舞台，她胆怯了。赶快跑吧，逃到峁上尽情唱去。大家见状，围拢过来，不管三七二十一，先给她画脸、穿衣服，放消息出去：三女儿下午登台唱戏，扮演秦香莲。人传人，一盏茶的工夫，村里人都知道了。女人们连忙做饭、洗锅，带领老人孩子奔赴戏场，男人们早早就到了。戏场里，人山人海，比往日多出了好几倍。戏场其实是一个大麦场，有一座舞台，过年在这唱戏。小孩怕自己看不见，爬上了麦草垛、墙头。大人们一个个往戏场中间挤，生怕错过了三女儿的一场好戏。三女儿第一次上舞台，她的粉丝竟没有年龄、性别界限。三女儿的两只眼睛透过帘子缝，惊叫起来，“我的妈呀”，观众黑压压一大片。她的心咚咚敲鼓似的狂跳，她又想逃跑，被几个男人看管，跑不了。锣鼓一声响，该“秦香莲”出场了，三女儿吓得直往后缩，说时迟那时快，会长朝三女儿屁股踢了一脚，三女儿牵着一双儿女，一同踉踉跄跄地跑上了舞台。台下欢呼起来，三女儿跪在舞台中间，不敢抬头，只是使劲唱：

叫大爷平心且静气，听我与你说来历。我家住湖广均州地，二公婆饿死好惨凄。我丈夫名叫陈世美，我本是他的结发妻。所生一男并一女，沿门乞讨到这里，秦香莲本是我名讳，母子三人古庙宿。

唱腔戛然而止，台下鸦雀无声。三女儿心更慌了，平时，这一段戏唱得滚瓜烂熟，今天怎么就忘词了，后面的无论如何也想不起来。她觉得自己的脸火辣辣地烫，幸好有油彩遮羞，打脸的事真不是人干的。韩琦救场，踢她屁股，示意她站起来，抬起头，她不理。台下喧嚷起来："三女儿今天怎么了？"她不是天不怕地不怕的，走到哪唱到哪的吗？原来是一只纸老虎，被观众吓住了。

一折舞台戏治愈了三女儿唱戏的病。从此以后，她不敢再大声唱戏了，小声哼哼唧唧，村子里、山野上，安静极了。

三女儿的大儿子经常受气、挨饿、挨冻，病了，三女儿也没问一句，还是照常骂。可怜的孩子没熬过冬天，还没娶媳妇就死了。村里人说是被母亲活活咒死的，三女儿终于如愿了。俗话说，女人嘴里有毒。儿子进了冷冰冰的坟墓，三女儿清醒了，哭着喊着要儿子。人们恶狠狠地说："后悔今日，何必当初，谁不知道那是鳄鱼的眼泪呢。"三女儿三天两头哭着去坟头，又是拍又是打，来年春天，坟头上没长出一根草。人们都说新坟头没过百天，三女儿犯冲，把草哭干了，以后是不会长草的。多年之后，那座坟头一直光秃秃的。大儿子死后，三女儿的日子里再也没有了唱腔，骂人的声音也没有了，只剩下哭。白天哭，晚上哭，哭得天昏地暗，光阴的尘埃都被她哭湿了。

乡间小道上，三女儿骨瘦如柴，头发白花花、乱蓬蓬，如同冬天干枯的草糊糊，没有风，依旧乱飘。她的嘴不停地自言自语，声音如蚊子叫，谁也不知道她在说些什么。

商 商

商商是村里最忙的人。

羡慕的人有很多，嫉妒的人也很多。

商商身板好，大个头，圆实，力气大，干活有耐力，不惜力，是天生干庄稼活的一把好手。尽管如此，在三个儿子还在泥土里滚爬、打闹时，商商家的日子也是一地鸡毛。一家十口人，上有老下有小，就他一个劳力，一群娃娃和动弹不了的老人，还得有人照看，老婆偶尔帮帮他。商商用尽全力，早出晚归耕种几亩良田，抽空做点木工活挣点钱，一年到头，仅够一家老小的温饱。

商商家的光阴一天好似一天，是从三个儿子长大成人开始的。

商商的三个儿子都不喜欢读书，老师一提问，一张脸从额头红到脖子根，使劲吸鼻涕。老师说，鼻涕多的娃娃聪明，逗得全班哄堂大笑，吸鼻涕声更响亮，好像吸到嗓子眼，同学们提心吊胆，只想呕吐。遇到考试，偶尔及格，高喊“万岁”。用商商的话说，老先人坟里没冒青烟，出不了读书人，趁早跟着自己劳动也好。初中没毕业的三个少年排着队，跟父亲下地劳动了，一个个脸上泛着喜悦的红光。三个儿子继承了父亲的强大基因，经过一个秋天的锻炼，已是青出于蓝而胜于蓝。他们父子一下地，村里人只有脸红的份，打心底里羡慕，羡慕商商强壮的身板，羡慕三个羽翼日益丰满的少年，羡慕两头高大气盛的黑骡子。

商商是一个有头脑、有计划、有目标的庄稼汉。他的蛮力用在刀刃上，引导三个儿子寻找适合自己的角色。小儿子年龄小，力气不足，赶骡子驮粪、驮麦子、驮胡麻、驮洋芋。老二犁地，施肥，喷洒农药。老大跟随他干重体力活和技术活，比如拉车、撒种子、勒驮、扬场等。遇到田里除草、耕种、收割这种需人手多的活，父子联手齐上阵，干活有拼头，一顿饭的工夫，身后是大片大片的收成。

庄稼人靠天吃饭，风调雨顺，大丰收不是神话。

一年冬天，商商的小儿子一天也未曾歇过，跟在骡子屁股后，来来回回为庄稼备足了天然肥料。第二年开春，雨水丰沛、光照充足，二儿子为小麦适时施肥，小麦疯长。商商和大儿子开垦了许多荒地，种了杂粮和经济作物。秋天，庄稼颗粒饱满，商商迎来了包产到户第一次大丰收。这既是天意，也是商商日出而作、日落而息，辛勤劳作的结果。村里，商商家收成最好，小麦产量上万斤，消息飞快传遍十里八乡，赞叹声犹如鼓点咚咚响彻村野。

艰难的穷日子过怕了，堆积如山的粮食好几年吃不完，心里踏实，村里人一觉睡到太阳眨眼睛。商商不这样想，他有一颗经商的头脑，一有机会就想挣钱。一个计划诞生了，留足一年的口粮，卖掉余粮，为大儿子买一辆小四轮车。小四轮车在村里忒吃香，用途广泛，碾场、拉庄稼、拉粪、拉土、拉沙、拉木头……代替人力，省时、省力。丰收季，家家的麦垛像大山，还不止一座，有的好几座。就碾场来看，靠人力、牲畜远远不够。幸亏从外地开来了几辆小四轮车和拖拉机，才解决了村里人面临的困难。商商看准这一点，贷款，立马行动，买了一辆小四轮车，这是村里有史以来的第一辆四轮车。新手、新车上路，生意天天满档。五块、十块、十五块、二十块，天天有现金，天天有欠账。晚上上炕，商商听大儿子报账，听到银子细流般流入口袋的声音，脸上露出了希望的光芒，干劲十足。

家家粮满仓，不愁吃，不愁穿，就愁闲余时间没法找乐子。

发家致富路上，商商有了下一个计划。村里有黑白电视机的两家，是干公事的公家人。每逢下雨的日子，那两家炕上、地下、院子里挤满了人看电视，人头晃来晃去的，看不见的只能失望离开。公社的电影村社轮流放映，一年到头才轮流放映一两回。孩子们盼望、等待的心情和盼过年、吃肉菜、穿新衣服一样急切。商商决定给老二买一台电影机。

前两年，他买下大队的饲养院，有六间大房子，一个能容纳两三百人的大院子，把饲养院当作电影院正好。心意已决，商商让老二跟着公社的放映员学习放映技术。商商凑足钱，一台崭新的私人电影机走进了村里，大人看稀奇，小孩凑热闹，村里炸开了锅，过年似的喜庆。第一晚，公演，不买票，放《康熙大闹五台山》。一听电影名，村里的男女老少都来了，外村人步行五公里路赶来了。电影院小，容纳不下，银幕挂在河畔的大树之间。宽阔的河边上，人站着、坐着、蹲着，黑压压一大片。商商吸着一锅烟，舒畅极了，见人高兴得话都说不真，但声音底气十足。开演了，河滩上鸦雀无声，只听到河流"哗啦哗啦"，这可能是村里人第一次听到小河流淌的声音，原来这么美妙。第二晚，放映《少林寺》，一张票两毛钱，饲养院内放映。老大、老三守门，收票。偌大一个院子挤满了人，墙头、窗子、牲口槽上全是小孩。之后，看电影的人陆陆续续从未间断，过年、过节人最多。冬天，在以前的牲口圈内放映，有一方炕，坐着看，舒服。商商挣钱，村里人乐意，看电影是唯一的乐事，心存感激。

踏上时代发展的步伐才不会落伍。

下海经商潮，外出打工潮，一浪接一浪，汹涌而来。世界那么大，村里的年轻人都想出去看看。出村，得先步行五公里山路等车。有时，一等就是一整天，拿重东西，非常不便。开学季，学生得背馍馍、背粮食爬山路。不用说，都希望村里有一辆面包车，连接通往外界的路。

商商有一双看透人心的慧眼，审时度势，决定给三儿子买一辆面包车。买车，钱是一个大数目。商商是二十世纪八十年代王河有名的万元户，拿出一万、两万，大气不喘一下。要一下子拿出十几万，就困难了。困难归困难，商商不怕，以前饥肠辘辘、衣不蔽体的穷日子都挺过来了。如今，只要勤快，脑瓜子转得快，挣钱的门路不是唯一，千万条路任自己选。先把买车的钱凑够，再想法子挣着还。一半是贷款，一半是家底和找亲戚朋友借的，一辆白色的面包车驶入通向村里的大路上。那是一个春日的黄昏，一声长长的汽笛声从弯弯曲曲的山路上传来，田间地头、村口小路、大街小巷的人都听到了，驻足远望，白色的小点跑得飞快，渐渐变大。一会儿，大人小孩聚拢在商商家大门前，准备鞭炮，挂红灯笼。车一到，炮声响起，欢呼一片。面包车头挂上了几匹鲜红的绸缎，像一位刚迎进门的漂亮新娘子，羞羞答答任人围着看。车行经的路线是村里通往县城，车费八元，“八”“发”押韵，商商喜欢。自从村里通车，封闭了几千年的深山沟一下子活了起来。天天有人进城批发城里人的新鲜玩意，新鲜瓜果蔬菜、现代生活用品、奇装异服等，村里的街道上要啥有啥。扁食馆、大菜餐馆也红火起来了。

商商的三个儿子相继结婚生子，独立门户，商商仍是他们坚强的后盾，支持儿子瞅准生意，大胆去做。商商打通城乡的要道，一刻也闲不了，马路边自己盖了一栋小二楼，一间自己开杂货店，其余出租。老板椅上晃悠的商商年龄大了，深吸一支烟，吼几声《下河东》，明显感觉力不从心。叹息岁月不饶人，明天是属于年轻人的。想到在县城上学的孙儿，以后回不回来是另外一回事。

商商认为儿孙们遇上了好时代，应走出山村，飞高，飞远。

实诚

实诚是王河最闲的人。

包产到户那年月，村里的庄稼人，不管大人还是小孩都很忙。纳闷的是，为什么实诚就那么闲？闲得只剩下背搭着双手，眯缝着眼，沿河道来回踱步。

用庄稼人的话说，实诚是个命大之人。老婆一口气给他生了六个儿子，六六大顺。一个比一个大两三岁，大儿子已结婚，小儿子还屁颠屁颠跟在身后乱跑，更像是孙儿辈。对此，人丁稀少的人家很羡慕。庄稼人，有一个“加强连”干活，日子顺风顺水，是迟早的事。但是，那么一大家人吃饭、穿衣，六个儿子一个接一个上学、成家立业，是需要一大笔银子的，仅凭几亩薄田，得有一个好掌柜好好经营，否则就不能赶上别人家红红火火的光阴。

家，对实诚而言，就是旅馆；实诚，对家而言，就是局外人。

实诚站得远远地看家，看其中的山重水复、柳暗花明，看其中的跌跌撞撞、沉沉浮浮。老婆拿他没辙，儿子见了他，一个个好像老鼠见了猫似的，躲都来不及，更不用说亲近了。偌大一个家，只能由老婆来经营。

实诚整日忙着踱步，抽不出手来干点别的，更不用说担水、喂猪、喂鸡、下地干活等与光阴有关的事了。他不操心儿子的终身大事，也不担心儿孙的身体健康，家里的一切事都与他无关。他，四肢健全，身材高大、魁梧。自己经常穿的几件衣服倒是洗得干干净净。夏天戴一副墨镜，有几分绅士风度。冬天穿一双大头牛皮鞋，有点军人的味道。每天中午、下午放学时间，总看到他叼一支卷烟，背着双手、挺胸抬头，目不斜视、旁若无人，在他家大门外的河边上漫步。他的步伐缓慢，却刚劲有力，有自己数步数，打发光阴的意思。沿河坝走二十几步，一转身，又朝回走二十几步。说他不顾家吧，他总在自家门前踱步；说他顾家吧，他从不为家里干点活，除了帮着吃饭。下雨的日子，就靠在河边人家的土墙根上，蹲着抽烟。那支烟有大拇指那么粗，不用想就知道是废纸卷旱烟叶自制的。这种烟比买的香烟力大、劲足，只有烟瘾特重的人、买不起香烟的庄稼汉才吸它，过瘾。冬日暖阳，是村里吃过两碗馓饭没事干的庄稼人的最爱。大路边，女人站一圈，挤眉弄眼，纳鞋底。男人背靠土墙，蹲一排，天南海北，吸烟。大多数人的烟和实诚的一样，兜里摸出一张泛黄的书页，对折，撕一半，铺展在膝盖上，挺腰；另一个兜里摸出烟袋，捏一撮细烟叶，沿纸中间撒一道，从一边斜卷到头，舌头一舔，手一捏，纸的末端粘在一起，夹在指缝间很神气地划一根火柴，闭足气，深吸，呛得上气不接下气。实诚一个人蹲在老地方卷烟，吸烟，吐出的烟圈和他一样孤独。

六月麦黄是村里人最忙的时候。别人家大人小孩齐上阵，忙着抢收，老弱病残守村或守家。实诚是全村人百忙中的一个例外，任何一个季节，任何一个日子，都影响不了他的生活，依然悠闲自得、漫步人生。天色微亮，清露晨流，村里有了响动，实诚的老婆带领儿子，拿着开水，带几块饼子，下地割麦子了。太阳一出来，火辣辣的，汗浸透了衬衫，背针刺般疼。正午时分，孩子们精疲力竭。老婆提前回家给儿子们做饭。实诚在河边不紧不慢地踱步。老婆一摇一晃进了家门，一会儿，挑着两只水桶出来，实诚赶紧背过了身，装作没看见。老婆也不理他，来到水井边，放下水桶，打满水，一寸一寸往上拉井绳。精力消耗已尽，又渴又饿，一桶水让她气喘吁吁。实诚在不远处好似一个耳聋眼瞎的外人，依旧在老婆急促的喘气声中悠闲漫步。

麦子上场，碾场是一家人的大事，提心吊胆看天气。听大人们口里经常念叨：“朝霞不出门，晚霞行千里。扫帚云扫天晴，瓦渣云泡死人。”这谚语不仅说得形象，还说得特别准。实诚家碾场是看了天气的，晴空万里。可是到了下午，天气也像实诚一样，是例外，骤变，雷声阵阵、乌云滚滚，一场大雨将至。麦场里，实诚老婆哭喊着老天爷。帮忙的人忙作一团，大家心里明镜似的，这可是一年的口粮，千万不能让大雨冲走。在紧要关头，村里的男女老少拿着木锨、袋子、簸箕等冲向麦场，全力抢救。一场乱仗打完，麦子转移到安全地带，暴雨如注，悬着的心终于落地。实诚还是没跨进麦场半步，立在河边庙门的廊檐下，背着手，面无表情地看雨。

实诚家的日子过得青黄不接，够吃已是万幸了，额外的支出一分都没有。大儿子到了娶亲的年龄，老婆东借西借，实诚好似过路人，从来不问老婆家里可有粮。儿子成亲背了一屁股债，实诚恰似陌路人，从来不问儿子粥可温，与谁立黄昏。

山村的腊月是热闹的，村里街道上的年货琳琅满目，人头攒动。实诚也一改常态，离开河坝，来到人山人海的街道。他不是来赶集的。他不买对联，不买灶糖，不买一根葱，不买一斤肉，而是蹲在商店门口的台阶上，嘴里叼一支烟，看着远处，眼睛里如同手里一样，空空的。这样的日子，有些人喜欢蹲在商店门前聊天，有些喜欢看姑娘，有些喜欢看热闹。实诚什么也不喜欢，就只是那样蹲着，目光呆滞，不喜不忧，和踱步时的状态一样，只是姿态有了变化，心里想些什么，或许连他自己都不知道。

正月里，耍社火，喜庆至极。实诚家门前的桌子上摆满了热气腾腾的土锅子，爆炒过的肉片在热气升腾中颤巍巍地散发着诱人的香气，这是给耍社火的人准备的。全村人家的骡马牵出来，排好队，等主角画脸、穿衣服、上马，欢庆方圆几十里，等待着一年的盛大节日。大人小孩个个脸上洋溢着无法隐藏的喜悦，忙里忙外。大人牵着力大气盛的骡马，扶孩子上马，一再叮嘱坐好，抓牢。只有实诚家的儿子几人互相取暖。实诚那张满脸麻子窝的脸毫无变化，依旧叼着一支卷烟，双手背着，不慌不忙，在人群不远处踱来踱去。偶尔朝社火队瞥一眼，好像人间烟火真的与他无关，儿子耍社火的安全更与他无关。

那年月，村里的庄稼人只有实诚没事做，那么闲。我一直想知道，他是怎么做到的，两耳不闻窗外事，两目不识眼前人，一心只顾闲漫步。当时，羡慕他的人肯定有很多，但真正懂得实诚的人又在哪里呢？

直到今天，想要的答案还像当时实诚背着双手踱步一样茫然。

我的父亲

一

严肃、少语、冷漠、做事认真，这是我刚懂事时对父亲的印象。

自我记事起，父亲一天忙里忙外没时间和我说话。吃饭时，看到满脸严肃的他，我有点怕，急忙躲开，然后去寻找自己温暖的依靠——奶奶。

父亲天生一张不会笑的脸，天生一副不会拐弯的直肠子，天生一张不会柔声细语的笨嘴巴。但他勤劳善良，喜欢帮别人做事。

听别人说，父亲上学时曾考过全县第一名的好成绩，后来因家里穷，他把上学的机会让给了叔叔，自己留在家里干农活，我对父亲的敬意油然而生。上学后，我开始慢慢和父亲接近。

父亲表面上看起来很冷漠，但他从来不骂我，也不打我，渐渐地，我对他的怕也消除了。学习上需要买什么东西，只要我一开口，父亲总是东拼西凑，一毛两毛想方设法给我钱，满足我的愿望。我捧着一张张奖状满怀兴奋地站在他面前，他伸出一双粗糙得像千年老树皮、布满老茧的手接过奖状，神情庄重地扫一眼，就地坐下，双手举起奖状说道：“让我看看。”他一字一句地念上面的内容，随后只说一个字“给”，便把奖状送还我手中。此时，他的脸色稍有缓和，语气也不像平时那么沉重，我能感觉得到父亲那一刻的高兴。

学习方面，父亲不直接给我施加压力，我考入县重点高中，初到一个与自己格格不入的陌生环境，没有朋友，举目无亲。第一次听到老师讲普通话，上课也听不懂。晚上，二十多个人住着大通铺，吵闹声、窃窃私语声持续至深夜。半学期结束，我学习退步严重，还得了严重的神经衰弱，头疼得像要炸裂似的，中药、西药喝了无数，也不见好转。一个周末，我回到家里，父亲去地里干活了，晚上八点多才回来。他一进门，看见我被头疼折磨的痛苦样子，急忙放下铁锹和扁担对母亲说："蛟龙寺附近有位大夫，我听说找他看病的人很多，很灵验的，我带娃去看看。"母亲端来了盛好的鸡蛋汤和饼子说："快吃饭，现在太晚了，明天再去吧。"父亲没应声，转身对我说："趁晚上这个机会，我们快去找他，明天他就走了。"父亲几步跨出了大门，我跑步跟了出去，后面传来母亲的责怪声："一下午饿坏了，没吃一口就走了？"

秋天的夜晚，繁星满天，冷冷的月亮如同一只大玉盘，从东边的山头缓缓升起。山间弯弯曲曲的小路，近处的大树、小树，田间地头的庄稼都看得清清楚楚，远处的大山小沟波浪起伏，轮廓清晰可见。一阵山风吹来，树叶发出沙沙的声音，打破了夜的寂静。在崎岖陡峭的山路上，只有我们父女俩的身影，一高一低地晃动。父亲的步伐越来越快，脚步越来越急促，我在后面几乎是小跑。白天走过的三里堡只有不到两公里路，没想到夜晚赶路却这么远。眼前，星星点点的灯光带给我希望，终于到了，我有点欣喜。父亲带我走进一户人家，打听那位大夫今晚在谁家，那位叔叔很遗憾地说："你们来晚了，他去李沟村了。"我很失望，父亲见此情景，连忙对我说："这距离李沟村只有一公里路，我们一会儿就能赶过去，快跟我走。"

父亲一向很执着，做什么事也很认真，我拗不过他，只能硬着头皮继续和他一起赶路。身后微弱的灯光慢慢消失了，我和父亲又朝前方的山路走去。这时，父亲走得更快了，大概是走下坡路的缘故吧，我跑起来觉得比之前轻松了许多。冰冷的月光下，一条细如银带的山路在我们的脚下无休止地延伸着，广阔的天地间，只听到父亲急促的呼吸声和脚步声。偶尔传来几声鸟儿的鸣叫，我也不觉得那是清脆的歌唱，而是令人害怕的噪音。晚上我失去了方向感，不断地追问父亲什么时候到。父亲安慰我说："现在快到了，我们下了这座山，沟底便是李沟村。"绕过一道弯，我看到了眨呀眨的点点灯火，近了，近了。黑暗中跋涉的我一下子有了战胜恐惧的信心，村落就在眼前。

我看了看表，晚上十点整。父亲正担心没地方打听这位大夫的去向，忽然，听到村头有人咳嗽，父亲三步并作两步追上去。幸好那人和父亲认识，问清原因，带我们去找那位大夫所在的地方。那位大夫被父亲深夜拜访的真诚打动，给我诊治后，开了药，父亲千恩万谢，我们又踏上了回家的路。

李沟村到我家有几公里路，这条路我最熟悉不过了。沿着小河一直走，小河送我们到村口。想起小河，我的脚步轻快多了。晚上十一点，高高挂在当空的月亮俯瞰着大地的一切，包括父亲和我。父亲走在前面，我总往他跟前挤，他知道我害怕了，就放慢脚步和我并排走，为了分散我的注意力，他边走边给我讲他上学的事，像父亲这样一个不善于表达的人，能主动给我讲自己的故事，还是第一次。父亲的故事驱散了月光的冷气，驱走了晃动的黑影，驱走了我心里的惧怕。潺潺的溪水此刻是那么柔美，声音是那么动听。这一夜的赶路看病，我真正懂得了父爱如山。

后来，我头疼的病好了，也顺利地考上了大学。那年，国庆节放假回家，母亲去上海看哥哥，父亲一个人在家。我突然出现在他眼前，他笑了，这是我第一次看见父亲对我笑，我有些意外，仔细看了看父亲微笑的脸，千沟万壑，却很慈祥，也很和蔼。父亲放下手中的活，用手拍了拍膝盖上的土灰，又用毛巾擦了擦手，拉开柜子，取出两个又大又红的苹果让我吃。我很吃惊，快二十年了，父亲第一次给我找吃的，以前都是奶奶或母亲这样做。看着手中的苹果，我怎么也舍不得吃，也有点不敢相信，这是父亲给我的。

在我临走的前一天晚上，父亲从衣柜里取出一双雪白的棉袜递到我手中说："前几天，村里有庙会，我给你买了一双袜子，天渐渐凉了，你拿回学校穿吧。"我接过袜子，眼泪禁不住流了下来，怕父亲看见，忙找借口躲开。那一夜，我把袜子放在身边，生怕它飞了，这是父亲第一次亲自给我买东西，亲自把东西送到我手中。那一夜，我怎么也睡不着，高兴、激动、难过。二十年来从未有过的各种复杂感情蜂拥而至，也许，是一时还难以接受这份变得过于浓烈的父爱吧。

二

三年前，母亲因脑梗突发，抛下我们先走了，父亲随我们来到县城生活。

乡下，父亲在田里、家里，什么活都干，身体还好好的。不知为什么，一到县城，他走起路来都很困难。为此，三哥给他买了一副能上下升降的拐杖，他把全身的重量都倾向拐杖，反而走得更慢了。

父亲和大哥、大嫂住在一起。刚开始，我们兄妹几人要求父亲吃完饭下楼去走一走。要么去姐姐家，要么去我家，这样他就不再孤单了，还顺便舒展舒展筋骨。没过几个月，他就不行了，走路时连脚都抬不起来，单脚摩擦前行。过马路，一步一步往前挪动，看着让人揪心，上下楼成了大问题。我在四楼听见父亲的咳嗽声和拐杖声从一楼传来，等了半小时才听到他的敲门声。打开门，只见父亲急促地喘气，以前他在老家从南山爬到北山都没这样喘过气。后来，为了他的安全，不再让他出去锻炼了。他自己觉得身体还行时，就下楼去透透气。

每到周末，我带着孩子去看父亲，他目光呆呆的，问一句，他才回答一句，总是朝着一个地方看半天。

父亲七十多岁，不说别的，一看他那双手就知道他的人生，一辈子面朝黄土背朝天，以同样的心情干着同样的活。阳光风雨在他的脸上、手上抒写了他饱经沧桑的一生，生活的重担压弯了他高大魁梧的身躯。从小到大，我看到的是父亲严肃、自信、执着的眼神，没看到过父亲忧伤流泪的面孔，在离开老家的那一刻，他也强作镇定，没让我们几个看出他的难过。可是这一天，我却看到父亲流泪了，看着父亲脸颊上的那滴充满辛酸的泪，看着他用那双布满老茧的粗糙的手拭去泪的一瞬间，我的心真的很痛，很痛。此时此刻，我才真正明白父亲对母亲的思念竟是如此厚重，对家乡的怀念竟是如此强烈。以前，父亲把一切都藏在心里，那是因为有待在家乡的那份踏实，因为有母亲的那份唠叨，让他感到很欣慰。可是现在，面对陌生的城市，他只能与孤独为伴，久而久之，凄凉的思念再也无法控制。面对我，父亲终于说出了他的心里话。他说："我在这里，一天时间怎么那么漫长？出去又没一个认识的人，到处是车，我一点都不开心。等过完年，我就回老家去住，如果你妈在，该多好啊！"听了他的话，我劝了半天也没用，我也忍不住流下了眼泪，心里想：原来母亲的离开给父亲带来这么大的伤痛，父亲离开老家竟是这样孤独。儿女长大了，各有各的家，各有各的工作，一年到头也聚不了几次，陪老人的时间少。人老了，身体健康，和老伴互相支撑，这可能才是最大的幸福吧。要不，怎么会有"老伴，老了的伴"这样的说法。

父亲身体一天不如一天，他只能每天一个人待在家里，我知道这是父亲最难过的一件事，但再没有其他的解决办法。有一天，父亲突然一下子不能动弹了，四肢无力，坐也坐不稳，需要两个人扶起放下，大哥大嫂也被折腾坏了。大哥急忙把父亲送进了医院进行治疗，我们几人轮流照看。十几天过去了，父亲还是老样子。他只能躺着，自己坐不起来也无法行走，脸色白里透红，不知病情的人根本无法相信他是一个病人。医生建议让父亲出院回家养着，他没有其他的病，只能这样静养了。

父亲被送到我家的老院子里住下来，院子里安静，透风又方便，我们找了一位男保姆专门照顾他。父亲插着尿管，至于大便，谁碰到谁清理。我中午、晚上下班回家可以给他喂饭，陪他说说话。以前冷静、少语、从不骂人的父亲这时像换了个人似的，一见到我就喋喋不休地说起来或骂起来。一会儿说老家的事，一会儿说鬼神的事，他的话云里雾里直穿梭，听着听着我都有点害怕。一会儿又指使我干一些没用的事，我不去理会他，任他说，任他闹。他说烦了就开口骂道："你们这些人知道我不能动，一个个自以为是，我要回老家去……"这是我第一次觉得父亲话多，第一次听他骂人。他一边骂一边眼睛到处搜寻我的身影，看我有没有看他，有没有注意听他说的话。其实我明白，他这样做的目的是让我多陪他说会儿话，他躺在床上太孤独了。

父亲年轻时牵着骡子，扛着犁，上西山下东山，没想到如今却要受这种活罪，他怎能甘心。他试图努力让自己爬起来，但屡屡失败，要强的他直用拳头砸床头。他央求着让我们扶他走，但他双腿无力，在双脚接触地板的瞬间，双腿弯曲打哆嗦，只能凭借外力悬空走几步。可怜的父亲就这样躺在床上，在我家院子里生活了一个月。

那天是周末，保姆回家了，我忙着洗衣服没搭理父亲。中午，我进去给他喂饭，看见他睡得很香，但脸色有点黄。我急忙摇他的胳膊大声叫，他怎么也没反应。我吓坏了，赶忙找来医生，医生说他只是发热昏迷，吃点药就没事了。晚上父亲清醒了，由保姆照看，我也放心了。第二天上班，突然接到保姆的电话，他说父亲情况不妙。我一时六神无主，也不知道自己是怎么回家的。一进门，看见父亲的脸色失去了往日的红润，一片蜡黄，眼睛紧闭，只有微弱的呼吸。这时的我只想完成父亲最后的心愿，趁父亲还有呼吸时给他穿上寿衣，并把他送回老家。可是，一切都阴差阳错，寿衣在大哥家，而大哥正好不在家。我只能在心里祈求上天让父亲多坚持一会儿，就一会儿，我要把父亲送回老家。那一刻，父亲一分钟都不想留，他没有睁眼看看我，也没有说一句话就静静地走了。等大哥拿来衣服时，父亲已经安详地睡着了。我和姐姐强行给已经变得僵直的父亲穿上了寿衣，把他送回了他一直念叨的老家。

父亲就这样过完了他的一生，在我的眼前静悄悄地走了。父亲的那些话一直在我的耳边回响：“你一定要在我停止呼吸之前给我穿好衣服，在我有一口气之前把我送回老家，要不然我在那一世没衣服穿，没地方去。”

父亲走了好久，我的心结还未打开，父亲的心愿在我心里打了一个死结，就是时间也打不开。

我的姑姑

大年初二，一家人拖儿带女，去看望多年未见、唯一在世的三姑姑。

三姑姑跟随儿子住在天水，开车过去一个半小时。一路上，我和姐姐、侄女不断地回想着有关姑姑的故事。儿子一本正经地问道："妈妈，你这是带着你的侄女去看你的姑姑吗？你的侄女，我叫姐姐。那么，你的姑姑我叫什么呢？"

"我的姑姑，就是你的姑婆，傻孩子。"我笑着说。

儿子似懂非懂地点点头说："这辈分真复杂。"

我和三姑姑已经十五年没有见面了，在我的脑海中，三姑姑和奶奶长得一模一样。白白净净的脸，小眼睛，头发绾起来，戴着一顶黑线编织的小圆帽，穿一件深蓝布大襟衣，裤腿用黑布条裹起来，紧紧地，一双"三寸金莲"，走起路来既稳又快。有一年夏天，我和母亲、姐姐三人去看她，那年，三姑姑七十三岁。表哥在外谋生，三姑姑一人在家生活，她身体很硬朗，忙里忙外，什么活都能干。家里的桌子油光水滑，没有一丝灰尘。地板干干净净，没有一丁点垃圾。厨房案板上的两个大瓦罐，看起来闪闪发光。院子的小花园里，七叶花尽情绽放，红的、白的、黄的、紫的、粉的……在院子四周绿树环合中，显得更为娇媚、热情、奔放。那一年，姑姑还能挺直腰杆走路，一般不用拐杖。她从门外的菜园子里拔了一些葱，给我们做了清汤面，清香、素淡的味道至今难以忘怀。从那以后，三姑姑被表哥接走了，我们再也没有见过面。

我有四个姑姑。大姑姑去世得早，我没有见过她，只是偶尔听家里人提起她。二姑姑家离我们家比较远，我只见过三次。她也和奶奶一样，“三寸金莲”，穿着大襟衣，戴着黑线小圆帽，去年秋天去世。小姑姑是一个可怜的女人，我记得她是四位姑姑中长得最漂亮、脚最大的一个。小姑姑嫁给我们邻村的一位满脸坑坑洼洼的“麻脸狼”，他的心和他的那张脸一样肮脏。自从小姑姑嫁过去，没过一天的好日子。小姑姑就是他家的包身工，整天忙里忙外，做饭、挑水、喂猪、喂鸡、烧炕、拔草、割麦、剥玉米……一样都少不了。那位“麻脸狼”整日游手好闲、寻花问柳，动不动还朝小姑姑发脾气。就在小姑姑生下第二个儿子时，他和同村的一位女人好上了，那女人的男人长年在外打工，他就成了那女人家的长工。从此，“麻脸狼”一天到晚不着家，替那女人干活，照看孩子。小姑姑脾气温顺，拿他没办法，只能睁一只眼闭一只眼，任其所为。后来，“麻脸狼”的大儿子把那女人的女儿娶进门，给小姑姑当了大儿媳，小姑姑的日子愈加难熬，小姑姑把儿媳像佛一样供着。寒风刺骨的冬天，小姑姑的手皲裂得像松树皮一样，还得为儿媳烧炕。二媳妇娶进门之后，分家，小姑姑为了不受窝囊气，选择和二儿子一家住在一起。殊不知，二媳妇是一个活脱脱的“母夜叉”，小姑姑忍气吞声，带孙子，做家务，二媳妇却天天咒骂小姑姑，可怜的小姑姑再无去路，便选择了自杀。这就是我小姑姑悲惨的一生。

现在，三姑姑是唯一在世的姑姑。她很疼爱我，小时候，我喜欢去她家玩。她家屋后有一个小果园，樱桃、杏子、苹果、梨，夏秋两季，满园飘香，我成了果园里的常客。人们常说，小孩不走寻常路，我就是其中一个，三姑姑家的果园门是木条钉成的，中间的间隙很宽，我一侧身，正好可以从木条中间挤进去。夏天，树上的小樱桃活泼、可爱。一串串、一簇簇，你推我挤，和阳光挑逗，和树荫嬉戏。这一树红得透亮，那一树白得晶莹，我就像一只小松鼠，在树间跳来跳去，樱桃核在地上滚动。杏树是高大的，要想摘到杏子不容易，我喊来三姑姑，她从门缝间扔进来一个推耙，让我用推耙捣杏子下来。熟透了的黄杏子一推耙钩下来，掉在地上，摔得果酱四溅、泥土裹身。秋天的苹果更是诱人，一个个像大红灯笼高高挂起，染红了我贪婪的眸子，我都是挑选最红最大的，吃到打饱嗝为止。三姑姑具有穿透力的声音飘过屋顶，飘进果园，告诉我拔几根葱回来，她要做面了。三姑姑家的果园虽然不大，但利用率很高。三姑姑在果树下还种了葱、蒜、韭菜和其他蔬菜。我按照姑姑的吩咐，拔几根鲜嫩的葱，挤出木条门。

三姑姑做的涎水面很好吃，炒几根葱，调半盆醋汤，每人盛半碗醋汤，捞几根面，放几片姜，吃起来香味扑鼻，润舌、甜心、美容。我回家时，三姑姑还会给我烙烧饼。三姑姑烙的烧饼真让人震惊，一块饼有五寸厚，上色花纹均匀、饱满，像一朵盛开的牡丹花。掰一块下来，断层细软，口感脆嫩。元宵节，三姑姑做的灯盏更好看。她把和好的玉米面或糜子面捏成小狗、小猫、牛、兔子、莲花灯等，在笼里蒸熟。晚上，在这些各种各样的灯盏上，插上胡麻秆缠麻蘸清油自制的蜡芯，点着火，我一边玩灯，一边吃灯盏，丝丝的甜、淡淡的香。

奶奶身体不舒服，我就去叫三姑姑。三姑姑一来，一切事情都好办，最主要的是我可以偷懒了，三姑姑接管我为奶奶烧炕的任务，还会干其他的家务。秋收时节，天高云淡，太阳西斜，三姑姑在我家门前的大榆树下铺开一条麻线口袋，双腿打盘而坐，端起簸箕，将身旁的一大堆晒过的麦子一簸箕一簸箕筛簸干净。晚上，我和三姑姑、奶奶挤在一个炕上，听三姑姑讲故事。三姑姑没读过书，但她知道很多事，明白很多道理。她讲起故事来可谓是声情并茂、妙语连珠。她可以一宿不合眼，给奶奶讲她们村里发生的事，东家出来，西家进去。我也跟随三姑姑的描述，头脑里不断闪现着她们村里的一棵树、一口井、一个人、一座房、一个碟子、一个碗。三姑姑的声音时而高昂，时而低沉，时而兴奋，时而愤怒，带我进入故事的意境。我对三姑姑村里的人和他们的故事，十分熟悉，甚至比对自己村还熟悉。

艳阳高照的午后，奶奶坐在屋檐下的台阶上，三姑姑端一盆热水给奶奶洗脚。奶奶的脚好长时间才洗一次。三姑姑解开奶奶裹裤腿的黑布条，再一圈一圈解除奶奶的裹脚布，我才得以清楚地看到奶奶的小脚。每当看到奶奶的小脚，我的心就发抖，那是一双多么让人心有余悸的脚呀。我既害怕又心疼，便问三姑姑："姑姑，你的脚也是这个样子吗？"

"是呀，我的脚和你奶奶的一个样。"

三姑姑虽然没有去掉自己的裹脚布，但我可以想象到，她的脚和眼前奶奶的脚是一样的。

爷爷奶奶去世后，三姑姑每次都是哭着来娘家，哭着回家去。三姑姑哭着出家门时，母亲总让我端一碗浆水，跟在三姑姑身后，泼在三姑姑路过的土墙上，说是对去世父母的祭奠。然后，我追上去送三姑姑一程。三姑姑一只手抹着眼泪，一只手扶着我。我默默地跟在三姑姑身边，三姑姑哭的声音很大，而且还有腔调，有点像唱秦腔的感觉，有说词，有哭音。听着听着，我就想笑，又想哭，却不知道怎么安慰三姑姑。三姑姑走一段路，自己停止哭声，并催促我赶快回家，她自己可以走。

三姑姑在我的脑海里就是这样的人，今天又要见到姑姑了，我既激动又好奇，心里一直琢磨着，三姑姑还是那样吗？

门打开了，开门的是表哥，他满脸欣喜。一进门，我开始找三姑姑，看见沙发上坐着一位白发苍苍的老人，她穿着一件开襟的紫红棉衣、黑色紧身保暖裤，乍一看，发型和衣着有点陌生，细一看"三寸金莲"，还有那白白的皮肤，就知道是三姑姑。十五年的城市生活，三姑姑剪了头发，脱掉了帽子，改穿成现代款衣服，看起来精神饱满。她听力很好，眼睛有些模糊，看不清人。

她听到我们来了，便拉住我们的手，根据声音一一辨认。她记得哥哥、姐姐，还有侄女，唯独不记得我。我伤心极了，拉住三姑姑的手，让三姑姑使劲地想，她凝视了片刻，还是想不起来。不过，她就是拉着我不放手，不停地对我说："我姊妹六个，现在他们一个个都走了，留我一个人干什么，我什么时候才能走呀。我天天盼呀盼呀，老天就是不长眼，阎王爷是不是把我给忘了？"

"姑姑，你身体还好，要好好活着。"

"近处的，我啥也看不见，远处山上的小鸟我能看清。"

我跟随三姑姑的目光向窗外望去，没有山呀，只看到一排排高楼。表哥说："她把对面的楼房当作山。"

我强迫自己的眼泪倒回去，顺着三姑姑的心意说："人老了，都是远视眼。"

"唉，人老了，没用了。这几天，我心急得厉害，想回老家看看，像我这般年纪的人，可能都走了。不过，今天你们来，我心里安稳踏实了。"

我们把红包塞到三姑姑手里，她一边用力地缩回手，一边说："这是啥？我不要，我要什么也没用，我一天只能看见远处的山和鸟。"

听到三姑姑的这些话，我的心在流泪。以前通晓百事的三姑姑，现在她的世界里只有所谓的"山"和"鸟"，恐怕再也没有比这更孤独的心，再也没有比这更荒凉的视野。

三姑姑八十八岁了，以前的有些事、有些人她还记得。而有些，她忘了，像我，她也忘了。还好，在我们快离开时，三姑姑一下子想起了我。她不让我们走，嘴里念叨着："这是你们最后一次看我吧。"

没过多久，三姑姑走了，那是我们的最后一面。

一封永远无法抵达的信

——致母亲

母亲，我想念的母亲。今天是母亲节，有关母亲的美文、美图铺天盖地，席卷整个朋友圈，看到这些，我十分羡慕，但更多的是伤感。

母亲，你离开这个世界、离开我已经整整六年了。在这六年里，我没有一天不想你，你的音容笑貌时时刻刻浮现在我的眼前，依然那么真切，我始终觉得你还活着。看到朋友们晒出一张又一张的母女合照，我很嫉妒，我还没有来得及和你合影，你就一声不吭地走了，留给我的却是永远的愧疚和遗憾。今天，我只想提笔写下这封信，虽然我知道这是一封永远无法抵达的信，但是，我还是要写，因为我想你，母亲。

一九五八年是困难年，就在那段最艰难的日子里，你相继生下了我们兄妹五人。你省吃俭用，含辛茹苦地将我们一个个拉扯大，我真的难以想象你当时的处境，在粮食急缺的年代你是怎样养活我们的。你不仅给了我们生命，在饥饿的生死边缘又给了我们第二次生命——好好地活着。母亲，你就是千百万平凡母亲中的伟大者。

你四十岁时生下了我，我是兄妹五个中最小的。那时，生活条件稍有改善，我的降临却是你的不幸。在我出生的第十天，你的鼻子出血不止，哗啦哗啦流了半盆血，父亲急忙送你去了县城的医院。经过十多天的治疗，你的鼻子好了，由于出血太多，身体极度虚弱。看到幼小的我，你没有因此嫌弃我，而是担心我没有奶吃，更加疼爱我。你每天拖着虚弱的身子，按时按点为我烧汤、喂汤，抱着我去村里有小孩的人家，给我要奶吃，生怕我饿着。在你的细心照料下，没奶吃的我喝着白面糊糊，也长得白白胖胖。

每一年我过生日，干娘都会来我家，带着她亲手做的花布鞋。这一天，我最高兴，你却最忙碌。一清早，你走进厨房，准备招待干娘的干粮。在我们村，你可是出了名的巧媳妇，不仅衣服做得好，饭也做得很好。我最喜欢吃你烙的油饼子，你将和好的面揉成团，擀成大圆形，倒几滴胡麻油，左右折叠，待油均匀地铺满大圆，撒一些苦豆粉、五香粉和食盐。再次将大圆饼滚成一条圆棒，顺着长度从圆棒正中间一分为二，沿着其中一半的一端绕成一朵花的模样，擀成小圆饼，放入锅中正反上色，出锅时刷上油，黄澄澄、亮闪闪，散发着诱人的香味。你拿刀把圆饼分成四份，重叠堆放在盘子里，让我给干娘端过去，干娘夸我懂事、乖巧。你又端来鸡蛋糊糊，我们一家人坐在一起，吃油饼子，喝鸡蛋糊糊，拉家常。这一天，我的一颗心都被浸泡在蜜糖里。中午吃完手工臊子面，你会趁着灶火给我烧一个白面圈圈。圈圈只有过生日时才能吃到，很稀有。我双手捧着它，视为珍宝，舍不得吃。我穿上干娘做的花布鞋，去村子里炫耀。伙伴们看见我的圈圈，直流口水，盯着我的花布鞋，羡慕得不得了。他们围着我，久久不曾离去，而我像一个骄傲的公主，在人堆中间卖弄我的礼物。他们一个个夸母亲的巧手，羡慕我有一个好母亲。母亲，你知道那时我有多自豪吗？是你给了我让人妒忌的快乐童年。

不仅如此，那一年“六一”儿童节，你给我缝的粉色衬衣可谓是夺人眼球。我记得那块布料很独特，在农村是见不到的。淡粉色的底子上略带白色，而且闪光的小方格图案在阳光下，像是美人鱼的尾巴在大海上摆动，波光粼粼。节目表演现场，我听到大人小孩都在赞美我的漂亮衣服。我将一张“优秀少先队员”的奖状送到你手里，你虽然不识字，但我看到了你幸福的笑容。那时你在人群中，也像我过生日时被伙伴们围起来一样，满脸自豪。小学毕业了，我穿着那件衬衣，外面套一件红色小西装，相机咔嚓一声，拍下了美丽的瞬间，留下了自己最珍贵的回忆。每次看到这张照片，我就想起了你——我的母亲，是你给了女儿花朵般的童年。

女儿总是要长大的，我要去县城上高中了，你在高兴的同时又有些不舍。好吃的东西、生活用品装了一包又一包，生怕我第一次独立生活会挨饿。出门前叮嘱了一遍又一遍：“在学校里好好学习，照顾好自己。”周末回家，我告诉你我们食堂里的饭很难吃，你听了很难过，之后，你每周让姐夫给我送油饼子来，三年来从未间断。从我出生一直到大学毕业，这一路走来，是你教我如何去做人，如何去生活，如何去实现自己的梦想。

我结婚生子了，母亲，你却像风一样，离开得悄无声息。那天早晨，我还在梦中，被一阵急促的敲门声吵醒，是姐姐，她气喘吁吁地说：“妈去世了，快点收拾，回家。”“啊！不可能！”我生气地喊道。一路上，我一直不敢相信那是真的。一周之前，你还好好地来县城看我们，我们一起吃了火锅，第二天你就回家了。没想到，那是我们最后的晚餐。一进家门，看到苍老的父亲，神色那么憔悴。而母亲，你已经躺在冰冷的土地上，穿着几年前做好的寿衣，双眼紧闭，面容安详，分明是沉睡的样子，却没有了呼吸。不管我怎样大叫，你始终没有回应，这是你第一次这么无情地刺痛女儿的心。当时，我的眼泪稀里哗啦地流，从小到大，我一流泪，你就会来哄我，可这一次我泪流成河，你都没有理我，仍是那样静静地躺着。父亲一遍又一遍地给我讲你离开的经过，半夜里你上了一次厕所，就再也没有爬上炕头，前后半个小时，走得太匆忙。母亲，你走了，留给我的是永久的思念和孤独。

母亲，你走了，带走了家里的炊烟，带走了回家的路，也带走了我的心，从此，我的世界里再也没有了你。山很绿，水很清，我的心，很疼。“你说的话还在 / 但嘴唇没有了 / 你穿的衣服还在 / 但身体没有了 / 你穿的鞋 / 有脚伸进、伸出的痕迹 / 但脚没有了 / 没有了，没有了 / 当我从远处回家 / 别人的母亲还在 / 我的母亲没有了。”母亲，你听，我那孤独的呼唤，尤其是在花好月圆、佳节将至之时，我只有在梦里想你。

母亲，愿你在仁厚黑暗的地母怀里灵魂永安！

女儿敬上

2017 年 3 月

长 翎

长翎是王河最能之人。

长翎上过几天学，认识不少字，是算账的一把好手。关键这些不是重点，重点是他会画画。那年月，一个偏僻的村庄里认识字的没几个，学画画岂不是天方夜谭？长翎画画，脚踏实地，自学成才。

没有笔墨纸砚，他用树枝在地上画，用炭笔在墙上画。画山川河流，画花草树木，画鸟兽虫鱼。不管画在哪里、画什么，都一样栩栩如生。看到之人，望而止步，叹为观止。

正月里唱戏，长翎成了专业画脸师。生、旦、净、丑戏中的四大角色，画脸的技巧各不相同。生、旦的脸，长翎几分钟搞定，白油彩打底，腮红过渡，眼影、眉毛区分性别，温柔妩媚尽显女儿本色，阳刚方正尽显男儿豪气。包公额头的月牙画得尤为传神，一弯标准的上弦月散发着刚正、无私、仁义的光辉。小丑的白眼一瞪，老妖婆嘴角的黑痣，红脸、白脸、黑脸、花脸个性鲜明。一出戏，除了唱功，一张脸才能完美地演绎爱恨情仇。一天一夜两本戏，主角、配角二三十人，一张张画脸都出自长翎之手。

过年热闹不热闹，全凭长翎一双手。从大年初四画到十五月儿圆。

元宵节耍社火，画脸非常讲究。前一天晚上开始画，小孩子的脸、配角的脸、小人物的脸让其他学手艺人画。重要人物，难画的大花脸等着长翎画。大家心里明镜似的，社火队比赛，主要比数量、比创意、比画脸。历来，王河村的脸画得最好，大家都相信长翎的手艺，大花脸，长翎画的颜色均匀，不晕染，花纹、图案清晰、对称，整体有美感，细节最精致。社火队一上马，在街道走过，众人的眼睛很毒辣，一看便知分晓。有些社火队就连最普通、最简单的文臣脸也画不好，脸蛋至眼睛部位无过渡色，白是白，红是红，黑是黑，一张脸，几大块四分五裂，合不起来。有的颜色晕染成一缕一缕的，本想画一张白净的脸，反而画成了乱七八糟的大花脸，不忍直视。一行大队伍浩浩荡荡，每张脸如花般绽放在节日的炮声中，大家都知道，这是长翎的杰作，是长翎打造的节日艺术品。

长翎手握画笔，花草树木成了最温暖的人间烟火，仙界地狱成了教化人心的一方圣地。

那一年，村里重建泰山庙。筹资建庙容易，画屋顶、画壁画就困难了。请师傅画，工价昂贵，耗时长，这让村里管事的人伤透了脑筋。长翎提议，他愿意带领几个徒弟免费画庙。村里一片肃静，继而兴奋、激动、期待萦绕心头。长翎画庙，好像是人们心中早已认定的事，话一出口，过程已不重要，想到结果甚为欣喜。泰山庙封锁两个月，终于等到迎神的日子，庙上人来人往、川流不息、烛火摇曳、香气氤氲。庙门两侧的墙壁上画着两大门神，手持武器，神情严肃，目光锐利，似乎一下子能看透任何一个人的心思，或虔诚，或虚伪，或自私，或忠诚，或……门神衣带飘飘，浑身散发着五颜六色的仙气之光，白底黑面靴踏地，铿锵有力。庙顶粗椽细檩彩绘浑然一体，庙内墙壁上画着十八层地狱之酷刑。据说，人活着的时候干了伤天害理的事，死了要下十八层地狱，受尽酷刑，算是惩罚，应验了人们常说的一句话，人在做，天在看。旁边有文字解说：盗贼抢劫、诬告诽谤他人、谋占他人财产，死后打入油锅地狱，剥光衣服投入热油锅内翻炸，啪啪直响。依据情节轻重，判炸多遍……十八幅酷刑图执行官面目狰狞，威严可惧，一幅幅图场面清晰，惨烈至极，让人身临其境、毛骨悚然、冷汗浸背。

长翎凭一双手画人间烟火，画神仙鬼怪，为村里的祖孙后代埋下了艺术文化的种子。说他是“农民艺术家”一点也不过分。

长翎的字写得更好，村里人不懂什么书法，但就是喜欢长翎写的字，刚劲有力、婀娜俊美。红白喜事，长翎必受到邀请写礼簿。好几百人的村子，几十年过去了，家家都有一本或几本长翎写的礼簿。他现已是八十几岁的老人，满头银发，村里人仍然邀请他写礼簿，也许这就是长翎——这位默默无闻的农民艺术家，留给村庄厚重的礼物。

时光流转，尘埃飘浮，艺术的光芒是任何世俗无法阻挡的，与太阳、星星、月亮同在人们心中，成为永恒，世代相传。

那些年，村里的名人层出不穷，同在一片蓝天下，共沐阳光，以黄土地为背景，耕耘生活的蓝图。鸟鸣是幸福，花开是幸福，播种是幸福，收获是幸福。旧时光里流淌着一种幸福叫村子里满是名人，长翎就是其中之一。

第三辑

人间有味

拌汤情缘

一碗汤，一种情怀。

汤的种类繁多，大米粥、小米粥、蔬菜汤、醪糟汤、鸡蛋糊糊、拌汤……萝卜青菜各有所爱，而我，唯独钟情于拌汤。

说起拌汤，我会情不自禁地舔舔嘴唇，心里默默地回想它的浓香、它的滑润，还有和它擦肩而过的故事。

拌汤是我国北方地区的一种汤类美食，经常出现在早饭、晚饭的饭桌上。拌汤有两种口味，一种浆水的，一种醋的。这两种风味做起来都很简单，炒一碗韭菜留着备用，用蒜和红辣椒烹香浆水，或用葱花烹香醋，一边烧水，一边搓面疙瘩。搓面疙瘩，水量要把握好，水太多，面糊太黏、太大；水太少，面糊不成形，太小。只要把握好水量，搓出来的面疙瘩大小均匀，如小豌豆般可爱、光滑。水开，下锅，慢慢搅动，待面疙瘩才能熟透，倒入浆水或醋，最后放适量盐和韭菜即可，入口清淡、滑爽。好久未曾喝到这样的汤，闭上双眼，想一想从碗边飘过来的醇香，足以让人垂涎三尺。

小时候，家里穷，晚饭只有窝窝头和拌汤，或玉米面糊糊，或白面糊糊，稀饭想都别想，小米和大米见都没见过。那时，拌汤是我的最爱，放学回家帮父母干完活，喝一碗浆水拌汤，吃一片干馍馍，心里暖暖的，吃好了的标准是：吃饱了，喝胀了。

十二岁那年，母亲得了重病需要调养，饭汤的口味得依着母亲。母亲最喜欢喝的是白面糊糊，我不得不忍痛割爱与拌汤暂时告别，每天烧白面糊糊。锅里倒适量水，从案子下面的背篼里扯一把麦草放灶膛里，点火，烧水。拿碗盛少半碗白面，左手拿马勺往碗里倒水，右手拿筷子搅面，这一程序不容小觑，我们叫甩面，是烧糊糊的关键。碗里加水至稠糊状停止加水，筷子使劲搅，直至小疙瘩完全散开，再次加水，糊状变稀。水开，倒入搅好的面糊，筷子搅动，锅里溢起，白面糊糊熟了，盛一碗，放凉一会儿，端到母亲炕边，看着她一口一口地喝，听着她轻轻吮吸的声音，就知道这是母亲喜欢的味道。母亲喝完最后一口，舌头沿碗边舔一圈，手心手背擦擦嘴，就知道母亲喝好了。后来，家里的一只老母鸡奇迹般地下蛋了，为了让母亲快点好起来，白面糊糊里便有了鸡蛋。第一次看到锅里的鸡蛋糊糊，蛋黄、蛋白一清二楚，还有一股清香的味道，从来不喝白面糊糊的我，那时对鸡蛋糊糊有了浓厚的兴趣，说白了就是冲着一口鸡蛋去的。但一想到憔悴的母亲，还是放弃了尝鸡蛋的想法，拿起勺子将锅里的鸡蛋一块一块全部盛到母亲碗里，端到母亲跟前。母亲看到漂满蛋黄花和蛋白花的汤惊喜地对我说："芳，你先喝几口，尝尝鸡蛋的味道。"我强忍住快要挤出牙缝的口水说道："妈，你赶快趁热喝吧，我已经尝过了，我不喜欢这味道。"其实，面对闪亮光滑的鸡蛋花，我把流出的口水又咽了回去。我心里只想着让母亲多吃一口鸡蛋，身体好得快。母亲是我们家里的主要劳动力，没有她的支撑，我就没法上学。从那以后，母亲一直体弱多病，我也一直看着她喝鸡蛋糊糊，至于我自己是不喝糊糊的，晚饭只能是一块饼和一瓢凉水，家里不可能烧两种汤来满足孩子的味蕾。

如今，我也是一个孩子的母亲，更没有喝拌汤的机会。结婚以后，才知道老公喜欢喝鸡蛋糊糊，不喜欢拌汤。每次不得不按照老公的口味来烧汤，自己只能在饭菜之后喝一些开水罢了。儿子一出生就继承了他爸爸的所有"优良传统"，喜欢喝米汤和鸡蛋糊糊，不喜欢喝拌汤。有一次，全家人吃完饭，为了解渴，给每人盛了一碗汤，只有我例外。刚会数数的儿子环视一周，不解地问："妈妈，你为什么没有汤？"

"你妈不喜欢喝白面糊糊，儿子别管了，我们喝吧。"老公在一旁答道。

"妈妈，那你爱喝什么汤？"儿子好奇地问。

"拌汤。"老公又在一旁插嘴道。

"妈妈，明天晚上就做你最喜欢的拌汤吧。"儿子一本正经地对我说。

看着懂事的儿子，我点了点头，一股暖流缓缓地流进我的心房。第二天晚上，按照约定做了浆水拌汤，我一连喝了两大碗，又一次找回了曾经久违的感觉。但是，老公只喝了少半碗，儿子尝了一口直摇头，第二口再也没有送到他嘴边。看到一家人为了满足我的愿望而食欲大减，心里很不是滋味。从那以后，我再也没做过一次拌汤。

看到老公和儿子每人一碗鸡蛋糊糊喝得那么香、那么来劲，我心里是欣慰和踏实的。慢慢地，我没有了喝汤的习惯，拌汤成了我心里的一种慰藉。在所有食用汤中，我最钟情于拌汤，我一生却与它擦肩而过。小时候，顺从于母亲，现在，顺从于老公和儿子，拌汤也就成了一种久居我心灵的美味，情浓而无缘。

人生何尝不是一碗汤，不管是什么味道，日子还得一天一天过。人生如果没有遗憾，那就不是完美的人生，所以我喜欢这样一句话："愿生活中有够多的云翳，来营造一个美丽的黄昏。"

地软搅团别样香

王河美食有三绝：馓饭、搅团、锅鳅（也叫面鱼）。这是地地道道的农家“三姊妹”，这三种饭在做法上，撒面这一环节是完全相同的。

每隔一段时间就想吃一口搅团，也算是怀旧吧。

撒搅团，烧开足量的水，将玉米面糊均匀地倒入水中，边倒边搅，火势要威猛，稀不成形，一边加面一边搅动，直至成稠糊状。把握好火候，锅内定是泡状涌动，冒着热气——“啪！”破了，又有几个泡，逐渐变大。“啪！”又破了，热气四散。这时候，搅，很重要。撒面撒得好不好，全凭竹棍筷子搅。筷子头挑起，面成堆掉落，无须加面了，盖好锅盖，小火焖着，再搅两三次，出锅，装小盆。

搅团香不香，汤是点睛之笔。搅团汤，得根据各人的口味来调制。不外乎这么几种：地软汤、浆水汤、蘸水汤，各有千秋。不过，多数人偏爱地软汤。

地软汤，做起来比较麻烦，费时，主要是洗地软是一件很不容易的事。地软菜又叫地耳、地衣、地木耳、地皮菜等，《本草纲目》上叫“地踏菰”。它是一种无根之菜，是真菌和藻类的结合体，生于地上，形似木耳，色似木耳，故谓之地耳。地软富含蛋白质、多种维生素和磷、锌、钙等矿物质。其肉质薄于木耳，做菜容易入味，口感松软脆嫩，味道清香柔润，有一种海味。它具有清热明目、补虚益气、滋养肝肾之功效。地软是一种集美味、营养、功效于一体的充满山野风味的佳蔌。地软，不是一年四季都能生长的菜。只有温度适宜的夏季，在潮湿的短草丛里，会出现一堆堆、一片片绿绿嫩嫩透亮的地软。这时候的地软是不能吃的，太软、太薄，里面裹有小虫子。经过秋雨的浸泡、寒冬的风干，地软色泽发黑，身子裹得紧紧的，一团一团，干脆，好捡。每到冬季，阳光甚好的下午，我就约朋友一起爬山拾地软。地软长在阳面山坡、田埂上的干枯杂草中。拾地软是一门细致活，蹲下，眼睛要亮，手要灵巧。找到一团黑色的地软，分开枯草，大拇指和食指轻轻一捏，捡起。用力过度，地软碎掉，手笨，地软中会混入好多杂草。拾地软，一怕跑不动、找不到，二怕毛手毛脚、没耐心。为了一口地软搅团，没少跑路。爬山、蹚沟、翻田垄，山坡上爬上爬下，谁抢在最前面，也许能找到大而多的地软，因此，谁也不甘心落后。冬天，寂寞的山谷常常传来一阵阵惊喜的追跑声、欢笑声定是拾地软的。

洗地软是一件让人头疼的事。地软身处土地乱草中，浑身包裹着许多泥土和杂草。用热水泡地软，散开，泥土沉水底，捞出地软，得一朵一朵挑拣，杂草才能除干净。接着用凉水冲洗，一遍又一遍，直到水中无杂质，地软才算洗干净。

地软汤，只有地软还不行，必须有一疙瘩煮熟的白萝卜丝，这样才更有味。锅热，倒油，葱花爆香，放入白萝卜丝、地软，翻炒，加盐、水，大火烧，半开时，放醋、酱油、花椒粉，烧开，入味。地软汤一出锅，夹杂着爆葱花刺鼻的香、浓浓的酱醋香、萝卜丝的清香、地软独特的海味香，各种香混杂在一起，扑面而来，真让人垂涎三尺。盛半碗，加入搅团、炒韭菜、辣椒油。碗中白游鱼、绿草、红花，好一派春暖花开的景象，此时，谁说没有食欲，那才叫“美食白痴”。平时最挑食的人，一看是玉米面饭，转头走人。但看到地软搅团，什么也不说，闷头就吃。

每次和亲朋好友一起吃农家饭，少不了点一份地软搅团。一盆搅团、一盆地软汤、一碗炒韭菜，上桌，其他的红烧排骨、清炖鸡块、酸菜鱼……统统晾在一边，无人拿筷子去触碰。桌子转一圈，搅团盆底朝天，人人擦着嘴，摸着滚圆的肚子，说声：“吃好了。”

浆水汤，锅热倒入适量胡麻油，放入切碎的韭菜翻炒，盛出。锅中再次倒入少量胡麻油，油烟起，放入蒜片、干辣椒丝翻炒，倒入浆水，浆水菜必须多。烧开，浆水的浓郁气息扑鼻而来，是淡淡的酸菜香、浓浓的炒蒜香、隐隐约约的辣椒香。盛半碗浆水汤，铲子分一块搅团，放入汤碗中，加入韭菜、辣椒油，一碗浆水搅团红、黄、绿相间，中国式的经典搭配，色泽明艳，入口滑爽、清淡。

蘸水汤最简单，省时。碗里倒一点炝过的醋、酱油、开水，加盐、鸡精、辣椒油，放一点炒韭菜，用筷子搅一搅，舔一下筷子头，便知味道如何。铲子分一块搅团，盛入醋汤中，仍是经典搭配，夹一筷子搅团，入口滑腻、味浓，刺激，适合年轻人的口味。

萝卜青菜，各有所爱，偏爱一种美食，性情所致。王河人解馋的奢侈饭，就是那一口地软搅团，百吃不厌。

故乡的莓子黄了

故乡的麦子黄了，莓子也就黄了。

莓子为蔷薇科植物黄果悬钩子属，分布于陕西、甘肃、四川等地。学名藨，别称地莓子、莓子、黄帽儿、黄刺儿根等。故乡的人叫它“美子”，大概是太惹人喜爱的缘故吧。莓子，立足大地，如小蘑菇，摘到手中形如小布帽，可爱又不失庄重。莓子有两种颜色，黄色的叫莓子，红色的叫蔓莓子，色泽艳丽、水分饱满、味道香甜，具有清热解毒之功效。

莓子（美子），如水的名字，决定了它对生存环境的选择。它喜欢松软的山坡，土质不是太潮湿也不是太干燥，要恰到好处。

六月里，太阳一出来，麦茬边像下了火。抢割麦子的人们挥汗如雨、口干舌燥，半罐凉开水喝下去，也不见得有解渴的效果。倘若摘得一把莓子吃，渴意全消，重获干劲。

我家人多，麦子种得也多。每年种二十多亩麦子，北山、南山、河沟里面积最大的麦田都是我家的。风吹麦浪，金光翻滚，父亲满眼喜悦，在他的带领下，全家人沿着麦田边依次散开，挥动镰刀，麦秆快速靠拢，发出沙沙的声响，像是六月的赞歌。快到正午，阳光照在身上针刺般疼，那时候，我对“足蒸暑土气，背灼炎天光。力尽不知热，但惜夏日长”有了深刻的体会和理解。炽热的煎熬中，我多么希望自家田埂上能出现一片莓子。有了莓子，采摘既为自己解渴，也可以趁机休息一下，父亲是不会责怪的。美好的事物总是等待有期盼、有准备的人。站在麦田边的哥哥突然喊道："好多莓子。"话音刚落，我扔下镰刀，直冲向哥哥。随着哥哥手指的方向，我看到了自己的救星——莓子，一大片，杏黄杏黄的，在或明或暗的光线变幻中，爬满山坡。不管三七二十一，我纵身一跃，站立于半坡的莓子刺中间。莓子好吃，但难摘，莓子叶上全是针尖刺，故乡的人不叫叶，叫莓子刺。莓子刺坚硬锋利，摘莓子，手千万不能碰叶子，一不小心，手被刺划破，流血不止，钻心地痛。尤其是正午，火辣辣的骄阳下，莓子刺看起来更凶猛。我是不怕的，迫不及待地去摘，用力太猛，黄帽儿成了两半，汁液横流，才想起摘莓子一定要看准再下手，大拇指和食指轻轻一捏，一拉，莓子自动滑落，小布帽状滚动。一两颗，三四颗，全部放进嘴里，舌头一顶，嚼一嚼，是纯粹的甜，是爽爽的冰，好似一股清凉的细流涌进干渴的心田，回味无穷。待自己的嘴唇滋润了，取下草帽，摘一些莓子放进草帽里，给父亲、哥哥们解渴。看着草帽里高高堆起的莓子，严肃的父亲也咽了口水，脸上露出一丝微笑。忙碌的一家人因一草帽莓子，才有了坐下来休息的时间。

有时，会碰到蔓莓子。蔓莓子比较少，它长在潮湿阴冷的山坡上的有刺的藤蔓上，熟透了呈酒红色，微甜微涩，没有黄莓子好吃。

麦子收完了，要耕地。天麻麻亮，父亲扛着犁，牵着骡子去耕地。我睡到太阳微微露出脸，母亲唤醒我，催促着给父亲去送干粮。我迷迷糊糊洗了两把脸，提着母亲准备好的干粮上山了。干粮，不用看，褐色瓦罐里一定是鸡蛋糊糊，罐口碗里是爆炒的辣椒圈圈，布袋里装着刚出锅的油饼子，贴着身还有点烫。我顺着羊肠小道摇摇晃晃地爬上山坡。有一段路是直立着的，说走起来会碰着鼻尖有些夸张，但也差不多。我两腿发酸，大口喘气，走走歇歇，毫无力气。一想到莓子，便加快了脚步。阳面山坡上的莓子只剩下顶着一丝刺，阴面山坡上的莓子长得正盛。边走边踩点，待将干粮送到父亲眼前，看着父亲坐在田埂上吃油饼子，我拿起汤碗飞奔而去。父亲知道我要去干什么，也不问，高兴时，还会告诉我哪一道地埂上莓子最多。阳光从山顶慢悠悠往下走，露水还未散去，六月的早晨露水丰盈，草尖上露珠滚动，还未爬几道地埂，鞋子湿透了，裤子也湿了半截，这些都阻挡不住一颗摘莓子的心。

半山腰阳光悬浮在膝盖上，莓子刺吮吸着露珠，显得格外嫩，和正午相比，叶子温柔了许多，顺势铺展着。杏黄的莓子像眼睛，像星星，湿漉漉的，闪着透亮的光。露水包裹的莓子汁液更丰满，伸出的手指有点不忍心碰触的感觉。第一颗，顺手放进嘴里，丝丝滑滑的凉，混着青草味，香甜润心。第二颗放进碗里，第三颗吃到嘴里……两道地埂走到头，我不断地打着饱嗝，碗里的莓子也高高耸起，形成一座黄色的小山丘。回到父亲身边，父亲没碗喝汤，只能端起瓦罐喝，还好，他没有责怪我。我送父亲几颗，他说："早上有汤，不渴，你留着吃吧。"等父亲喝完汤，将一碗莓子放在瓦罐口上，我提着瓦罐乐滋滋地回家去。

我二十年没吃过莓子了。偶尔回去，也赶不上麦黄时节，总是与莓子擦肩而过。我知道，无论我去与不去，莓子始终与六月相约而至，风摇它的叶子，它结它的果子。

去年六月回到故乡，我去父亲的墓地，恰巧赶上莓子黄了。大片大片的莓子黄灿灿的，有的正嫩，有的熟透了，没人采摘。田野荒芜，人影稀少，莓子只能孤独地枯黄、孤独地凋零、孤独地腐烂。伤感之余，我又有点欣喜，不管怎样，有了莓子的陪伴，父亲不会孤独。

麦黄时节我就想起莓子，口水也慢慢变甜了。

萝卜丝烩菜

萝卜丝烩菜是我最喜欢吃的菜，做起来简单，吃起来爽口。

王河人逢年过节、红白喜事都少不了做一大锅萝卜丝烩菜，热气腾腾，亲情、乡情尽在浓汤鲜菜中相融交汇。

寒衣节，天格外冷，心也是彻骨的寒。为了得到一点点心灵的安慰，我回老家给父母送寒衣。

正值初冬时节，人迹罕至的老家门前，半枯半绿的蒿草齐腰深。推门而入，满院疯长的荒草也是半枯半嫩，扑面而来，紧紧地将我抱住，差点摔倒。我心更加悲凉，揉了揉眼角，擦掉桌子上的灰尘。在父母生活了一辈子的老屋里，献上自己亲手做的寒衣。一炷香的时间，想让父母也来老屋坐一坐，再把寒衣送到父母的墓地。我在空荡荡的屋子里等待一炷香燃尽，阿姨走了进来，她热情地说："我远远地看见你来了，这屋子没人住太潮湿，太凉。等这炷香燃完，赶快把寒衣送走，我准备做萝卜丝烩菜，你来吃。"我激动万分。母亲去世后，总觉得阿姨很亲。一炷香烧完，送走寒衣，直奔阿姨家。

阿姨今年七十岁了，动作有些迟钝，做的饭很好吃。她招呼我坐下，自己去做菜，我怎忍心只等着吃饭呢？我主动去给她帮忙。她已经准备好了所有的食料，正用胡麻油炝葱、蒜、干辣椒呢。靠近锅边，一股熟悉的清香味扑鼻而来。阿姨推开我说："我暂时还行的，小心油溅到你衣服上。"我在她的推搡下只好坐下来烧锅。说实话，烧柴草锅，我已经很久没做了，但基本功还是有的。一边烧锅，一边仔细地看阿姨做菜。她在炝过葱蒜的锅里倒上水，等待水开的时间里，将豆腐切成正方形的小薄片，把泡好的粉条切成五寸长的段，萝卜丝是之前煮好的，一切就绪，一会儿，锅盖周围蒸汽弥漫。阿姨掀开锅盖，将萝卜丝、豆腐、粉条一起放入锅中，撒上花椒粉、味精、酱油、食盐，盖上锅盖，小火炖，便于入味。记得以前母亲在世的时候，母亲就像眼前的阿姨一样围着锅台转。我也像今天一样坐在小凳子上，双手捏一小捆柴草微微摇晃，灶膛里火苗四蹿，还会发出火焰迸溅的轰轰声音。正当我想得入神的时候，听到阿姨让我尝尝菜的味道如何。我接过勺子，喝了一口汤，真舍不得咽下去，这就是我心中永远珍藏的那股正宗的萝卜丝烩菜味，素淡、清香，回味无穷。我不由得发出惊叫："好香啊！"阿姨看着我微微一笑，挑选了一个最大的碗，盛了满满一碗，我双手接过碗。带绿头的萝卜丝、闪亮细滑的粉条、颤巍巍的豆腐，看似简单的三样食料在老家的水里烫过，在老家的胡麻油里炝过，在老家的柴火锅里炖过，味道就是香，是正宗的家乡味。

一口菜咽下去，又想起了母亲。大年初一，父母早早起床，开始准备新年的第一顿丰盛大餐——萝卜丝烩菜。父亲负责生火，他将火炉里燃得正旺的炭火夹到大锅内膛里，打开吹风，加几块煤，关上灶门。锅温热，母亲把除夕夜熬好的排骨汤倒入，加热的同时，母亲准备其他食材，豆腐切正方形薄片，泡好的粉条切段，葱切丝，干辣椒切丝，熟肉切片，煮好的萝卜丝淘洗、捏干水分备用。排骨汤滚热，放入萝卜丝稍煮片刻，其他食材一起放入，盖好锅盖，小火炖，香味弥漫。一大锅萝卜丝烩菜，母亲为每人盛一碗。新年的第一天，热炕中间的炕桌上摆放着一桌子色香味俱全的烩菜，闻着香气扑鼻，吃着醇香诱人。一家人围炕桌而坐，一边吃，一边天南地北、海阔天空地聊，热气缭绕，其乐融融。

在王河，过年的萝卜丝烩菜是母亲的味道，让人怀念。红白喜事中的萝卜丝烩菜味道独特，更让人怀念。寒冬腊月，村里的喜事一桩接着一桩。那时，最让人高兴的是村里的大姑娘出嫁。每逢这样的好事情，我们一帮小丫头被请去当伴女，美其名曰“伴女”，其实我们是冲着那碗萝卜丝烩菜去的。

姑娘出嫁的前一晚，我们一群不解人意的小丫头兴致勃勃地如约而至。我们一个个像客人似的，在炕上围着将要出嫁的姐姐坐着，不管姐姐是高兴还是伤心，我们只顾着闲扯。晚饭专门有人为我们送到眼前，一个长方形的木盘里整齐地摆放着六只碗，碗内盛有一小坨萝卜丝烩菜、一小块红烧肉、两个素丸子，上面漂浮着红红的诱人的自制辣子油，香味四溢。要出嫁的姑娘让着我们，我们也顾不了那么多，彼此伸出双手去抢属于自己的一碗，碗一到手，便狼吞虎咽地吃起来，碗里的菜只够吃两三口。第一轮还未上全，等第二轮上来，最先抢到菜的人已经碗底朝天了，就这样抢来抢去，最多的能吃八碗，着实吓人。当时总觉得红白喜事中的烩菜味道很独特，不知是混有酒味的缘故，还是人多抢着吃的缘故，心有所依，味有不同。

去年过年，外地工作的二哥打来电话，说他们一家正在回老家的路上，让我们准备一个暖锅，想吃萝卜丝烩菜。我和姐姐还有大嫂立马行动起来，我和姐姐煮萝卜丝、切豆腐、泡粉条，大嫂熬鸡汤。下午，迎灶神和贴对联的炮声响起时，二哥一家回来了，我们的烩菜也做好了。

待一家人坐定之后，暖锅在众目睽睽中呈现在餐桌中间。等掀开盖子，二哥迫不及待地拿起筷子夹了一根闪亮丝滑的粉条，放入嘴里，“吱吱”一声响，二哥脸上露出了惊喜的微笑。我急忙问道：“味道怎么样？有老屋的味道吗？和妈做的一样吗？”在我一连串的逼问下，二哥连连点头。好久未坐在一起的兄弟姐妹围着一锅热气腾腾的萝卜丝烩菜坐成了一个圆，七八双筷子碰撞在一起，满是过年团聚的幸福感。二哥一路奔波的疲惫感顿时消失在满屋子的香气中。此情此景，一切问候都显得多么庸俗和多余，只有吃得满意的表情才能让人想起更多的往事，想起更多的美好，一股暖流在锅里缓缓地流淌。没想到一锅萝卜丝烩菜会让一家人重温过去的锦瑟华年，生活的点点滴滴如同眼前跳跃的炭火，热浪翻滚，温暖如春。

时间如白驹过隙，一转眼又是一年将终。但愿今年的年夜饭仍是一锅萝卜丝烩菜，一家人像去年一样坐成一个圆，听大哥的唠叨，看二哥的微笑、三哥的沉思，和孩子们一起分享快乐。

离开家乡，我心里一直寻思着那道菜——萝卜丝烩菜，有母亲的味道、亲人的味道、家乡的味道。

苜蓿，在三月的怀里疯长

三月的风吹来，山坡上星星点点的绿意欣然跳跃，苜蓿芽汁液丰盈，在人们的爱抚中，义无反顾地走向人间烟火。

街道小巷口出现了一篮子一篮子的苜蓿，水灵灵、绿油油的。看到那些夺人眼球的嫩绿，觉得每一朵都似三月的脸庞，每一朵都是一个鲜活的故事。

我不禁停下匆忙的脚步，低头端详曾经带给自己无限乐趣、被自己视为人间上等绿色佳肴的苜蓿。每一片叶子上滚动着的晶莹露珠像喝醉了酒似的摇来晃去，摇醒了许多美好的往事，思绪不知不觉间，飞往那片广阔而难忘的苜蓿地。

小时候，王河的苜蓿地很多，都在高山之上，一大片一大片连在一起。苜蓿又称草头、金花菜等，是一种营养丰富的植物。茎直立，丛生或匍匐，四棱形，多分支。叶互生，复叶由三片小叶组成，小叶片呈倒卵状长圆形。花蝶形，浅紫色，结荚果。它在温暖干燥的环境中生长，刚出土的嫩芽被用于制作菜肴和糕点，长大点深受各种牲畜的喜爱，有“牧草之王”的美称。王河家家户户都有牲畜，需要大量的草料，苜蓿自然遍及各个山头。

三月的雨刚落下来，暖烘烘的阳光立刻露出脸，人们伸伸懒腰，打个哈欠，感到一丝丝懒洋洋的困倦。山坡上，一朵朵、一簇簇、一群群嫩绿的苜蓿破土而出，在高高的山坡上，张望属于自己的季节。三月，刚出土的苜蓿芽是人间珍贵的一道菜，为此，人们等了整整一年，怎能错过。我和同伴们挎起篮子，拿着铲子，唱着山歌向苜蓿地走去。山沟到山坡的小路东倒西歪，我们一路走走爬爬，气喘吁吁。一个个小脑袋出现在山坡地的边缘，随着一声“啊呜”，广阔的苜蓿地便敞开胸怀。一抹淡淡的绿，一簇、一朵，独立而生，又相互团结，小叶子向上挺立，生机盎然，任凭我们贪婪地抢摘，王河人管这个叫掐苜蓿。左手划开杂草，捏一朵苜蓿，右手的铲子用力入土，一朵或两朵苜蓿自动落入手中，根部渗出翠绿的汁液，一来二去，手指头也被染上三月的绿，还带着泥土的气息。丽是我们的小头头，她喜欢赶在大家前面抢最健壮最鲜绿的嫩芽，激起所有人的不满。大家你一言我一语地谴责，她不得不退后，和大队伍一起并行前进。掐一会儿，所有人还要将篮子并排放在一起，比一比谁眼疾手快，谁掐的苜蓿最多。这一块地的抢眼幼苗一扫而光之后，又绕过一道弯，爬上另一座山，去下一个目的地疯抢。一个个忘记了口渴，忘记了饥饿，忘记了爬山越岭的疲劳，甚至忘记了回家。

每次掐苜蓿回家，我最希望得到母亲的夸奖。快到家门口时，我会小心翼翼地蹲下来，看到周围没有人，便把篮子放在地上，双手伸进篮子，将一路因颠簸而发蔫、塌陷的苜蓿轻轻挑起，使其松散膨胀。苜蓿由原来的半篮子变为满满一篮子，这时，我很有成就感地提着篮子跨进家门，迎面而来的母亲笑盈盈地接过我的篮子，并对家里所有人说道：“看看我们的芳，每次都能掐这么一大篮子苜蓿，我们提前尝到了城里人吃不到的野菜，瘦瘦小小的胳膊从那山梁上提回来，真是不容易，这够咱家吃好几顿呢，明天我给咱们做苜蓿面片子……”听到母亲的大力夸赞，被篮子折腾了半天、打皱又发红的胳膊一下子不疼了，母亲的话语比止疼药还管用，我更喜欢掐苜蓿了。

第二天中午放学，刚走到大门外的青石台阶处，母亲的饭香味已经飘出大门，穿过门前的杏树、梨树、桃树，顺便夹带着各种花香直扑鼻孔。灵敏的嗅觉告诉我，这是三月苜蓿面的味道，清新、淡雅而馨香。我迫不及待地三步并作两步直奔厨房，一进门，看见母亲正在用大勺往碗里盛饭，雪白的面片子、嫩绿的苜蓿芽，一白一青，色泽明丽，还有那小蒜烹调的醋香味，足以让人垂涎三尺。炕桌上，还有一盘凉拌苜蓿，看到它，可以想象出母亲做这道菜的过程。水开，倒入洗净的苜蓿稍煮片刻，捞出，冷水淘洗，挤干水分，盛入盘中，撒上葱花、蒜末、食盐、五香粉、辣椒，热油烹香，倒点醋，搅拌均匀即可。一上桌，色泽鲜艳，绿、白、红相间，是春天该有的姹紫嫣红，入口鲜嫩，味道纯天然，营养健康。这是一年中除过年之外，吃到的最新鲜、最可口的饭菜。三月的阳光、雨露、微风是苜蓿疯狂生长的催长剂。半月有余，苜蓿长大了，凉拌不好吃，太老，只能做苜蓿饼。开水烫过的苜蓿剁碎，放适量杂粮面、食盐、葱花，温水搅拌，揉团，擀薄，锅内正反烙，上色匀称，出锅，绿意犹存，越嚼越有味。还有苜蓿烤馍馍也很好吃。

春天，是一个美好的季节，苜蓿的故事在三月开始，很长很长。苜蓿在三月的怀里疯长，我也因此天天能吃到可口的饭菜。一年四季，自家的地只种小麦、玉米、土豆之类，没多余的地用来种蔬菜。只有在三月才能享用大自然馈赠的天然绿色菜肴，这怎能不让人怀念，怎能不让人感动。

苜蓿，见风，见雨，见阳光，开始疯长。一月有余，长得太欢，人不能再吃了。掐苜蓿也成了拔苜蓿，一下手，攥一把，用力回拉，一大把。拔苜蓿比掐快多了，一会儿工夫，一篮子提回家，喂猪，喂牲口。

苜蓿在三月疯长，四月沉淀，五月便是花海一片。苜蓿老了，变成了牲畜的草料。手握镰刀，站在紫色花海中看蝴蝶飞舞，听蜜蜂匆忙的脚步声，不忍心下手。想起电视里普罗旺斯的薰衣草，热爱它一望无垠的广阔，热爱它纯色花的专情，热爱它紫色的浪漫。其实，一个华丽的转身，五月的苜蓿也是花开一片，纯色的紫花不亚于薰衣草，既有观赏价值又有实用价值。苜蓿不等人，镰刀一划，苜蓿收割成捆，晒干，紫色的花朵依旧鲜艳，成为草料中的精华。

回想过去，三月的每一天都有一片绿色的感动。每到三月，我就特别想念苜蓿，再也没机会亲自爬山去掐，只能等待巷道口篮子里被卖的苜蓿，一看到它，就有一种来自黄土坡的亲切，有一种来自童年的味道。

三月，适合幻想，适合怀旧，适合憧憬美好的未来。我最大的愿望是：让苜蓿在三月的怀里疯长。

热气腾腾，土锅子

土锅子，在家乡——王河，只有过年和隆重的日子才登场。

我家的土锅子是青砂材质的，粗糙，坑坑洼洼，但非常结实，那时，我要把它端起来很费力。这个土锅子来之不易，是母亲在供销社做棉大袄时，花掉几十件棉衣手工费买的，只有在过年时拿出来用用，平时一直藏在柜子里。

大年初一，母亲早早起来，催逼着父亲生炭火，她去厨房准备炖土锅子的菜。父亲端来土锅子放在廊檐下，拿两根麻秆，对折，放入土锅子内炉膛，点着火，再放点小木屑，待火烧旺，夹几块木炭进去，听见噼里啪啦的火爆声，一股浓烟弥漫开来。父亲一手捂着鼻子，一手拿一把笤帚朝着锅的炉膛口扇风，青烟缠绕中，父亲发出一连串的咳嗽声。大烟过后，炭火跳跃，满炉膛红彤彤。父亲用抹布将土锅子里里外外的烟尘擦干净，倒入三十晚上炖好的肉汤，锅壁太厚，那么大的炭火烧半天，汤还不见动静。父亲说，想吃锅子就得熬时间，等菜入锅了，熬的时间越长，味道越香。

厨房里，母亲和姐姐正在紧锣密鼓地准备着。两三天之前煮好的萝卜丝在篮子里结了冰，母亲拿铲子撬几块，放进热水里融化开，双手掬起一堆，像从水中捧起一轮圆月，用力捏成圆球，晨曦中，圆球冒着可见的热气。泡好的粉条切成段，老豆腐切成三寸厚的方片，煮好的肉切成一寸薄的片，丸子、酥肉盛上盘，葱丝、干辣椒丝，红白绿相间，格外耀眼，是过年的色彩，是土锅子的味道。

父亲嚷嚷道，汤开了，火正旺，快把菜端来。姐姐端来菜，母亲在滚开的汤里加盐和五香粉，说土锅子里用萝卜丝垫底最好吃，而且就要这种煮好并放了几天的萝卜丝，嚼起来劲道。没煮或刚煮过的萝卜丝不入味。锅里萝卜丝超过一半时，母亲才依次一层一层放入豆腐、粉条、丸子、酥肉，最上面铺一层薄肉片，撒上葱丝、辣椒丝，用筷子压一压，盖上盖子。父亲拿抹布护好手，端起锅子，小心翼翼地放到主房炕桌上，一家人围成一圈，静等母亲发话。我明明听到锅壁上的菜发出嗞嗞的鸣叫声，闻到了一缕缕诱人的香味，可母亲仍说不要急，再等一会儿，炖的时间越长，味道越香。父亲之前也说过同样的话，我想，为了吃口土锅子等了一年，不在这一时半会儿，耐心等吧，心急吃不了热豆腐。

从土锅子里冒出热气，盖子好像要被掀翻的样子，香气更浓了，不由自主地咽下去一口唾沫。父亲揭开盖子，母亲拿筷子掰开一片肉，蘸了一点汤，尝了一下，说可以吃了。一家人筷子齐上阵，围锅而坐，边煮边烫，边吃边聊。正如清代诗人严辰所写："围炉聚炊欢呼处，百味消融小釜中。"热气腾腾的锅子，加上欢笑声、觥筹声，热闹欢快的氛围呼之欲出，仿佛锅里沸腾的不仅是美味，还有浓浓的血脉情，倍感温馨、愉悦。

正月十五，王河村耍社火，是一年中最热闹的一天。村里将所有土锅子搜集在一起，也不过十几二十个，装好菜，放在山神庙前的桌子上，热气缭绕，专门给忙碌了一天的社火队队员吃。我们这些看社火的人，只能近距离看看，红红的辣椒丝像挂在社火身上的红缎子，红得耀眼。风一吹，香味飘过来，看社火的心思没有了，一心想着那些土锅子吃食。

王河村一年春秋两台戏，年年如此。正会那天，东西坡人装好几十个土锅子，戏演得正精彩时，在震耳欲聋的鞭炮声中将热气腾腾的锅子送到戏台上，表示感谢演员们的精彩演出。台下，观众远远地望着热气滚滚的土锅子，干渴的嘴里滋润了好多。

后来，我离开家乡，在县城的舅舅家吃过好多次土锅子。大年初二，兄妹几人相约拖儿带女去舅舅家拜年。舅妈最了解几个外甥和外甥女的爱好，一大早就准备好土锅子，待我们一进门，看见两个土锅子放在主房的饭桌上冒着热气。一家十几人到访，满满一屋子，舅舅、舅妈高兴不已。舅妈说："知道你们喜欢吃土锅子，从昨晚就开始准备了，快动筷子，尝尝味道。"舅妈的厨艺很精湛，饭菜味道独具一格。眼前的土锅子，当掀开锅盖的一刹那，什么都顾不上说了，色、香、味俱全。尤其最上面的肉片，酱油上色均匀，透亮颤动，这是舅妈单独爆炒的，只看一眼，涎水欲滴。每一年在舅舅家才能尝到家乡的味道，解解馋。

快节奏紧逼的繁华时代，人们最耗不起的是时间，土锅子太耗时，渐渐淡出了年轻人的生活圈，进而被暖锅所取代。暖锅其实就是土锅子，只是采用了散热快的铜锅，食材也更加丰富多样。

清水县城暖锅店有好多家，味道各不相同。让我印象深刻的有几家店，其中一家店，上下两层，占地小，天天爆满。牛肉暖锅是这家的特色菜，暖锅一上桌，从呲呲啦啦的声音里散发出扑鼻的香味。萝卜丝、粉条垫底，牛肉块满上，一盆添加的料汤红油荡漾，葱花打转，香气四溢。另配四个菜，木耳、豆腐皮、青菜、粉条各一盘，六七个人足矣，如果八九个人，可以单独点丸子、牛肉、素鸡、海带、萝卜丝等。好多人喜欢这里大块大块的牛肉，且肉质软、味道鲜美。第二家印象深刻的牛肉暖锅店，料汤无滋无味，吃到最后，也就是白开水煮白菜。第三家暖锅店没有令人回味的意思，今天吃一次，明天也就忘了。有的暖锅别具风格，浆水暖锅，第一次听说。之前，不管是土锅子还是现在的暖锅，料汤都是三鲜或麻辣，浆水汤煮肉会是啥味道？让人难以想象。那天，有幸吃到了传说中的浆水暖锅，一锅滚烫的浆水，配菜可以自己点。羊肉、猪肉、鱼肉、豆腐、丸子、青菜、粉条、萝卜丝等，入锅、煮沸、捞起，盛入小碗浆水汤中，筷子夹起，吹一吹，放入口中，比想象的好吃。主要是浆水汤很正宗，是家乡柴火锅里熬出来的味道。在这里，暖锅成了次要，浆水却成了品头论足的焦点。

清水县城的暖锅不受时间和季节的限制，想什么时候吃就什么时候吃。从西关到充国广场，品尝了一圈，我始终没有吃到家乡的味道。仔细想来，时代变了，锅换了，萝卜丝也不用提前煮熟，直接拿生的下汤里，一切都被淹没在逝去的光阴里，锅子味道能不变吗？

如今，我对于家乡而言只是过客。土锅子是我心中永久的念想，想起它的味道，那村、那人、那事像滔滔江水，汹涌而来，激荡、旋转、升腾。

当馓饭遇上了麻菜

我是吃馓饭长大的，现在想起馓饭，就想起了母亲，想起母亲，就想起了馓饭。

王河人的馓饭有两种口味，一种是甜馓饭，一种是酸馓饭。不管是甜还是酸，做起来都很简单，整个程序就像乡村人之间的纯朴关系一样简单。烧开足量的水，将玉米面糊均匀地倒入水中，当然是边倒边搅，柴火要求大而有力，一边加面一边搅动直至成稠糊状，盖好锅盖，把握好火候，等待金黄色的甜馓饭出锅。酸馓饭只是在倒面糊之前，在开水中加入浆水、食盐和洋芋块即可。相比之下，酸馓饭有味道，我更喜欢。

每一个雪花飘飞的早晨，家乡的人们起来得比较迟。男人们起来的第一件事是扫雪，女人们是准备做饭，小孩则是玩雪。大门前的羊肠小道上，孩子们乐翻了天，不知道父亲何时叠起了大地的白衫，也不知道屋顶上的炊烟何时升起又降落。早起的大叔已经干完活，端着热气腾腾的馓饭，跨过枯裂的门槛，蹲在泥巴欲掉的土墙根，夹起一团热气四散的饭，温柔地吹一吹，含在嘴里，笑盈盈地看着眼前无拘无束的身影跳跃、追逐。不远处，每家每户接连不断地传来母亲呼唤的声音，那声音飘过由寒雪清洗过的空气，裹着馓饭的香味，是那样清新、温暖。疯玩的孩子们也一个接一个地朝自家的大门奔去。

迎面而来的是母亲严厉的眼神，听到的是母亲喋喋不休的唠叨。而我不看也不听，循着洋芋熟烂的香味直奔厨房。掀开热气四冒的木锅盖，盛满一碗混有洋芋块的馓饭，慢悠悠地朝大人聚集的主房走去。跨进高高的门槛，看见全家人早已坐在温热的土炕上，围着炕桌津津有味地吃饭。再也没有人抱怨我的贪玩，我会乖乖地挨着母亲坐下来，定睛一看，原来桌子上还有一盘让人垂涎三尺的麻菜。

麻菜，王河人叫长活菜，大概是吃了让人长命百岁的意思吧。深秋的黄叶铺满大地，全村的人们开始准备做麻菜了。靠近村庄的菜地里，一派丰收景象。妇女们拿着铲子一朵一朵地铲，有大白菜，有卷心菜，一朵就有好几斤重，小孩跑来跑去地抱，一次只能抱一个，他们满心欢喜地交到父亲手中，父亲轻轻地装进麻袋，整整齐齐地放到架子车里，满载而归。剩下的事便全由家里的妇女来做，摘掉大白菜枯黄的烂叶，用刀从中间切开，一分为二，放到开水锅中烫一会儿，捞出，装入篮子里。村边的那口水井热闹起来，几乎全村妇女都在同一时间去井边淘菜，吆喝声、说笑声回荡在山谷间，回荡在井里清澈的水花中，激荡着丰收的喜悦。她们从井里打一桶水上来，倒入大盆，将煮好的菜一片片放入清澈透亮的水中，一遍又一遍地淘，像拧衣服那样将菜中的水挤干，放入箩筐中抬回家。

箩筐中码着的菜经过一昼夜的挤压，到了最关键的制作程序。那时候，每家都有几口大缸，用来腌菜、装水、装醋。向缸底撒一把椒盐，放一层菜，再撒一把椒盐，再放一层菜，就这样一层椒盐一层菜，最后在上面压一块很重的大石头，就算完工。

过十天半个月，麻菜就可以吃了。从深秋走入初冬，菜的味道自然不同，从大缸里捞几朵出来，切成丝，用蒜苗和红辣椒丝爆炒，吃起来酸酸的、麻麻的，让人回味无穷。冬天有这样的菜吃，心里都是暖暖的。

当馓饭遇上了麻菜，真可谓是绝配，这便是王河的人们冬天最幸福的生活。每天上午十点多，一家人坐在热炕上，端一碗热气腾腾的馓饭，眼前放一盘刚炒好的麻菜，开始慢慢地品饭、品菜、品生活。馓饭太烫，谁想快点吃完都不行。吃玉米面馓饭绝对是一门技术活，我花了好长时间才学会。左手端碗，右手拿筷子，然后用筷子在碗边慢慢地滑动半圈，向上翘起，糊状的馓饭才会粘在筷子上，怕烫嘴，还得朝着它吹一吹气，再送到嘴里，滑爽可口，夹一筷子麻菜和着吃，更是美味十足。吃第二口又得左手转动碗，右手继续滑动筷子，一家人就这样不急不慌边吃边拉家常。还有喜欢边吃饭边串门的人，他们在馓饭上夹一些麻菜，端着碗，东家门里进西家门里出，偶尔还会和邻居换着吃，谁也不在意谁吃了谁的剩饭，总之，吃饱就是幸福。

当馓饭遇上了麻菜，隔着出锅的热气，乡亲们吃出了生活的惬意与满足，感受到了亲情的温暖与圆满，体会到了生活的简单与幸福。

简单的一碗饭、一盘菜，做的时候不用绞尽脑汁地想，不用挖空心思地设计菜单，吃的时候没有攀比的欲望，只要吃饱，就是幸福，就是快乐。不仅生活如此，王河人为人处世的原则也是如此，简单而明了。人与人之间就像做馓饭的程序一样简简单单，没有任何调料使之变味，纯朴而自然。远离喧闹与繁华，不知道尔虞我诈；远离复杂的是非纷争，不知道虚情假意。没有更多的欲望使之失去本性，不喜欢拐弯抹角的生活，不愿给自己的人生设计华美的舞台，让自己身心疲惫地苦苦挣扎，就想在朴实的黄土地上两脚站立，仰望蓝天，心澈目明。不管时光如何流逝，心中永远是那道菜：馓饭与麻菜。

神奇的压菜石

“浆水缸里的石头平又光，一到夏天，闲堆在廊檐上晒太阳。”这是村里老年人常说的一句话。

王河村每家每户都有好几个大小不等的石头，灰白的、墨绿的、浅紫的。不是什么值钱的庞公石、黄河石、玉石之类的，而是河滩里、路边上随便挑拣的很普通的石头，棱角少，质地坚硬，平整光滑。这样的石头不能摆放在柜子上当装饰品，而是放在菜缸里，叫压菜石。秋、冬两季，这些石头待在各家的浆水缸里、麻菜缸里、咸菜缸里、醋缸里，踏踏实实，酝酿着生活的香味。一到夏天，这些石头闲来无事，被主人洗干净，堆在廊檐下，晒晒太阳，杀杀菌，放在厨房案板下，等待秋天重新入缸。

秋天，白菜、卷心菜、胡萝卜、白萝卜大丰收，每家每户都要压一缸或两缸酸菜浆水。白菜、卷心菜切大宽块，萝卜切细丝，水开稍烫，捞出，淘洗，挤出水，入缸，加入浆水酵子和冒着热气的面汤，菜上面压一块大石头，等浆水发酵，有了酸味，即可食用。菜上压石头这件事我问过母亲多次，母亲说，一缸酸菜浆水要吃到明年开春，不压石头，酸菜漂浮起来，变糊，不好吃，还容易变质。压上石头，酸菜始终是鲜脆的。我也曾经尝试过，一口缸里，石头边上的酸菜比压在石头下面的吃起来软，压在石头下的酸菜吃起来就像母亲说的那样，脆嫩，口感好。一缸菜，全凭石头压，保鲜期的长与短，一块石头起着决定性作用。

麻菜和咸菜是乡下人过冬的主要菜类。秋末冬初，村里人就开始压麻菜。白菜、卷心菜，水开稍烫，淘洗干净，挤出水，最好过夜。第二天，一层菜，一层椒盐，缸内码实，菜上面压一块大石头，过夜，缸内倒少许凉水，十天半个月就可以食用。压咸菜简单，卷心菜、萝卜、辣椒切丝，蒜切片，加盐、花椒粉拌匀，装进瓦罐里，菜上压一块小石头，一两天后，直接吃。关于麻菜缸里、咸菜罐里的石头，母亲说，一个漫长的冬天最少三个月，村里人也常说冬三月，最难熬。麻菜、咸菜有石头压着，菜的味道不会跑出来，不变质，保鲜，吃起来脆嫩，味道浓烈。

大雪前后，村里人争着抢着推磨，搅醋。醋装进缸，需要一块石头压上。母亲说，这块石头的作用可大了，没石头压着，醋糟浮起来，缸里的水位没法估计，再说没石头压着，醋混浊，出量少，没有香味。听了母亲的话，我心里琢磨着，一块石头真能产生香味？

临近年关，备年货迫在眉睫。村里人忙着做豆腐，刚出锅的豆花盛入竹箩（内铺纱布）里，用纱布包起，裹紧，上面压一块大石头。这块石头不用问大人，我也知道它的作用。其一，挤压豆花，使之融为一体，冷却后的豆腐吃在嘴里劲道，放在锅里不开花。其二，石头压豆腐，有分量，让人放心。

一到春天，田野里的野菜疯长，天天有新鲜菜吃，不腌菜，浆水菜隔三岔五换新的。苦苣是春天压浆水的上等菜。一阵风，几滴雨，见土而生，庄稼地里、田垄上、路边随处可见，一天一个长势，皮实，易活。苦苣浆水具有清热之功效。每家人都从过了一冬的浆水缸里取出石头，扳倒缸，倒出稠浆水喂猪，剩余的老酸菜烙菜饼，洗干净缸和石头，在太阳下晒一晒，准备铲苦苣，压新浆水。女人们铲来一篮嫩绿的苦苣，洗净、煮开，捞入凉水中冲一冲，捏干水，放入发酵好的浆水中，倒入面汤，过两三天就可以开吃。苦苣浆水缸比较小，不用压石头，石头卧在墙根，在春天慵懒的阳光里晕乎乎、懒洋洋，数光阴。

压菜石在菜缸里待久了，又光又滑，也有了菜香的味道。虽说不是菜，却胜似一道调味菜，放在哪一种菜缸里，就是哪一种菜的味道。它好像魔法师，魔法棒稍稍一挥，人间烟火就在四季轮回中散发出不同的香味。

村里流行着这样一句话："闲着没事干，去河里洗石头。"听上去似乎在说这人太闲了，无聊，其实，是给这人安排了一件极其重要的事去做。洗石头，就是去河边找适合压菜的石头，很难找的。大西北，黄土高原，尤其我们村，没有石山，一条小河夏天发了洪水，偶尔带来几个石头，不一定能用。压菜的石头必须大小适中，平整或椭圆，质地光滑。找到这样一块石头洗干净，拿回家，算是给全家人带回了口福。一块好的压菜石，保证一家人一年四季有好菜、好浆水、好醋、好豆腐吃。洗石头是一件何等荣耀之事。去河边，我常常记得寻一块好石头，洗干净，带回家。

偶尔回乡，到曾经熟悉的街坊邻居家门口，大门紧闭，铁锁生锈。听说有的进城陪读，有的搬家，有的去大城市打工，有的去向不明，人去屋空，物是人非。透过门缝看，院子里杂草丛生，廊檐上闲置的浆水缸破了。旁边的几块石头从春走到冬，闲等风雨，闲等人，尘土裹身，心惆怅。有的发霉，有的发白，心事重重。放在案板下的石头等天黑，等天亮，等待一只蚂蚁爬过。

人们常说千年的石头会说话，在光阴的尘埃中，压菜石会说些什么呢？

石磨豆腐里的年味

想起家乡的年味，就想起了老豆腐。

小年一过，村里人便开始准备做豆腐了。父亲推开粮仓房门，迎面而来的是一排排堆放整齐的粮食袋，小麦、玉米、荞麦、胡麻、黄豆、菜籽等，没有标签，父亲随手一捏，隔着袋子就能判断出是哪种粮食。黄豆椭圆、坚硬、光滑。父亲双手一抓袋子，几步跨出粮仓门，解开袋子口，黄豆便呈现在眼前，干净、滚圆，满是希望。

母亲拿来簸箕盛满黄豆，走向磨坊，随口喊一句："想吃豆腐的，快来推磨。"三哥定会第一个去磨坊。母亲说："黄豆糁子要粗一点，我把磨子的粗细调好了，推起来应该不是很重，大少年了，这点活难不倒你，好好推。"母亲边说边将黄豆倒在磨板上，走了。三哥性子稳，干活老实，有一股蛮劲，他套好绳子，拿木棒靠紧腰间，用力向前推。一手按木棒，一手拨弄黄豆，磨板上的黄豆均匀地进入磨孔，磨缝间均匀地流出黄豆糁子。推磨，真能磨炼人的耐心，围着磨盘转圈，一圈、两圈……无数圈，直到一袋黄豆全部推完。三哥是一个很有耐心的人，他不急不慢，在没有起点也没有终点的磨盘轨道上光荣完成任务。冬天的寒冷也拿他没办法，他汗流浃背，满脸春光。

收拾磨盘上的黄豆糁子是母亲的事。母亲拿开磨盘一边的栓子，将黄豆糁子盛入簸箕，倒进水缸浸泡。待黄豆糁子泡涨，白色的瓤和绿色的皮自动分离，瓤沉在水底，皮漂浮在水面，捞出皮，瓤继续浸泡。母亲随手捞起一两粒黄豆瓤，大拇指和食指来回一搓，成粉末，说明黄豆瓤泡软了，该磨豆浆了。母亲两眼放光，满是期待。

村里只有一台小的手推磨，用来磨豆浆。谁家做豆腐，就把手推磨搬到谁家。磨豆浆是一项细致活，有时需几家人合作做豆腐，邻居们将自家泡好的黄豆拿到我家，互相帮忙磨豆浆。母亲把黄豆瓤盛入盆子，舀一勺，倒在磨板轨道上，加一点水，其他人轮流推磨。磨缝间流出稠乎乎的豆浆。一会儿，磨盘上豆浆满满，拿来盆子，母亲取开栓子，豆浆像瀑布般流入盆里。循环反复，黄豆推完了，家里所有的盆盆罐罐装满了豆浆，白花花，一荡一漾，满是诱惑。

我家有一口大锅，平日里闲放着，每年做豆腐时，才抬出来供大家用。村里家用锅一般是一尺八或两尺（直径）大小，而我家的是一口三尺锅。父亲提前在院子里盘好灶台，架好锅，等待豆浆下锅。罐罐盆盆里的豆浆不能直接下锅，还得过滤。母亲站在大锅边，双手端纱布细箩，父亲小心翼翼地端豆浆盆，倾斜，一股白乎乎的豆浆像一根白绳子，顺势流到纱布细箩内，缓冲，再次流入锅内，纱布细箩上剩一层豆渣。待豆渣积淀多了，帮忙的邻居准备一个盆子，母亲随手一翻，细箩里的豆渣倒入盆子里。邻居们轮流端细箩，父亲接着倒豆浆，盆盆罐罐里的豆浆没了，锅里的豆浆差不多就满了。我看着一大锅豆浆，白花花、亮堂堂，满心欢喜。

一口巨大的锅需要一名得力的烧锅手，自然是父亲。几天前，父亲拿出一把大斧子，将堆放在门前大榆树下的朽木头、干枯木棒砍成木柴，为的是做豆腐烧大锅。父亲搬来一凳子，坐在灶台门前架柴，生火。干木柴遇火，熊熊燃烧，火焰漫过锅底，噼里啪啦响起来。锅里温度渐升，豆花初放，一朵、两朵、三朵、四朵……无数朵，一闪一闪地露出液面，乳白色的，漂亮极了。女人们欢欣雀跃，等着吃豆花。母亲给每人盛一碗，加醋，放盐，放油，撒葱花，一清二白，真好吃。浆水点豆腐是一门技巧，豆腐做得成功与否，就此一招。父亲是点豆腐行家，村里人都相信父亲的技能。母亲端来一盆浆水，清澈见底，我看见母亲的影子在盆中晃来晃去。母亲没时间端详自己，她全神贯注于眼前的一口锅。父亲拿起勺子，一勺一勺，浆水浇在豆花上，豆花合拢，三五成群，抱团取暖，大有凝固之势。大锅上空热气腾腾，随之飘来丝丝缕缕的香味，是黄豆香还是浆水香，分辨不清，猛吸几口，还是分不清，只觉得清香扑鼻。父亲来一招蜻蜓点水，豆花越加靠拢，后来，豆花一团一团凝固在一起。母亲拿来竹箩，内铺一张白纱布，将锅里的豆花一罩一罩地捞到竹箩里，拉起纱布包好，扎紧，上面压一块大石头，挤出水分，静待豆腐成形生香。邻居们的豆腐都是父亲亲手点，一竹箩一竹箩排队挤压。一竹箩豆腐，一块石头，亲密无间，盖不住的香味四溢飘散。所有人此时的踏实感显露于笑容间，满是欣喜。

一块石头压它一天一夜，豆腐定型了，竹箩形，底部还印有竹箩花纹，大方块、小方块，像田地。表层印有纱布花纹，切一刀，切面光滑，有弹性。吃一口，嚼一嚼，劲道，满口生香。一家人期盼过年的心情尽在不言中，满脸幸福。

老豆腐过年，怎么吃？很简单，村里只有两种吃法：做臊子面和烩菜。过年，一天两顿饭，顿顿离不开豆腐。

大年初一的早饭是热腾腾的烩菜。拿一块豆腐放在案板上，目测一寸过一点，一刀切下去，反转平放，以同样的长度均匀分切成条，并排，一刀一刀地切成一厘米厚的正方形片，倒入滚烫的肉汤里，煮的时间越长越劲道。加入准备好的萝卜丝、白菜丝、粉条、葱花、五香粉、大肉片、少许盐，小火慢炖，揭开锅盖，年的味道扑面而来。一大锅烩菜，一人盛一大碗，豆腐白嫩嫩的，筷子一夹，颤巍巍冒着热气，吹一吹，入口，软、嫩、滑，醇香绵绵。晚饭，胡萝卜丁、豆腐丁、黑木耳、黄花、大肉丁炒臊子，下面条，臊子浇在饭上，色香味俱全，再放点辣椒油，大人小孩在一碗饭里能看到来年红红火火的日子。

手工醋，家乡的味道

头遍醋，黑黝黝，甜在先后才酸。
二遍醋，像咖啡，酸和甜难分辨。
三四遍，褐黄色，味道涩稍有酸。
五六遍，淡如水，喝一瓢眉舒展。

这是母亲教我鉴别醋的顺口溜。小时候，家乡人都自己搅醋（做醋）。每年大雪前后，村里人就开始推磨，准备搅醋的食料。

我家有一台祖传的石磨，安放在一间偏房里，因而这间偏房得名“磨坊”。石磨在磨坊后墙角，只容一人围着磨子转圈，周围放满了木叉、木锨、连枷、扫帚、笸箩、簸箕、麻线口袋、麻绳等各种农具。这台磨子是我见过的最精致的，磨板大小适中，棱角突出，纹理清晰，圆形的木头磨盘做工精细，光阴的跌跌撞撞让磨盘更光滑。村里人喜欢到我家推磨，说这台磨子转动灵活、轻巧，磨盘好打扫。磨坊有一夹层顶棚，是由木板铺成的，很结实，上面放的也是农具和猪饲料。磨坊内设整体显得笨重，黄土一色，没有窗户，也没安装电灯，屋内光线暗淡。村里人白天来推磨，进大门叫一声“阿姨或小爸，在家吗？”说完就径直走向磨坊。不管谁在家，胡乱应一声，放心让他们自己去推磨。我们自家只能排到晚上，洗完汤锅，母亲催促父亲去推磨，父亲再三推托，喊来哥哥或姐姐去推磨。哥哥去磨坊，我不管，姐姐去磨坊，还得拉上我，让我掌灯。其实一盏煤油灯随便找个高地方，一搁，一间小屋足以照亮。我明白姐姐的真实目的，她胆小怕黑，为的是让我给她做伴，这是我最不愿意干的差事，大冬天，一坨热炕最幸福。姐姐三番五次恳求我，我答应做伴，但不是白做伴，姐姐有私房钱，她手巧，衣服网边挣的钱很多，给我两毛钱，我才去。我有时掌灯，有时帮着推磨。一根绳拴着两根木棒，一人拿一根，贴紧肚子，用力往前推，磨子会转起来，很重很重，一会儿便汗流浃背。看到磨板上的粮食旋转进磨眼，粮食糁子从磨板缝中流出来，很有成就感。

小麦糁子、玉米糁子、曲子、麦麸准备妥当，母亲烧半锅开水，倒入玉米糁子、小麦糁子，煮到破裂，稍凉后盛入炕上准备好的大笸箩内（笸箩内铺塑料纸），放入适量曲子，撒上麦麸搅拌均匀，敷一层塑料薄膜密封，盖上不穿的棉袄、皮袄、麻线口袋保暖。炕的热度至关重要，炕太凉，醋发酵不好，炕太热，醋发酵太猛烈。这时候不用我烧炕，母亲会掌握炕的热度。

五六天后，初次搅醋，一般在晚上。父亲母亲洗干净手，走进放醋笸箩的屋子，关上门，不让我们姊妹进去。我想知道怎样搅醋，万般请求，让母亲放我进去，母亲不肯。趁她忙碌之时，我挤进门缝，一闪，站在了炕旁边。母亲瞪我几眼，不说话，我也乖乖地站着看。父亲脱掉棉袄，线衣袖子挽到胳肢窝，揭开笸箩上的覆盖物，双膝跪在炕上，双手搅，顿时热气弥漫，一股酸甜的味道扑鼻而来。一会儿，整个屋子充满了白汽，父亲的双手、脸变得模糊，母亲在一旁指导。我才知道，一大笸箩醋搅均匀，是很费力气的。搅完后，重新密封，保暖。出了屋子，母亲说，搅醋时孩子不能进屋子，进去放了热气，会带走醋的香味。我才不相信母亲说的话，隔一两天再次搅醋时，我还是从门缝里挤进去看。这次，父亲说醋有点软。母亲加一些麦麸进去，父亲继续用力搅。有时，还会加一些煮好的粮食糁子，直到软硬适中。隔一两天搅一次，醋要发酵好，全凭搅得好，数一数，最少也得搅四五回。现在，我才明白家乡人为什么叫搅醋。

醋发酵刚好时，也就到了装缸、引醋的时候。我们村每家都有几口大缸，黑色的、土黄色的较多。有浆水缸、麻菜缸、水缸、醋缸。醋缸和其他缸有所不同，它的下方距离缸底三四寸处，有一个大拇指粗细的孔，内镶五寸长的竹管，竹管孔是用麻叶缠好的竹签塞住的。醋装到缸里后，压一块石头，倒入适量水，泡一段时间，拔掉竹签，醋便流出来。我喜欢引醋，母亲倒好水，把引醋的任务交给我。准备几个盆子，拔掉竹签，头遍醋黑黝黝，流出来，盛半杯，吸一口，甜在先，酸在后，回味香。头遍醋很珍贵，母亲亲自倒入瓦罐里，等待装瓶，收藏，在来年没醋的季节、重要日子拿出来自家吃，或招待客人。二遍醋，喝一口，酸味变重，甜味变淡，倒入小缸密封，过年过节吃，或招待客人。三遍、四遍醋酸中带涩，随便倒在盆子里，送远亲，送近邻，自家吃。五遍、六遍醋淡如水，一个冬天，天天吃。醋糟出缸，晒在廊檐下，是鸡和猪的好饲料。

大雪前后，家家搅醋，味道各有千秋，流行互送品尝。头遍二遍送至交，三遍四遍送亲朋，五遍六遍自家吃。母亲手巧，人缘好，至交好友也不少，一个冬天，我家收到的头遍醋、二遍醋装满家里所有的盆盆罐罐。母亲相信我鉴别醋的能力，把这一差事交给我，有人送醋来，尝一口，我就知道属于哪个级别，该装入哪个盆盆罐罐，回送哪种醋。母亲按照我的分类，将上等的好醋装入玻璃瓶内密封，放在阴冷的偏房里，等到夏天吃。现在想来，互送醋也有利于自家手艺的提高，乡村醋文化套路很深，只可惜，手工醋将要慢慢失传。

来年六七月，天气炎热，骄阳似火，吃一碗涎水面，解渴又清热。收藏的头遍醋大有用场，拿出一瓶，去掉密封，颜色淡了点（家乡人说烧了）。锅底滴几滴胡麻油，待冒烟，倒入打开的醋，烧开，舀出多余，留少量，加水，加酱油，放盐，碗里捞面，舀一勺调匀的醋汤，加一点炒好的韭菜，清清淡淡的涎水面，一吃就是两三碗。头遍醋还能解毒、消肿、祛湿，头遍醋一出缸，母亲舀几瓢在火炉上熬，熬至黏糊状，盛在瓶子里密封。夏天被毒虫叮了，红肿，瘙痒难忍，母亲拿出瓶子，指头蘸一点，抹在肿块的周围，过两天肿块就消失了。有风湿病的人，三伏天将熬好的醋抹在疼痛的地方，在烈日下暴晒，减轻疼痛，母亲经常这样做。

大西北，吃面的人顿顿离不开一勺醋。这些醋大多为厂家机器加工而成，手工醋则离人们的生活越来越远。每当想起手工醋，满口生香，是悠长的家乡味。

洋芋花开

洋芋花开的季节，天空湛蓝湛蓝的。

洋芋，学名马铃薯，别名土豆。在我的家乡——王河，祖祖辈辈都叫它洋芋。我传承了家乡的习俗，怎么也改不了口，觉得叫洋芋更顺口、亲切一些。

四月，气温渐暖，春耕次第开始。家家户户打开地窖，掏出裹满泥土、浑身嫩芽、滚圆滚圆的洋芋。女人们坐在麻线口袋上，左手拿起一个洋芋，右手握一把刀刃，沿着发芽的地方切一个三角块下来，这就是将要下种的洋芋籽。一个洋芋身上发了几个芽，就可以切几块籽下来。半天、一天的时间，几篮子洋芋籽胜券在握。

被切剩的一半洋芋千疮百孔，可以做成一道道解馋的人间美味。去掉皮，切成块，备用。锅热，倒入适量白面，不断翻转，待至泛黄，加入食盐，出锅。锅内倒入少量胡麻油，加热，放葱段、蒜片爆香，倒入备好的洋芋块，翻炒，加老抽、食盐、十三香、水，盖好锅盖炖十几分钟。筷子插入洋芋块试试，熟透，将炒好的熟面加水，搅成糊，倒入锅内搅动均匀，沸腾即可。盛一碗，淡淡的香味扑鼻而来，尤其是汤好喝，糊糊的，爽口，养胃，这就是家乡人的洋芋汤菜。当然，被切剩的洋芋还可以烙饼，当地人叫烙洋芋菜馍馍。发一团面备用，将不成形的洋芋洗净，擦成丝，放入油、食盐、韭菜、拌匀，切一块面，擀一圆皮，加入拌好的洋芋丝，折合圆，变半圆，捏合边沿，轻轻放入热锅内，两面烙至上色，出锅，散散热气，便可吃了。咬一口，柔黏、浓香，是小孩最爱吃的菜馍馍。

清晨，带上干粮，一家老小赶着骡子，骡子驮着洋芋籽，大人扛着犁、磨，小孩扛着刨子，提着篮子，上山种洋芋。一路上默默无语，只听见人和骡子沉重的喘气声。田埂上卸下负担，深吸一口气，开始耕种。大人套犁，扬鞭而起，骡子卖力前进。女人斜挎一粪斗，沿犁沟撒肥料，大孩子提一篮子洋芋籽，顺着犁沟，一步扔一个洋芋籽。来来回回，翻土、下种、覆盖。小孩拿一刨子，挑选翻起的大土疙瘩，一二三，一二三，来回敲。等到最后一粒种子入土，最后一道犁沟填满，太阳已是当空照。卸下犁，套上磨，大人前面拉骡子，小孩站在磨上，手拉绳索，吆喝一声，心中荡起层层涟漪，愉悦之情好像身后磨平的田野——顺畅。大功告成，大人们回首望着折腾了半天的一片地，满眼希望，等待一场春雨，等待洋芋籽发芽，破土而出。

“春雨贵如油”，不过，雨还是抵挡不住人间的一场等待，几场雨滋润之后，洋芋苗嫩嫩的、绿绿的，舒展开来，一天一个模样。过不了多久，长势更加肆意，藤蔓变得粗犷，锄洋芋迫在眉睫。所谓的锄洋芋，主要不是为了锄草，而是为了给洋芋施肥、壅土。家乡有一句俗话说得好：“洋芋是壅大的。”“壅”有“怂恿、蛊惑”之意。人们在锄洋芋时，靠近洋芋苗处放一撮肥料，锄头翻起四周的土，埋严实肥料，堆在洋芋苗周围，叫壅土。为的是给洋芋生长繁殖创造松软、宽敞的空间，洋芋才能长得更大、更好。

洋芋花开，绚烂一夏。在大片绿得发亮的藤秧中，花朵吐芳，不说美丽，只谈淡雅。洋芋花小、单纯，开得羞涩，开得内敛，犹如待嫁出阁的闺女，让人忍不住要多看几眼。洋芋花颜色素雅，有纯白色、淡紫色、米黄色，正是这种淡淡的色彩给了我们最明媚而温馨的记忆。黄昏，走在家乡的田间小道上，层层叠叠的田野映入眼帘，碧浪之间，洋芋花点缀其间，尽情摇曳，黄土地上到处散发着浓郁的芳香。

田野的色彩变化多姿，洋芋花凋零，结出绿色的小疙瘩，王河人称它为洋芋铃。据说洋芋铃长得越繁盛，地下的洋芋会长得越多。人，经不住诱惑。看到洋芋铃，就想吃新鲜的洋芋了。扛起镢头，提上篮子，挖几个洋芋回家煮着吃，解解馋。挖洋芋是一门技术活，得瞅准目标，目测准确，再下镢头，不能乱挖。否则，好好的洋芋会被“五马分尸”，还没上案板就已成洋芋块了。面对一朵藤蔓，观其四周，从远处下镢头，用力上拉，一窝洋芋完好无损，滚出地面，泥土自行掉落，大大小小七八个，白白圆圆，惹人喜爱。一口气挖五六窝，装一篮子，一家人得吃十天半个月。像这种刚出窝的新洋芋和玉米一起煮一锅，熟透，剥掉皮，咬一口，绵绵、酥酥、黏黏，好吃又营养。新洋芋，炒丝、炒片更好吃。

一亩三分地，收获好多洋芋。挖一地窖，冷藏下一年的洋芋籽和平时吃的，剩余的全部做成粉条，是一家人一年的光阴。

洋芋的吃法有很多种，杂烩吃、爆炒吃、烙饼吃、煮着吃、油炸吃、捣成泥浆吃、过滤成淀粉做成粉条吃……花样繁多，百吃不厌。

一日，几位老同学相约一起吃顿饭，去哪儿呢？最后决定去轩辕山庄吃农家菜。菜一上桌，六个菜，其中三个洋芋菜，洋芋搅团、酸菜洋芋泥、洋芋烩豆腐，大家都笑了。几个人的勺子同时冲向洋芋烩豆腐，一勺汤入口，又是同一声惊叹，这是我们小时候吃过的味道，香。三盘洋芋下肚，红烧排骨缩成一团，无人问津，最后以浪费的名义离席。想起几个月之前的一次闺密聚会也是这样，点了八个菜，其中三个洋芋菜，酸辣洋芋丝、干锅洋芋片、洋芋烧牛肉，闺密调侃道：“在家天天吃洋芋，好不容易出来吃一次，不知道吃点好的，又是一桌洋芋烩菜。”其实，洋芋吃得最多的是她，她说：“好吃，吃美了，下次还吃这几样菜。”

洋芋，是一种既普通又神奇的菜。古代，皇宫的宴席上有它，黎民百姓茅草屋的破碗里也有它。现在，高档餐厅里有它，普通人家的餐桌上离不开它。洋芋，从不选择吃主是谁，有人需要它，它就随时出现。

每一个洋芋花开的季节，孕育着一场人间平等的百味盛事。

一碗锅鲫似凉风

天一热，心里总惦记着一碗锅鲫。

锅鲫，是王河人的风味小吃之一，家乡人都称它为“锅走”（谐音）。因这种面食外形像小鱼儿，故又有了“面鱼”这个好听的名字。

春夏之交，二三十人的办公室里有些燥热，快到下班之时，大家开始筹划做什么饭。有的说浆水面，清热；有的说凉面，凉快；有的说锅鲫，舒服。一听到锅鲫，大家都附和道：“对，就是锅鲫，两三碗下肚，解渴，浑身舒畅。”锅鲫胜似夏天的一缕凉风，吹遍燥热的每个角落，瞬间舒缓了人一天的心情。

小时候，割麦时节，好不容易熬到中午，地上就像下了火，热得实在受不了，既渴又饿，大脑里便开始想，进家门能吃碗锅鲫该有多好啊。母亲身体好的几天会遂我愿，做一大锅锅鲫，等着我们。汗流浃背的我，看着水中摇着长尾巴的面鱼，忍不住伸手搅一搅，全身好似凉了几分，吃一碗，胜似凉风吹过，美不可言。再吃一碗，过量了。睡一觉起来，补吃一碗，下地干活去。

去年夏天，“死党”约我一同回老家看看，我兴奋极了。来来回回，走在曾经走过的路上，有“死党”陪在身边，竟如此不一样。二十年前，我是这里的主人，她是客；如今，我是客，她反而成了主人，一切恍如隔世。她以主人公的身份带领我重温家乡的一山一水、一草一木、一路一村落。殊不知，眼前熟悉而又陌生的家乡在我心里，一枝一叶总关情，一点一滴见初心。家乡饭更令我难忘。就是在那一天，我又一次目睹了传统锅鲫的制作过程。我第一次去魏湾村委会，那里的厨师是一个和我们俩年龄相仿的女人，与“死党”没聊几句，就已厘清关系，她们俩竟是老乡，而我还是个外人。厨师很高兴，做她最拿手的锅鰕来招待我们。她身材瘦弱，动作却很麻利，一边和我的“死党”聊家乡、聊好友、聊趣事，一边洗韭菜、洗土豆、切菜。煤锅的火不大不小，正好合适，她倒入胡麻油，先炒韭菜，盛盘，一股清香扑鼻而来，自家园子种的韭菜阳光照射充足，水分饱满，香气浓郁。再倒入适量的油，放干辣椒丝、葱花爆香，倒入土豆丁，加盐、酱油翻炒，外皮泛黄，熟烂，盛出。锅里倒入少量水，大火烧开。取半盆白面，加水搅拌成糊状，待锅里水开，一边倒白面糊，一边搅，锅里的糊状越来越稠，她用尽全力搅动，一圈又一圈，糊状表面不断涌起许多白泡，随着搅动，白泡啪啪破了，接着又鼓起。她不慌不忙，加了一点碱，盖好锅盖，只听得白泡鼓起、破裂的声音，叮叮咚咚响个不停。她打来一桶井水，将一个红光透亮的木架放在水桶上，拿来锅鰕盆放在木架上，我才知道那个木架是锅鰕盆架子，怪不得那么光滑，我还是第一次见。准备妥当，她掀开锅盖，使劲搅了几下，又盖上；过一会儿，掀开，再搅，勺子捞起一点往下滴，说了声“好了”。我很奇怪，问道：“你这是一次性撒面成形了？”我记得，好多人都是一边加面，一边搅，撒面要费好长时间的。她说这样容易点，只要把握好火候就行了。热气腾腾的面盛满一锅鰕盆，勺底一压，长长的鱼儿迅速潜入水桶，游来游去，快活极了。一水桶锅鰕看着可爱，吃着开心。

在一个骄阳似火的日子，我想起了家乡的槐树林，绿阴一片，凉风习习，便有了回去看看的念头。先给亲戚家打个电话：“喂，弟妹，今天我要回老家。”那边传来热情熟悉的乡音：“好，等你们来，姐想吃啥饭？我提前准备。”我不禁激动地说：“锅鰕。”挂完电话，我知道那边已经开始烧锅忙碌起来了。一个多小时的车程，已到老家。一进门，一股香气扑面而来，是炒韭菜的味道，还有炝醋的味道，久违的熟悉味紧紧笼罩在我的周围，心中荡起层层涟漪。回家的感觉真好，又可以一饱口福了。厨房里有两口大锅，一口锅里是已经做好的锅鰤，金黄色的，圆润而透亮，拖着长长的尾巴潜入水中，一动不动。舀一瓢水倒进去，小黄鱼立刻游动起来，上下翻滚，好似与人捉迷藏，甚是可爱。另一口锅里是炝好的醋汤，油花繁盛绽放，冒着热气。案板上，一盘水萝卜、一盘黄瓜、一盘苜蓿、一碗韭菜、一碗土豆丁，色泽鲜亮，散发着诱人的香气。开饭了，捞一漏勺锅鰤，舀一勺醋汤、一勺土豆丁，夹一筷子韭菜，放一点辣椒油。端一碗，不吃，只看着就很美好。我还未张口，老公的一碗已经不见了，又去盛第二碗。锅鰤做起来麻烦，吃起来筷子一拨，嘴一张一合，不用嚼，滑溜溜的鱼儿一摆尾巴，从嘴边游到肚子里去了，全身上下凉快、通透，犹如凉风拂来。一不小心吃了两三碗，吃过了量。口中不断回味，好吃，舒服。

周末，我和老公经常驾车去麦积逛街，一逛就是一整天。尤其是夏天，逛街很累的，又热又渴，雪碧喝了一瓶又一瓶，觉得越发渴了，不由得想到锅鰤。景园商厦后面的小吃一条街是个理想的去处。从第一家开始，老板热情打招呼：“进来坐，凉粉、面皮、呱呱、面鱼，想吃啥？”第二家、第三家……都说着同样的话，我倒不好意思了，随便挑选一家干净的坐下来，说：“来两碗锅鰤。”老板问：“白的还是黄的？”我说：“黄的。”这条街上的锅鰤玉米面的好吃，白的不是白面所做，不知是什么淀粉做的，太硬，不入味，难吃。两碗玉米面锅鰤端上来，尾巴长长的，真像鱼。三下五除二，锅鰤和汤一并喝了下去，碗里一干二净，打一个饱嗝，全身畅通，整个人就像打了鸡血，接着逛街了。

锅鰤如同夏日里的一缕凉风，吃一碗，能量复原，全身舒坦。

悠悠浆水情

王河，每家每户都有一缸浆水。

王河人对浆水的依恋像婴孩离不开母乳，幼苗离不开雨露，云朵离不开蓝天。

浆水是一道历史悠久的汉族传统名菜，相传始于秦朝末年，现今主要流芳于陕甘地区。我的家乡——王河地处大西北的黄土高坡，在风和雨的故事中传承了浆水原有的历史况味。

季节在树叶上变换着颜色，蔬菜在家乡的浆水缸里也变换着四季的味道。春风撩拨，春雨滋润，一朵朵苦苣破土而出，意味着每家每户该换浆水的味道了。妇女小孩的身影晃动在大山深沟的田间地头，他们挎着篮子，拿着铲子，目标锁定田垄上正趋向丰腴的苦苣。铲子入土，一撬，一翻，激动的不仅仅是碧绿的菜叶，还有那白白、胖胖、嫩嫩的根。一壶茶的工夫，篮子里一青二白的苦苣高高堆起，带着期望回家去。烧开一锅水，将洗干净的苦苣放入翻滚的开水中，稍煮，捞出，浸泡。第二天，放入浆水缸中，过两三天，一缸新鲜的苦苣浆水就能吃了。

苦苣浆水清热解困，直接捞一碗拌着吃，搭配奶奶烙的饼味道更好。小时候，给猪拔草是每天的必修课，瘦弱的身躯在春困的疲倦中，提一篮子菜回家，体力不支，饥肠辘辘，放下篮子，直奔厨房。灶台边，奶奶正在烙饼。奶奶已经八十几岁了，满头银发，但身体还很硬朗。如果不是“三寸金莲”，奶奶跑得比谁都快。小脚奶奶依靠拐杖，扶墙走路。尽管这样，奶奶仍闲不住，一日三餐都由她来做。奶奶烙的玉米面饼最好吃。她一只胳膊肘支撑在灶台上，另一只手拿着勺子将盆子里的玉米面糊均匀地倒入锅底凝固呈圆形，上色之后，用铲子不断地翻转，熟透至金黄，出锅。案板上，盘子大小的圆饼摞了高高的两摞，金灿灿、油亮亮，散发着淡淡的清香。我看见奶奶吃力地挪动身子，弯腰去烧火，便急忙跑过去，从背篼里扯出一把麦草放入灶膛。奶奶慈祥地微笑着说："孩子，你一定饿坏了吧，快去捞一碗苦苣浆水菜，和刚出锅的馍一起吃。"我点点头，拿一个碗走向浆水缸。

我家的浆水缸大大小小有八口，最大的四口冬天用，中等的两口春秋用，最小的两口夏天用。厨房的墙角处一口黑而发亮的缸在孤芳自赏，我左手拿碗，右手拿筷子靠近缸边，掀开扣在上面的竹箩，筷子搅一搅淡白色的水，看见苦苣浮出了水面。捞一碗苦苣，滴两滴胡麻油，撒一撮盐，剁一瓣蒜，搅拌均匀。拿一块刚出锅的玉米面饼，坐在厨房的门槛上，一口饼、一口苦苣菜，其香味真是"余音绕梁，三日不绝"。一碗浆水菜、一块玉米面饼下肚之后，再喝一瓢凉水，浑身充满了力量。接着帮奶奶烧锅、烧炕、喂鸡、给猪切菜，整个春天就是这样忙碌而快乐。

在农活最忙的夏天，几乎天天是浆水面。全家人都去地里干活了，只剩我和奶奶在家里忙家务。早饭过后，奶奶开始和面、揉面、擀面，准备给家人做浆水面。擀面是一门技术活，那时，每家女人都会擀面，但面条的薄厚、柔韧程度各不相同，这就在于擀面技术的精湛程度。奶奶擀面站不稳，只能双膝跪在大案板上，拿起擀面杖用力地擀。我双手托着下巴趴在一旁看，一个面团在擀面杖的推拉下越来越大、越来越圆。奶奶不停地旋转圆形的面，不停地将面缠在擀面杖上推拉，直到薄如纸为止。奶奶在我的搀扶下离开案板，拿开擀面杖，一个很大的圆一半在案板上，一半垂挂在空中。说是像乳白色的绸缎，一点也不显得夸张。我忍不住用手提起一半晃几下，整个圆像是被风吹拂的绸缎一样飘起来。待凉片刻，切成细面条即可。中午，准备浆水下面条了。夏天气温高，浆水容易坏，缸里只放一点芹菜提味，浆水是清澈透亮的，略显一点点的乳白色。舀一盆上来，用胡麻油、蒜片、红辣椒丝一烹，有着一股万年冷藏的雪莲香。捞半碗面，舀一瓢浆水，夹几根韭菜，漂浮在油圈圈的清澈浆水汤里，一白、一绿、一红，色香味俱全，这就是正宗的家乡浆水面。看着父亲一连吃了五六碗，奶奶笑着说："夏天，一碗浆水面，解暑，解渴，滋润肠胃。"

家乡人喜欢浆水，更喜欢浆水面。尤其是夏末秋初的丰收季节，天天艳阳高照，天天浆水面。村头的打麦场上一派忙碌，热闹非凡。十几户人家，大人小孩合伙碾麦子，实行轮流制，今天是这家，明天是那家。从早忙到晚，堆积如山的麦子沉甸甸、金灿灿的，瞬间照亮大家的心。八九十袋子小麦，搬运是个大问题。十几个男人你扛一袋，我扛一袋，歇歇走走、走走歇歇。一会儿，满满的袋子一层又一层摞在了主人家的粮仓里。那时，浆水面便是最好的回谢。人们干活太累，出了好多汗，喜欢喝清清淡淡的浆水汤。一碗面，只需捞两三根面条，但必须舀满满的一碗浆水汤。浆水面一上桌，劳累了一天的人们蜂拥争抢，三四碗下肚，汤喝得一干二净，浑身有了力气。

家乡的粮食大丰收，蔬菜也是大丰收。放眼望去，村头边的菜地里，卷心菜熟过了头，冲破绿叶包裹，露出白花花的心，一个更比一个大。大白菜的绿叶也长成了芭蕉扇，大人拉着架子车，来来回回去收菜，满脸尽是微笑，幸福的枝蔓填平了脸上的千沟万壑。每家每户的菜堆满院子，厨房里传来哐哐切菜的声音。人们开始准备过冬的浆水菜了。我家也不例外，之前闲着的四口最大的缸该派上用场了。父亲负责洗缸，洗菜。母亲和姐姐负责切菜，煮菜。我主要是烧火。就这样忙活了一整天，四口大缸被装得满满的。母亲找来奶奶传下来的四块光滑的石头，分别压在装满菜的四口缸里，等待孕育季节的味道。

数九寒天，雪花飞舞，冷风像饥饿的野兽一样狂奔四野，保护浆水缸显得尤为重要。寒冷的冬天，没有其他的蔬菜可以吃，只能靠秋天储备的浆水菜了。父亲便从草房子的顶棚上取来碗口那么粗的草辫子，沿着浆水缸缠绕，从下到上，把四口缸裹得严严实实，浆水缸穿上了厚厚的草棉袄，看起来臃肿至极。进入三九四九，浆水缸也有被冻破的危险。家乡流传这样一句谚语："头九温，二九暖，三九四九冻破脸。"三九四九是最冷的时候，雪后放晴的早晨，浆水会结一层薄薄的冰，做饭时，需用刀砍开一个窟窿，舀浆水出来。

冬天是漫长的，难熬的。每天早晚都得吃窝窝头或是干饼子，母亲偶尔会改善一下我们的生活。她捞一些浆水菜出来，稍微挤一挤水，舀一些胡麻油，撒适量盐搅均匀，拌成馅，擀皮做酸菜饼。那时候，冬天有酸菜饼吃就像过年有肉吃一样，觉得生活是那么美好。

我是吃浆水面长大的，对浆水有一种特殊的情感。我时常想念家乡的浆水缸，想念家乡的浆水面，想念家乡独特的浆水味。我吃过好多地方的浆水面，总觉得没有家乡的好，缺少一种灵魂。

王河的人们一年四季都离不开浆水，浆水养育着一代又一代勤劳、朴实和善良的家乡人。奔波于小城嘈杂的街道，总觉得生活越简单越好，就像这浆水，正因为简单，才能调制四季的味道。

家乡的菜就是这样简单，没有山珍海味，没有百变花样，永远只是那一道：浆水菜。永远是那一种味道：淡淡的酸。

第四辑

山河岁月

露天电影

夏夜，月明星稀，从充国广场走过，上百台放映机星罗棋布，竞相播放，如此宏大场面的露天电影我还是第一次见。只可惜，观众寥寥无几。

恍惚间，童年看露天电影的一幕幕浮现在眼前，如烟似雾，袅袅萦绕，像母亲灶头飘起的缕缕炊烟，温暖、踏实；像父亲田野扬鞭划犁的一声吆喝，深远、厚重。

童年的黄昏，竖着耳朵听村里的喇叭响了没，喇叭一响，一定有电影。

在王河村没有放映机之前，只能等乡政府进村巡回播放电影，一年才能轮到一两次。盼星星，盼月亮，戏场的喇叭传来欢快的歌声，就知道电影进村了。左邻右舍都站在自家门前，开始互相传播消息，商量着晚饭后结伴同行。小孩高兴得晚饭吃到一半就扔下碗，一溜烟跑了，后面传来大人的责骂："电影能当饭吃吗？"小孩才不去理会这些。东家门里进，西家门里出，一连串出门了，一个个瘦小的身影在暮色中闪烁，最后消失在巷道的拐弯处。村里村外，成群结队的人早早到戏场等候。戏场在村子中间——最宽广的河边上。一座戏台，面朝南，空荡荡，春秋两台戏时，热闹几天，其余光阴在寂寞中孤守着村子的文化根基。电影来了，戏台派上了大用场，一张黑边的白屏幕四角用麻绳绑在戏台上，昏黄的灯光下，格外耀眼。放映员迟迟不来，戏场里热闹非凡，男人们嘴里叼着烟，含混不清地闲扯着。女人们头碰头，挤眉弄眼，咯咯笑着、说着。小孩绕着场子追赶，躲在屏幕后扮鬼脸。这就是等待放电影的前奏，漫长而热闹。

放映机在一大群人的前簇后拥中抬过来，放在戏场正中间，放映员连电线、开灯、调试，一束强烈而笔直的光照向大屏幕。好奇捣蛋的小孩在光束中做着手影戏，影子投射在屏幕上清晰可见，听到叫喊声，才从放映机旁撤退，避开镜头，让放映员顺利试放。喇叭里，歌曲一首接着一首，没有停下来的意思，人群有些躁动，急性子人呼喊着："咋还不开始？快点呀，晚上喝了一碗汤，等到这个点又饿了！"话音未落，大大小小的目光转向放映员，他仍在拨弄着每一根线、每一个按钮，不慌不忙。歌声戛然而止，戏场里只剩下呼吸声。电灯熄灭，大屏幕上的画面由远而近，由模糊到清晰，逐渐扑入台下观众渴望的眼睛里。黑白影片《地道战》《地雷战》第一次走进我的心里，每当想起游击队队员振臂高呼"同志们，冲啊"，不觉心头一颤，眼眶潮湿。彩色影片《奇情侠侣》中惩恶扬善、匡扶正义的蒙面女侠解开面纱的一刹那，她那张精巧绝伦的脸成了我幼小心灵中永恒的美。

后来，村里有一家人买了放映机，全村人像过年一样高兴。那家是村里有名的大户，家底丰厚，买下村里的饲养院当作电影院。饲养院是中华人民共和国成立后农业社的共有财产，是全村骡马牛驴的集中饲养地。院子宽敞，一面围墙临街，三面是牲口圈，临街的两扇大门是白杨树材质的，有三米宽，一道齐膝盖的门槛横放着，有车子出入时，门槛会被立起来。这座具有历史意义的饲养院就成了王河人最惦念的地方。沿着临街围墙栽了两根粗木棒，大屏幕的四角用绳子固定在木棒上，正对面的屋檐下是放映机。夜幕降临，饲养院门口梧桐树上的喇叭一响，全村人就知道晚上放电影了。

一场电影两毛钱，两场连放三毛钱，一张票可以带两个人。两毛钱，哪里有啊？真有两毛钱，可以买四个生字本。怎么办？电影的诱惑力实在太大了，甚至超过了过年时的一件新衣服、一双新鞋子、一块红烧排骨。有多少像我一样的小孩，晚饭后就开始琢磨，怎样把自己变成一只飞蛾，或练就一套隐身术，骗过守门兄弟的眼睛。

饲养院的电影刚放映时，大人省吃俭用满足孩子的愿望，看的人很多。我也不例外，磨烂嘴皮，从父母那里要来几毛钱，和朋友商量好计策，今晚我带她，明晚她带我，来之不易的一点钱合伙使用，就可以轮流着多看几场电影。入场前，饲养院大门口真可谓惊心动魄。两扇白杨树门关一扇，开一扇，守门的兄弟俩左右各一，站在高高的门槛上，睁大眼睛，盯着门外的人群。大人们掏出两毛钱，想大摇大摆地走进去，小孩却有很多鬼主意，乘此机会，前拉后扯、推推搡搡、挤来挤去，乱作一团。那兄弟俩手把门框，拼命喊："排好队，不要挤，慢慢进！"人群像一条摇头摆尾的长蛇，前后左右摇摆着，门扇发出咯吱咯吱的摇动声。小孩故意手拉手将大人夹在中间，守门的兄弟俩随着挤向门口的人群摇来晃去，举起的手指从前数到后，从后数到前。票没点清，人群猛力向前一拥，没票的小孩夹在人群中，从守门兄弟俩的胳膊肘下一蹿而进。有多少回，我也是这样混进去的。挤破门槛进来的人倒吸一口气，嘀咕着进这扇门还真不容易，花钱、费力，还遭人误会。

白天，人懒得看一眼的饲养院到了夜晚却灯火璀璨，坑坑洼洼的院子如积水空明，人影横斜，三面牲口圈粗糙的墙壁上悬浮着的麦草和泥巴，也散发着温热而柔和的光。小孩站在院子中间，大人蹲在屋檐下的柴草上，眼巴巴地盯着大屏幕，等待电影上演。春天和夏天，一场电影完毕，总觉得时间太短。冬天，遇到刺骨的寒风或鹅毛般的大雪，时间就变成了刺在脸上的刀子。人群推来搡去，"挤麻子"是最好的一种取暖方式。三九天，天寒地冻无法阻挡人们看电影的热情。《湘西剿匪记》《高山下的花环》《少林寺》《康熙大闹五台山》《无极鸳鸯腿》《落花坡情仇》等好多影片，让我至今难以忘怀。

电影常有，可珍贵的两毛钱不可能常有。

为了一场电影，总得想办法。暑假，是挖半夏的好时间。收割完麦子，四五个好朋友相约，扛起镢头，挎一个小篮子，爬山越岭，从一片麦地到另一片麦地，寻找半夏诱人的绿苗。那个暑假，我很卖力地挖半夏，半夏却一点也不同情我，待将刚出土的泥疙瘩洗净、晒干，上秤，总共一斤。卖半夏，得去十几公里之外的白驼镇。白驼镇单日逢集，半夏的行情忽高忽低，得碰运气，一斤最高二十元，最低九元。那一日，我的运气真好，辛苦了一个暑假，收获二十元，拿在手里沉甸甸的。这是我人生的第一桶金，激动的心情难以言表。吃了碗凉粉花去一块，买了三尺布花去八块，私藏五块，剩下的拿回家交给母亲。自从有了私房钱，隔三岔五看场电影成了我最大的乐趣。

露天电影在逝去的美好时光中比隐隐青山还要高远，回故乡的路是那么漫长，越走越远，终究是回不去了。

那些年，玩过的游戏

那些年，没有网络，生活有点苦却很快乐。这些年，网络普及，生活快捷方便却也带来一些烦恼。有人说，网络是一把双刃剑，网络实现了“千里眼”“顺风耳”“筋斗云”的同时，让好多孩子失去仰望蓝天、寻找快乐的机会。大街上、商场里、饭馆里、公园里、公交车上、地铁上、高铁上……但凡有人的地方，“低头族”都在旁若无人地忙碌着，手指滑动手机屏，傻笑、皱眉、惊愕、自言自语。

好多大人经常叹息道：“现在的孩子让干啥都说没意思。自己不去动手、动脑，只爱玩手机。一天到晚手机不离身，他们唯一的乐趣就是看手机。”在虚拟的网络世界里，玩着纸上谈兵的游戏，看着别人的五彩生活，摧残着自己的身心健康。

没有网络的那些年，孩子们在生活中努力创设游戏，寻找快乐，感受不一样的幸福。

踢毽子、投沙包、跳方、跳皮筋、捉迷藏、抓五子、弹杏核、打木猴、老鹰抓小鸡、丢窝窝、打秋千……这些都是陪伴孩子快乐成长的传统游戏，绿色、健康。

先从踢毽子说起吧。踢毽子，先得有一个轻重适中、平衡力极强的好毽子。奶奶的柜子里私藏着好多铜钱，圆形方孔，那时候不知道这东西能干什么，只知道是做毽子的好材料。奶奶舍不得给别人，我说做毽子，她立马给我一个。母亲裁衣服剩余的布料碎片，挑选一块结实的，沿着铜钱剪一个大圆，穿好针线，顺着圆布的边缝，待起点和终点重合时，把铜钱放在正中心，线头一拉，圆布将铜钱包在其中。一根很粗的鸡翎子，从根部剪二寸长，一头留着不动，另一头分三段剪开，分叉，稍折，拉匀，让其端正地坐立在缝好的铜钱孔上，一针一线固定好三条腿，拿柔软的鸡毛插入鸡翎子内，一个漂亮的毽子就做成功了。放在手心上下垫几下，头不翻，底座有弹性，便是一个踢起来很稳当的好毽子。朋友们聚在一起，分两拨，按照每个动作二十下规则玩。依次按顺序脚腕朝内弯，内踢二十个，脚腕朝外弯，外踢二十个；脚腕朝前方拉直，直踢二十个；抬腿弯膝盖成九十度，大腿面垫二十个、胳膊肘垫二十个；脚底朝后钩二十个，脚底朝后跳二十个，便是一个轮回。毽子中途落地，第二个人接着玩。踢毽子拼的是技巧和耐力，我们经常玩得上气不接下气。

投沙包锻炼的是一个人的眼力和反应的速度。一群人分两拨，石头、砂锅、水决定哪一拨是投沙包的，哪一拨是躲沙包的。躲的一方进入画定的线内，面朝飞来的沙包，左躲右闪，沙包没长眼，到底会落在谁的身上，一场下来，自见分晓。沙包做起来简单，几乎每个小孩都有一个。剪六块大小一致的正方形布片，缝成一个正方体，内装谷子或糜子，柔软，打在身上不疼；内装玉米，坚硬，伤身。

跳皮筋练的是动作的轻巧敏捷度。那些年，流行一边唱“树上的叶子沙啦啦，小明急得找妈妈……”一边跳皮筋。一个橡皮筋好几米长，没钱买，只能找一条细麻绳或布条来凑合，这样的皮筋跳起来，腿上、脚上被勒得红一绺、青一绺，但疼痛阻止不了跳的节奏。梦里渴望有一根真正的橡皮筋，机会来了。大哥废弃的一个卡车轮胎一直扔在柴房里，无人问津，我尝试了好几回，不敢下手，怕被母亲发现。最后，我下定决心，冒着“枪林弹雨”的危险，偷着去剪。每天午饭后，看见母亲睡着了，拿上剪刀，偷偷溜进柴房，剪轮胎。卡车轮胎既大又柔韧，剪刀口张开，费九牛二虎之力也合不上，即使合上，又好像被橡胶黏住，怎么也拉不开。忙活一两个小时，也是蜗牛爬行。在胆战心惊中坚持了十几天，我梦寐以求的橡皮筋有了。自那以后，我每天躲着母亲，偷偷拿上橡皮筋，出去和朋友一起玩。回家，趁母亲干活不注意时，将橡皮筋藏到柴草堆里。我跳皮筋的技艺越来越好，对方把皮筋挂到脖子上，我也能身轻如燕地飞跃而过。一个轮胎成就了我跳橡皮筋的技艺，想想，大哥至今也可能不知道他的那个轮胎莫名其妙地上哪去了。

实在玩累了，坐下来抓五子石、弹杏核也乐在其中。小河边捡五个大小均匀、光滑无棱角的小石子，找一块平地，和朋友头对头抓五子石。手抓五子石，翻手，手背架的五子石多者获得优先权，第一个抓五子石从单个抓开始，平背、上、打挂、架、打、点、填炕、背、下，抓一个轮回。中间环节若有闪失，五子石交给对方玩。杏子黄时，杏核遍地都是，挑选几个形状圆润、颜色红亮的。大小朋友围一圈，肩挨肩、头碰头，一把杏核撒在地上，手指画一条河，瞄准目标，逐个击破。

捉迷藏也是经常玩的游戏。一大群朋友分成两组，利用石头、剪刀、布争夺哪一方先藏，哪一方找。一切定夺之后，寻找的一方捂住眼睛，先藏的一方兵分几路，各自寻找隐秘的藏身之处。麦场上，双方蹑手蹑脚、探头探脑，藏的藏、找的找，找到了，吵吵闹闹，分享成就感。我喜欢跑到自己家里藏，家里有三个地方，房顶棚、背篓里、木箱里，他们很难找到。我家的磨坊里光线很暗，建有坚固的二层顶棚，沿着梯子爬上去，看到木锨、连枷、木叉、刨子、镢头等农具，还有一大堆胡麻外壳，这里是外人从来不知道的好去处。把自己倒扣在背篓下，即使在院子里很显眼的地方，对方也要找半天。奶奶有一个大木箱，高一米，长一米，宽五十厘米，放在里面最值钱的是一条花麻线口袋，光滑精致，其他的全是爷爷奶奶的衣服。箱子有锁，但一直开着，我经常掀开盖子，藏在里面，谁也想不到。麦子成熟的季节，我们喜欢在麦场里玩。夜幕降临时，麦场里人影晃动，热闹非凡，一座座麦垛如雨后春笋，纷纷耸立，脚下还有好多麦捆，正是我们捉迷藏的好地方。我们围着麦垛跑前跑后、跑左跑右，除非跑累了，才会被对方找到。

过年了，大人们也会加入陪孩子玩游戏的行列。喜庆的日子，大人很乐意为全村人搭建一个秋千。冬天的麦场空旷、宽敞，大人在麦场中间挖一个坑，栽一根一人能环抱的木椽，高两米多，顶部钻一个孔，木头铆套一根能自由转动的横木，横木两端各固定一条粗麻绳，呈弧线下垂空中，这就是我们说的轮轮秋，待人坐在上面转圈时，木头铆发出咯吱咯吱的声响。利用横木的平衡性，两个人坐在两端的绳子上，下面的人推着绳子上的人跑几圈，双人秋千会越荡越高，最后达到最高点。空中飞的两个人和秋千顶端平行，一次极限蹦极，吓得上面的人鬼哭狼嚎起来，恳求下面的人阻止秋千飞荡。看着他们玩得很惊险，我是不敢坐的。和我一样胆小的孩子站在一旁，时时刻刻替坐在上面的人担心。有时，我们会在一旁玩老鹰抓小鸡，或丢窝窝。一个盛大的节日，一个麦场会聚了全村老老小小的人一起玩游戏，一起享受时代给予自己的乐趣。电视机很稀有，没有手机，没有网络，我们的游戏界定了自己的圈，和朋友一起玩，快乐并幸福着。

没有网络的那些年，我们玩过的游戏像一坛坛陈年酒酿，时间越久，越觉意义深远。

石马峡之谜

石马峡里的石头是有故事的，每一块都好似一个千年谜团，还未解开。

石马峡位于清水县王河村与石沟王家的交界处，北临西李村，西临李沟村，因峡谷内的石山上凿刻着一匹石马而得名。

石马峡是王河镇最大的一条峡谷，两岸淡黑色石山连绵起伏、突兀耸立、石峰辉映、石壁如砌，形态各异、千姿百态，隐天蔽日。石缝间绿草茵茵，顿感生命之神奇。谷底，小溪斗折蛇行，明灭可见，溪水清澈见底，碎石以为底，近岸，卷石底以出，溪水激石，声声作响。道路随着山势走，迂回曲折，蜿蜒前行。曲径通幽处，其境过清，寂寥无人，凄神寒骨，到处弥漫着一种神秘色彩。

石马刻在峡谷通往西李村山脚下的一块石壁上，身长 0.5 米，高 0.3 米，昂首奔腾。石马是石马峡的标志，这匹石马不是自然鬼斧神工的杰作，而是人凿刻在石壁上的。马身丰满，举蹄奔腾，栩栩如生，是一幅很完整的摩崖石刻。摩崖石刻是起源于远古时代的一种记事方式，冯云鹏《金石索》曰：“就其山而凿之，曰摩崖。”摩崖是古哲先贤的“心灵景观”，是人类文化长河里一颗璀璨的明珠。它对探源历史、研究文化、揭开先民们生活的神秘面纱具有极其重要的价值，也为秀美的自然风景增加了深厚的人文内涵。

石马峡的这匹石马刻于何年何月，凿刻者没有留下姓名与年代，因而无从考究。石马马头朝王河村蒲鸽塘的大片庄稼地，马尾朝西李村，前腿弯曲残缺。王河村流传着这样一个传说：当时，王河村村民生活艰难，西李村生活富裕，王河村的百姓把贫穷的原因归结于石马，认为石马吃王河村的庄稼，却将粪便留给西李村，因此吃穷了王河村，养肥了西李村。有一天中午，烈日炎炎，王河村一村民在蒲鸽塘的田地里干活，口干舌燥，不知不觉迷迷糊糊睡着了。在绿油油的麦田里，他做了一个奇异的梦，梦见西李村方向跑来一匹红鬃烈马，阳光下红得耀眼，映红了半边天。马翻山越岭，一路狂奔而来，为的是吃蒲鸽塘的小麦。那人看见红马吃庄稼，一骨碌翻起身，拿起镢镃头朝马腿砍去，马受伤了，他自己也惊出了一身冷汗，醒了，原来是一场梦。那年，王河村的庄稼大丰收，路过石马峡的人说，石马的腿不知怎么回事，弯曲受伤了。对于这件事，做梦的那人百思不得其解。

石马峡北大门有一座石山叫石堡子，高大巍峨、山顶平旷，有伸手触蓝天之感。相传民国时期，乡村土匪横行，民不聊生，当地老百姓为了躲避土匪，在这座石山上修建了一座堡子。如有土匪来犯，老百姓便拖儿带女藏在堡子里，迄今为止，石堡子上还有一两处残存的古城墙遗迹。顺着石堡子向北，去往西李村的沟里就可以看到石马，顺着石堡子向南是石马峡的主干道。

石马峡的主干道上怪石嶙峋、乱石穿空，形态惟妙惟肖。有石板、石五子、石锦鸡、石窑、石河马、石炕、石碗、石筷子、石鼓、石马鞍、石茶窝等，分散在石马峡的不同区域内。这些石具都与鲁班有关。鲁班，春秋时期鲁国人，出身于世代工匠家庭，从小就跟随家里人参加过许多土木建筑工程劳动，逐渐掌握了生产劳动技能，积累了丰富的实践经验。《事物绀珠》《物原》《古史考》等古籍记载：木工师傅们使用的手工工具，如钻、刨子、铲子、曲尺、墨斗、锯都是鲁班发明的。《物原》又说他制作了石磨、石碾，这些粮食加工机械在当时是很先进的。石马峡的一座石壁上有一块凸出的部分像人形，高达两三米，头部轮廓清晰、棱角分明，据说是鲁班像。王河人说，有一次，鲁班路过石马峡，看到这里有山有水，是一块宝地，就是太过寂静，没有生活的气息，勤劳的他开始在这里创造奇迹。他挑选了五块大小差不多的大石头，背到石马峡最为陡峭的一座石山上堆积而放。那五块石头滚到半山腰悬空堆叠，形成了石五子，千百年来，风吹日晒，不掉不落，岿然不动。鲁班背石头时淋了大雨，在对面开凿了一石窑避雨。雨过天晴，他以一块平整的石头作为石炕，晾晒他的衣服。后来，他又凿了石碗和石筷子。靠近石马峡的北门处，他拿出锯子，将整块平铺在河沟的石块锯成了石板。鲁班经过石马峡，处处留香，人间烟火到处萦绕，凄清的峡谷瞬间别有洞天。

石龙也是石马峡的一大景观。现在，人们看到的石龙身处两地，有关它的遭遇也有一个传说。在一个秋高气爽的午后，一位长发飘飘的仙人驾云到处游玩，当他从石马峡上空飘过时，看见瀑布旁的石山上有一条石龙爬下山，龙头伸入小溪，正在饮水。仙人想，溪水是这条峡谷的生命之源，如果石龙天天来饮水，过不了多久，瀑布就会枯竭。他便抽出宝剑，从天而降，冲向那条龙，斩断了龙的头颅，石龙立刻身居两地。路经石马峡的人看到石龙，不寒而栗。

石马峡地处偏僻，交通不便，经过此地者，大多数是石沟王家、候马家这两个村子的几十户人，还有王河村的放羊娃经常在这里消磨时光。石板是放羊娃玩水的最佳地方，他们是回家还是继续玩，通过敲石鼓传递信息。其他知道此地的人寥寥无几，这里数百年来无人问津。

近几年，农村道路开始实现村村通，石马峡也开始修路，不幸的是，石鼓和石马鞍遭到破坏，其他几处也有被掩埋现象，完好无损者寥寥无几。石马峡的每一块石头都是一个生动的故事，都是一个神奇的传说。石马峡文化深不可测、秘不可透。

今后，希望有更多的人走进王河镇、走进石马峡，看山，看水，陶冶情操；看石，看马，研究石马峡文化。

石马峡至今是一个谜，是一块未经雕琢的玉，其内必定是光芒万丈，期待有准备的人来游览，寻找智慧的钥匙，解开祖先留下的未解之谜。

是王之河，有风来仪

一年中，美好的季节是春秋。生活有盼头的日子也在春秋。王河人喜欢的也是春秋，好时节，有戏看。

戏还没定，大人们一个电话："后天唱戏，回来看戏。"心里咯噔一下，现在的戏说唱就唱开了，真好。以前，日子艰难，戏钱凑不齐，每天都在急切等待中讲戏。见面就问：

"王河的戏快唱了吗？讲的时间长了。"

"快了，听说就在这几天。"

"说是快了，讲着讲着就没影了。"

"王河的戏讲断气，接着来送不去……"

戏唱完了，又期待明年的戏场约定，见面又说着同样的话，年年如此。

春秋两台戏是王河人一年中期盼的头等大事。春天到底哪天唱戏，没有具体的日子。秋天到底哪天唱戏，也没有具体的日子。戏，讲着讲着日子就确定了，毫无征兆地，说唱就唱开了。反正在这两个季节唱戏是老祖宗传承下来的，没人敢更改。看王河的戏成了每个王河人心中一年的期盼，过去是，现在也是。

王河人喜欢看戏，有关戏台的历史自然是很久远的。

王河以花牛河为界，阳面为东坡，阴面为西坡，下游是下王家。以前，王河的戏台坐落于西坡四娘娘庙对面，来自西坡的一股山水从戏台底部川流而过。戏台建于何年何月，无人知晓，环顾四周，的确是一块风水宝地，十九世纪四十年代，这里除了威震四方的大盐店——盐店场外，沿河畔其他店铺林立、商品如山、骆驼成群、客商如织。阔气的戏台不知何人题的匾额“龙飞凤舞”，在丝绸之路上曾经一度繁华的集市遗迹的包围中，尽显沧桑之感。后来，戏台被拆，“龙飞凤舞”四个字被有心人偷偷藏了起来，等待有一天拭去时代的尘埃，重见日月之华光。

之后，东坡、西坡在各自的阵地上修建了戏台。东坡戏台位于二队麦场里，西坡戏台位于河畔王双锁家大门口。两座戏台直线相距两公里，隔花牛河上下游相望，土木结构，造型相同，简单大气，完全满足东西坡人各自的娱乐生活。进入腊月，秦腔爱好者被召集在一起，开会、分配角色、排戏。器乐组、演员组、后勤组，不分昼夜，吹吹打打、咿咿呀呀，蹦蹦跳跳、兜兜转转，忙得不可开交。正月初四，东西坡秦腔大比拼拉开帷幕。东坡的经典全本戏有《对银杯》《游西湖》等，单折戏有《柜中缘》《香山四还愿》等。西坡的经典全本戏有《下河东》《大登殿》等，单折戏有《二进宫》《杀庙》等。东西坡的对台戏唱起来，各有千秋，到底看哪一边的，难以抉择。东西坡的人各有各的小私心，两边戏场来回转一圈，瞎起哄一阵，拉帮结派撤到各自的阵地撑场子，助威呐喊。戏台上，演员在别人的故事里流着自己的泪；戏场里，看客在别人的目光中享受着自己的快乐。东坡有东坡的名演员，西坡也有西坡的名演员，若碰到各自喜欢的名演员上台，会有人从中倒戈，西坡的人去看东坡的戏，定会遭人谩骂、唾弃，戏场里闹成一片。初四到十五，东西坡的戏天天在唱，一本接一本，本本都不同。元宵节的灯盏点完，戏就唱完了。明年，再一个明年，年年如此。

二十世纪九十年代，全民生活大改善，王河乡政府经过多方筹资，重修戏台。这座来之不易的戏台和乡政府、信用社相对望，北靠敬老院，西邻花牛河，青砖青瓦，是空旷河畔上最气派的建筑。这样的戏台在农村是很少见的，一座有文化灵魂的戏台全凭匾额来彰显。于是，人们又想到了“龙飞凤舞”。当年，藏起匾额的人翻箱倒柜，终于找到了那四个字，时隔多年，已变得模模糊糊，还原需要高手。王河的民间艺人数不胜数，随便一吆喝就是一台戏，随便一挑选就是一支工程队，随便一组合就是一拨手工艺制作家。东坡王长林先生的画，西坡王子珍先生的书法，堪称“书画双绝”。他们俩虽不是官方认证的书画家，却是民间公认的书画家，模仿技能更胜一流。王子珍手握一把老笤帚，把“龙飞凤舞”四个字练了大半年，从中选出最中意的一组，变成了戏台的匾额。“书画双绝”的天作之合，王河人无不称赞叫绝，被拆掉的“龙飞凤舞”再一次回到王河的戏台上。

戏台落成，第一台戏很是隆重，必须是陕西秦剧团的，必须有名演员登台。会长忙着写戏，定日子，接戏。村里的长辈们更忙了，接闺女的接闺女，唤女婿的唤女婿，叫丫丫的叫丫丫，七大姑八大姨挤满屋。炸油饼，擀长面，肉菜、鸡蛋天天见。王河热闹起来了，戏场里，商品琳琅满目，小吃摊一家挨着一家，凉粉、面皮不用说，还有那冒着热气的臊子面。女孩穿上最漂亮的衣服，三五一拨，手拉手，戏场里夸一夸。男孩把分头甩一甩，在人群中推来搡去、东张西望，看有没有中意的。大人们见到老熟人，问长问短，差一点问出麻烦来。唱的什么戏，大多数人不知道，却很快乐。

二〇一一年，农村经济发展进入快车道，“龙飞凤舞”完成了艰难岁月的历史使命，乡政府在原地再次修建了新戏台，比以往的任何一座戏台都宏伟，外观五彩斑斓，红瓦蓝棱白底金字，是王河一道亮丽的景观。乡政府邀请蔡俊杰副县长为新戏台题匾并撰联。楹联“是王之河　有凤来仪”，匾额“春秋”，何等霸气。站在“春秋”的面前，王河的历史再次汹涌而来。

王河，藏龙卧虎之地，有凤来仪是自然而然的事。“有凤来仪”是指古时吉祥的征兆。出自《尚书·益稷》：“箫韶九成，凤皇来仪。”意思是：当演奏虞舜时期的箫韶乐时，由于音乐美妙动听，把凤凰也引来了。相传秦穆公之女弄玉不仅如花似玉，还擅长吹笙，自成音调，宛如凤鸣。有一次，弄玉在凤楼上吹笙，远远好似有和声传来，余音美妙，宛若游丝。此后，弄玉茶饭不思。秦穆公知道后，派人找来了吹笙的少年——萧史，弄玉的病不治而愈。从此，弄玉天天在凤楼和萧史合奏笙箫，伉俪应和。某一天夜里，两人正在皎洁的月光下合奏，忽然有一龙一凤应声飞来，于是，萧史乘赤龙，弄玉乘紫凤，双双驾翔云而去，成了人间天上的神仙伴侣。这可能是对有凤来仪最美的解释。《红楼梦》大观园中的潇湘馆，贾宝玉曾题匾额："有凤来仪"。美好的事物相吸相惜，奇迹自然会发生。王河，一个美好的地方，女娲也喜欢。据《水经注》记载，人类始祖女娲生于风沟，长于风台，葬于风茔。王河丰盈（原名坟茔，也称风茔），一九六一年成立王河公社时，改名丰盈。传说女娲为民平息了一场场灾难后，心情非常愉悦，她在一对鹦鸽鸟欢快的叫声中，走进了风景如画的风茔里，来到白石滩，坐在一块大白石上，听到人间安居乐业的笙簧乐声，微笑着闭上了双眼，与世长辞。鹦鸽鸟非常悲痛，流着眼泪，一口一口地衔来芦草，把女娲掩埋在风茔里的白石脚下。从此，白石一天天长起来，长成了一座小山峰，这就是风茔里如今的女娲坟。大千世界，好山好水好风景，女娲最终选择了王河的风茔作为她在人间的最后一站，王河也因此变成了一个更加神奇、多彩的地方，人才辈出，有凤来仪。

王河，是王之河，实至名归。相传春秋战国之时，鲁班自山东扬鞭而起，其花牛驾车飞奔。车之所载者泰山也，其方圆二三里，高百仞，集日月之精华，采万物之灵气，落地而长。闻说，此山倘若运至上邽西北与其相邻之苏家峡，上邽西北将为帝王之乡。花牛此行，三更鸡鸣之前，必将泰山运至此地。花牛翻山越岭、渡江跨河，行至上邽西北一村口，见一老者，鲁班问其何时。老者答曰："将至三更。"语毕，老者随一道金光而去。霎时，村中鸡鸣四起，此村距苏家峡十几里。花牛大汗淋漓，顷刻间一命呜呼。村口一小河倒流而至，近岸，鲁班掘地数尺，将其入葬，置泰山于花牛墓侧。数日后，村中怀其龙子之妇女小产。村中人建庙宇于泰山之上，名之为泰山庙。此村故名曰：花牛河。中华人民共和国成立后，因为村中王姓者颇多，又更其名为王河。“是王之河”是对王河名称由来的高度诠释，深远、辽阔的历史况味尽在其中。

王河就是这样一个不同凡响的地方，王河的古文化从女娲说起，到大地湾文化、三国时的街亭之战、张载隐居地、丝绸之路上繁华的驿站……历史的车轮爬过王河的沟沟峁峁，历经时光的打磨，有些只剩断壁残垣，有些深埋尘埃，有些完好无损，有些云里来雾里去。回首“春秋”，光阴清浅，岁月如莲，留给后人的全是美好。“春秋”二字也是王河一年唱春秋两台戏的传统习俗的体现。

当年蔡俊杰副县长对王河这片热土的了解、钟爱、期许和美好祝福全在一座戏台的楹联“是王之河　有凤来仪”和匾额“春秋”中得以彰显。

几度风雨，几度春秋，王河的戏在春秋定期开唱。

耍社火

王河人把社火叫“马故事”，这名字听起来就具有一股悠久的历史文化气息。

过年，耍马故事，一个“耍”字，蕴含了人们对过年的多少期待，张扬奔放的个性和情感在过年时得以真实地释放和宣泄。

王河，大年初一到初三，人们都在自己家里过年，不串门，初四开始走亲戚，礼尚往来，忙得不可开交。初九和十五是过年最热闹的两天，耍马故事、看马故事，还有要发生的其他故事，总之，这两天的故事很多。

正月初九俗称“天公生”“玉皇会”，传说天上地下的各路神仙在这天都要隆重庆贺，人间的老百姓也以各种形式给玉皇大帝祝寿。王河人把正月初九叫“上九”，这一天，王河镇的大街小巷人山人海，方圆十里的人聚集在一起，耍马故事，看马故事。

为了这一天的表演，每个村提前作准备。王河村的东西坡前两天就开始扎纸花，规划骡马，安排装马故事的人员，筹划打鼓的、敲锣的、打铜镲子的、画脸的、领队的、收尾的等细节任务。前一晚，饲养院里灯火辉煌，开始画脸，手艺最好的画花脸，小生脸由学徒练手。二三十人的脸画完，鸡也叫了。画师伸伸懒腰，眯一会儿。

天没亮，寒气逼人，马故事负责人吃一点干馍馍，喝一盅罐罐茶，从村头到村尾敲门打窗，召集装马故事的人。一一吩咐谁家的娃娃骑谁家的骡马，由谁家的大人牵马。敲鼓集合、穿衣、拿道具、排队、上马，马故事队伍浩浩荡荡出发了。各大庙门前表演完，沿街道在各个接应点表演。人群闪开一条道，马故事依次走过。声势最大的一拨走来了，“姜子牙”手持杏黄旗，白须飘飘，率领大军摆开阵势。旁边老人说，这是西坡的马故事万仙阵。小孩只认识《封神演义》中的姜子牙，至于什么阵势就不管了，热闹就行。其他村的诛仙阵、九曲黄河阵等也很壮观。人群涌动，有人高呼：“快看，高杆（高跷），是高杆！”湾里王家的高杆最惹人喜爱，绿袍，红脸，长须关公大刀一挥，全场寂静。待东坡的高杆一出场，踢腿，单跳，刀剑、瞄杆子、大锤抡起来，两军阵前都是英雄，引来一片欢呼声。不过小孩还是喜欢看美猴王，孙悟空长翎一弯，金箍棒抡一圈，拔一根猴毛一吹，小孩乐哈哈。《务农》一上街，杀出一片新天地，牛拉犁，农夫按犁，几个小伙扛镢头、刨子，妇人嘴含烟锅，肩背粪斗，抓一把土疙瘩撒向拥挤的人群。人们抱头躲闪，人群流动起来，像河流。空出一块地，西坡的泥人摔跤，东坡的狮子翻桌子、上梯子，而后人群再次回旋而来。

马故事队伍每到一个大的接应点耍一圈，得到几盒烟、几块钱的报酬，报酬不重要，耍好最重要。东坡的接应点在山神庙门前，几十个土锅子热气腾腾，香气四溢。西坡的接应点在四娘娘庙前，也是土锅子飘香。最大的接应点在乡政府，对所有马故事评奖。街道小卖部成了小接应点，一盒烟、一瓶饮料、几块钱乐意应酬，过年图个热闹。

晚上，敲锣打鼓，铜镲子响，狮子、旱船、纸马子耍起来。先去四娘娘庙、山神庙、泰山庙门前耍。狮子摇头摆尾，大铃铛响起来，耍狮子的少年身穿黄马褂，头裹白羊肚手巾，腰束红腰带，手持一根长木棍，朝狮子舞弄起来，狮子张牙咧嘴，上蹿下跳，猛进，后退，左右躲闪。几个回合，长木棍换作铁链子，那链子两头装油进去，点燃，耍狮子的抡起链子，两头的火球飞起来，狮子张大嘴巴追，观众欢呼起来，锣鼓声起，“咚咚咚锵锵锵，咚锵，咚锵……”驾船姑娘轻盈而上，一圈、两圈，船跑累了，船夫摇船，划桨，锣鼓停止，小孩唱船歌《十二炷香》：“一炷香烧与了玉皇大帝呀，二炷香烧干了关洲二郎呀，三炷香烧与了三关大帝呀，四炷香烧与了四海龙王呀。”歌声停止，姑娘驾船跑一会儿，船夫扶船，摇船，船歌继续：“五炷香烧与了五方五地呀，六炷香烧与了南斗陆郎呀，七炷香烧与了北斗七星呀……”一直唱到“十二炷香烧与了满庙尊神呀”。一曲结束，锣鼓声响，纸马子上场，噔噔噔噔……一个比一个跑得快，庙门前人声鼎沸。轮到家家户户，推门而入，院子里，人快挤破了墙，挤塌了房。这家耍完，几毛钱、几支烟，家底好的几块钱、一包烟打发了。接着去另一家，三更鸡叫，锣鼓声息，村里才安静下来。

正月十五元宵节和上九一样，吃过早饭，四里八乡的人聚集在王河街道，看马故事，评马故事：哪一个村的马故事没上九的多，没上九的好；哪一个村的比上九的多；比上九的好。哪一个村的最好，哪一个村的没脸看。群众的眼睛是雪亮的，经大家的口口相传，马故事在乡政府转一圈，评奖结果和人群中口口相传的等次一模一样。大街上，人群里，有看马故事的，有人挤人的，有人看人的。年轻女孩的脸蛋上涂脂抹粉，粉嘟嘟。年轻男孩的分头飒飒，纽扣敞开，自带风的感觉。不远处，有目光躲躲闪闪，一眼万年的事在所难免。元宵节自古以来是一个非常浪漫的节日，宋代欧阳修的“月上柳梢头，人约黄昏后”，灯前月下，爱情故事如走马灯般徐徐展开。南宋辛弃疾的“众里寻他千百度，蓦然回首，那人却在，灯火阑珊处”，期待的则是另一种奇遇。一年中第一个月圆之夜，赏花灯、猜灯谜，好多美好的事就发生了。王河的元宵节没有花灯，没有汤圆，有玉米面灯盏，有小灯笼，重点是有马故事。看马故事，看着看着，蓦然回首，故事就有了。

小时候，马故事与骡马有关。

现在，马故事坐上了时代的彩车，一派繁华，故事更精彩。上九、十五，王河马故事的彩车队聚集戏台春秋广场，热闹非凡。来自二十几个村的马故事《下河东》《三英战吕布》《杨家将》、高杆《桃园三结义》《白蛇传》等全部坐上了拖拉机、三轮车。由大红绸缎被面装扮的马故事车头上，挂一面某某村社火的牌子，喜庆又吉祥。锣鼓“咚咚锵锵”，彩车“突突突”，缓慢走过表演点，人群追赶。步行的只有《务农》，大头来娃子、狮子、娃娃秧歌队和大人秧歌队等。《务农》在人们的簇拥中来了，和过去一样引人注目，始终是人们追着、赶着、躲着，取乐的焦点。《二龙戏珠》一出场，蛟龙在人们头顶蜿蜒爬行，观众抱头乱窜，表演场地自动铺展开，龙行龘龘，时而腾空飞舞，时而潜水遨游。戏场里，乡政府组织马故事评奖，会演场面锣鼓喧天，一片欢腾。

二〇二四年正月十五，王河来清水县城参演的马故事耍出了新时代的新高度。三面大牌，特色鲜明：一拨彩旗队，精神焕发；一群福娃，活泼可爱；两辆大彩车，气势宏伟；一帮锣鼓手，激情昂扬；两组秧歌队，色彩斑斓。在锣鼓震天、炮声绵延中，队伍浩浩荡荡从轩辕大道走来，气场宏大、场面壮阔。在观众的期待中，《变脸》开始了，两位身披红色披风的表演者手提衣襟，小跑转圈，一回头，变一张脸，红、绿、黑、黄、白的变化就在一瞬间，观众来不及反应，只有瞠目结舌的份。第三位身披红披风，头戴长翎，手拿一火棍，腾空而起，仰头朝火棍吹一口仙气，大火喷涌翻滚，惊叹四起。秧歌队扭起来，摇摇摆摆，摆开阵势，《十对花》和《从小卖蒸馍》在他们的举手投足、一颦一笑间顾盼生姿，活灵活现。身穿红色大襟衣、嘴含长烟锅、佩戴黑色墨镜的老太太最博人眼球。王河的马故事紧随时代的步伐，传承古文化，注入新内涵，古今结合，创意独特，在全县社火评比中，获得一等奖。

过完正月十五，王河的年还有一点余味要总结，马故事即将卸将。

正月十六，马故事卸将，每个村在各自村里耍，不串村，只有一折戏——《四大灵官追洞宾》。商铺前、庙门前、家家户户大门前马故事转一圈，放几串炮，村里人说是驱邪，看的人也少，只有一群小孩跟在后面凑热闹。马故事经过每一家门前时，大人探出头看一眼，知道马故事要去卸将了。东坡的马故事在泰山庙脚下的上河坝卸将，西坡的在八队里庄头卸将。马故事村里转完来到卸将地，表演一番后，四大“灵官”手拿一张黄纸在自己脸上摁一摁，把印有油彩的黄纸交于跟随的人烧掉。“雷灵公”手持写有四个“雷”字的雷碗，炮声一响，他手一抡、一甩，雷碗对准一块石头砸去，“咔嚓”一声，雷碗碎了一地，预示着年彻底过完了，新的一年遵纪守法，岁岁平安。扮马故事者纷纷转身，下马，脱掉装扮。马故事耍完了，用过的纸花、道具之类的全部烧掉，送神仙归位。忙活了好几天的人回家洗把脸，找回自己的模样。

年，就这样过完了。春天的脚步近了，吆喝着骡马上山去，开始春耕的故事。

王河镇——丝绸之路上曾经的繁华驿站

泱泱华夏，几千年的文化传承，让一条神秘之路开花、结果。甘肃是丝绸之路的西陲孔道，以长安为起点的丝绸之路在甘肃境内形成了一张由若干条道路东西相连、南北交错的交通网。陇关道，从长安出发到陇县，然后西行，越陇山，向西北经略阳（今甘肃秦安东北）、平襄（今甘肃通渭）到金城（今甘肃兰州），渡黄河到武威，入河西走廊。花牛河（今清水县王河村）位于秦安县东北，是丝绸之路陇关道上一处耀眼的驿站。

十九世纪四十年代，花牛河经济繁荣，正值鼎盛时期。街道上店铺林立，商品如山，客商如织，人声鼎沸，驼马成队，真可谓车水马龙，兴盛繁华。花牛河是当时清水、秦安、张川三地主要的粮食、食盐和农副产品的贸易集散地之一。花牛河因盐商云集、驼队往来而使得骆驼场生意空前繁荣。骆驼场是我国在过去西北地区交通发达的商埠和村镇上开设的供过往商队休息、住宿地，驼队、马队饲养修整的旅店，类似于其他地方的大车店。因驼队、马队和车辆辎重需要很大的类似打麦场一样的院子，民间俗称“骆驼场”。当时，银圆场（今王河镇镇政府和信用社所在地，王玺家经营）是最大的骆驼场，占地面积几十亩，威震四方，一年四季骆驼如蚁，来来去去，络绎不绝。还有几家骆驼场，如上店里（张世俊家经营）、王来有和王宗正家的均在自家院子周围，比银圆场小多了，生意也很红火。这些骆驼场专门为过往的骆驼商队提供吃、喝、住和短期休整。途经花牛河的骆驼队，主要是从青海出发去汉中、四川等地进行食盐和生活用品交易的商队。骆驼驮着盐从青海启程，翻越祁连山扁都口进入河西走廊，浩浩荡荡，历经千山万水，到庄浪，横穿陇城，到达花牛河。骆驼进骆驼场休整一宿，第二天鸡鸣时分起身赶路，沿新华梁走北道埠经陇南奔赴陕西汉中。

驮盐的骆驼队到此住一宿，如有盐袋破损，盐商找当地的商铺处理掉这些无法带走的盐。盐店场（今王银存家所在地，面老爷经营）专门接收这些散落的盐，供花牛河方圆几十里内外的村民生活使用。每逢集日，盐店场门口聚集上百人，排队买盐。盐店场是在骆驼背上蓬勃发展起来的，成了花牛河声名显赫的大盐店。

骆驼队的暂停休整，带动了花牛河经济链条的整体发展和繁荣。花牛河是单日集，每逢单日，方圆几十里的人都来花牛河赶集。小河两边商铺鳞次栉比，其中常泰和（王家经营）、天泰春（苏家经营）、兴顺德（张家经营）、许钱广（许家经营）、钱囊子（王家经营）等商号如雷贯耳、远近闻名。沿河两岸的牲口集市，骡、马、牛、羊、猪、鸡应有尽有，人喊马嘶，盛况空前。粮食集市（原供销社门口处）更是壮观无比，小麦、玉米、豌豆、糜子、谷子等种类丰富多样。花牛河的集市盛大至极，人山人海，满目皆是繁华，热闹非凡，胜似春节，吸引来好多客商。松树的粮草、小泉的柿子、山门的木炭、新华的粮食等一拥而来，花牛河成了琳琅满目商品的交易圣地。

前一批骆驼凌晨刚走，后一批骆驼傍晚便到，来来往往，不曾间断。从青海来，去往汉中的骆驼驮着盐。从汉中归来，去往青海的骆驼驮着丝绸、丝线、香裱、茶叶等生活用品。骆驼队千里跋涉，山一程，水一程，风花雪月亦无情，花牛河是他们出征和归途路上温暖的港湾。春去秋来，寒暑易节，花牛河始终在崇山峻岭间守候着来去匆忙、声势浩大的骆驼队。

中华人民共和国成立前，花牛河因骆驼商队的过往而璀璨、温暖。中华人民共和国成立后，随着公私合营、土地改革等政策的实施，以及交通工具的更迭、商品供应和流通渠道的变化，花牛河的集市繁华落尽，驼队消失。小农经济时代，花牛河的繁华渐渐远去，却迎来了崭新的社会主义经济发展。人民公社化时期，在花牛河设立王河公社，花牛河更名为王河村。从此，王河村承载着丝绸之路的驼队精神迈入了新时代新发展的征程。

丝绸之路在历史的长河里永不褪色，花牛河的骆驼场、盐店场及繁华的集市永远是王河镇历史舞台上浓墨重彩的一笔。

第五辑

人间问俗

不醉不归

王河村的大小事情都离不开张老汉。

那天，虎虎结婚，张老汉是总管，大小事宜流程安排得井井有条。在他的协调指挥下，礼簿记账的、管钱的、管烟酒的、大门口迎接客人的、放炮的、每一桌供席的，互不干涉，各负其责，各尽所能，亲朋好友欣喜而来，尽兴而归。

正午时分，新娘子迎到。人声鼎沸，音乐声、鞭炮声飞扬，亲朋好友有序入席，这是婚礼最热闹的时候，张老汉一点也马虎不得。他睁大眼睛，指挥每一桌供席者热情招待客人。十三花开满宴席，红烧肉一碗、四喜丸子一碗、白菜炖粉条一碗、清炖鸡块一碗、麻辣豆腐一碗、八宝米饭一碗……红、白、青、绿、紫，色泽搭配鲜艳，每一碗菜都是一朵盛开的花，热气腾腾、香气扑鼻。偌大一院子，张灯结彩，菜香混着酒香，满院飘香，喜气洋洋。

这一桌人正准备动筷子，那一桌人已经开拳迎战。只听到他们喊道："咱俩好，四叶子红！""巧到了，酒你喝！"接着是酒杯碰撞的声音。另外一桌也抡起了拳头叫道："好日子，先敬你！""六六顺，高升你！""兄弟好，四季财！""八大仙，一起发！"划拳的声音一桌高于一桌。他们的酒杯碰来撞去，怕是喝到嘴里的少，流到桌子上、地上的多，但谁也不在乎这些。整个王河村酒香弥漫，拳声震荡，笑声一片，炮声不断。人们似乎忘却了谁才是今天的主角，只记得好日子有酒助兴，大家同乐。

说实话，张老汉忙了一整天，华灯初上，他才有空坐下来吃一口菜，喝一杯酒。新郎新娘也走过来向他敬酒以示谢意，张老汉端起酒杯说道：“今天是你们两个娃娃的好日子，祝你们俩幸福美满，我也是不醉不归。”大家齐声道：“好，敬上，满上！”在大家的喧闹声中，你一杯，我一杯，他一杯。敬来敬去，一转眼，张老汉半瓶酒已下肚。他走起路来脚底下好像涂了油一般，踩不踏实。老伴只好扶他回去。他边走边唱：“今天是个好日子，我还要主持一对新人拜天地呢……”后面的话，他舌根僵直，听不清了。街坊邻居都知道张老汉又醉了。

张老汉辛苦了一辈子，为乡亲们的大小事情操心了一辈子。每一次，大家都说同样的一句话：“他又醉了。”

又是一年除夕到，张老汉请来他的两个兄弟和侄子，在家陪先人。温热的土炕中间摆放了一张祖传的炕桌，是红桃木的，经岁月的打磨越发红亮。它的四角各雕刻着一个活脱脱的桃子，这就是一家人喜欢这张桌子的原因。张老汉和兄弟带领儿子们先拜先人，上香、烧票子、祭酒、磕头。完毕后，他们兄弟三人围桌坐下，老伴端来一盘猪耳朵、一盘红萝卜丝、一盘花生米、一盘黄瓜，这是他们喝酒必备的下酒菜。地板上，儿子和几个侄子围着火盆煮酒，火红的炭火烧得正旺，火苗跳跃，像鲤鱼。张老汉吩咐儿子拿来他深藏了十年的两瓶酒说：“喝好酒，才叫过年。”儿子打开瓶盖，酒香扑鼻，一会儿，满屋子散发着诱人的香味。炕上的三兄弟涎水都快流下来了，想到还是温热的酒好喝，他们把快要流出来的涎水又咽了回去。侄儿们倒满两壶酒，顺着火堆放稳，一边嗑瓜子，一边耐心地等待酒的沸腾。酒开了，三兄弟拿起酒杯让儿子们满上，第一杯敬献先人，第二杯全家共庆贺。第三杯刚一倒上，他们开始划拳。张老汉叫道：“哥俩好，四季财！”兄弟对道：“巧到了，酒你喝！”第一拳，兄弟敬上了大哥，张老汉认输喝四杯酒。他们三个边划边喝，几个回合下来，一瓶酒一滴不剩。第二瓶继续，二兄弟划道：“六好，一心敬，高升，高升！”“兄弟你，就是好！”张老汉不知怎么了，嘴里喊的和手的比画差得远，老输，又是六杯。就这样，兄弟三人，喝着划着，划着喝着。过去的一年在一饮而尽的酒杯里画上了圆满的句号，新的一年在刚盛满的酒杯里开始了。

新年的钟声响了，他们又开启了一瓶酒。张老汉这时说话已是语无伦次，虽说两位兄弟喝得少，但也要扶着墙走路。没办法，只能由儿子们放炮，辞旧迎新。村子里炮声慢慢平息，儿子们才扶着各自的父亲散去。他们每年除夕都这样过，都这样醉，而且是跨年的醉。

张老汉这一醉可是半个月。从大年初一到十五，每天都有亲戚朋友请，在一起喝酒吃肉。今天在东家，明天在西家。老伴可累坏了，每天晚上得洗张老汉满是酒味的衣服，虽叫苦连天，但也得忍着。元宵节一过，邻居们听到张老汉吆喝牛的声音，就知道他酒醒了。

张老汉醉了一辈子。每次喝酒，他都把老伴的话当耳边风，明天，他要听一回老伴的话，坚决不能喝。老伴给他下了死命令，明天儿子的婚礼，一口酒都不许尝。他答应了，其实他心里清楚，儿子在城里上班，婚礼自然由单位的同事按照城里人的习俗举办，和乡下的风俗完全不同。在乡下，儿子婚事的操办得多过三天，他不醉才怪呢。可是在城里，只吃一顿宴席，更何况这次他是主人，所以是不可能喝酒的。他也没有操啥心，去了，只是为了让儿子体面，再给大家敬敬酒，一起热闹热闹。他可不能给儿子丢脸。晚上，在老伴的催逼下，他洗了头，刮了胡子，洗了脚，并试穿了新衣服。在镜子前一站，觉得自己还很精神，有点城里人的味道，明天给客人们敬酒绝不会寒碜。那一夜，他躺在土炕上，翻来覆去怎么也睡不着。

第二天，张老汉和老伴带领亲戚朋友、左邻右舍及街坊邻居坐着大巴车进了城。一下车，张老汉夫妇就去了儿子的婚房。负责婚礼的总管便把其他人安排在县城最高档的酒楼，他们一边嗑瓜子、吃喜糖、喝水，一边等待新人的到来。中午十二点整，酒楼下大炮、鞭炮四起，震耳欲聋。新郎新娘众星捧月般缓缓走向婚礼主持台，道喜的客人已经全部就座，所有目光都聚集在婚礼主持台上。张老汉夫妇在掌声中上了台，待二老坐定后，两位新人端着茶杯给二老敬茶。儿媳的一声“爸、妈”刚一出口，张老汉夫妇的回答响彻整个大厅。下面高呼“喝茶”，这时，张老汉高兴地接过儿媳双手递上的茶一饮而尽。他身边的老伴也只顾着高兴，从不喝茶的她接过茶杯也喝了个底朝天。台下欢呼声、掌声乱作一团。礼仪完毕之后，客人们动筷子尽情地吃喝，两位新人忙着给大家敬酒。张老汉夫妇却不见了踪影，正当老乡们到处寻找时，一对装扮成戏曲中角色的老夫妇在好几个人的推搡中出现了。城里人知道是怎么一回事，从乡下来的亲戚觉得很新鲜。他们看到张老汉的老伴画了老妖婆的脸谱，嘴角下还点了一颗黑痣，自然明白是恶毒婆婆的标志。张老汉画了白脸圈、红鼻子，小丑的脸谱，还戴了一顶九品县令的乌纱帽，实属有趣。张老汉的老伴穿一件大襟红绸褂、一条红色绸缎裤，张老汉穿一件红色绸长袍，他们俩在众人的你推我挤中笑得合不拢嘴。原来他们俩一走下主持台，就被儿子的同事拉了去，画了大花脸，还租了一套演出服穿上，这也是城里人的规矩。对此，乡亲们心里产生了各种猜测：难道还要唱一出秦腔吗？城里人的玩法还真稀奇。他们这是大姑娘上花轿——头一回，看见这样出场的公婆，一个个笑得上气不接下气，前俯后仰。

婚礼热闹地进行着，新娘端酒杯，新郎端酒壶。每到一桌，按照年龄大小依次敬酒，一人一杯，也是一心敬的意思。每敬一杯，客人自然会送上最真诚的祝福、最甜蜜的微笑。张老汉夫妇紧随其后，老伴端酒杯，老头端酒壶。他们俩每到一处，首先是引来所有在席人的围观，其次才是喝酒送祝福。当他们俩走到老家亲戚朋友这一桌时，待遇可就不一样了。老乡们前前后后、上上下下把张老汉夫妇看了个遍，拉袖子的、扯衣襟的、摸布料的、捶肩的、推背的。几圈下来，张老汉夫妇已经头重脚轻了。李老爹是这一桌最年长的，他发话了："大家今天暂且放张老汉一马，让他好好地敬我们几杯。平时的好日子总是我们敬他，他一高兴总是喝个天昏地暗，走路东倒西歪，我们可挨了不少骂。今天大家都高兴，难得有这样的好机会，让我们喝个痛快，让张老汉干咽唾沫星吧。来，大家举起酒杯，让你张老爹给咱们满上一杯。"张老汉连声道："是，说得是。今天只要大家喝得痛快，就是看得起我，就是给足了我面子。来，给大家满上，好事成双，六六大顺。"

酒席很丰盛，场面也很热闹，就是缺了点划拳的吵闹声。李老爹想划几拳，可这是在城里，不像乡下。于是他将伸出去的拳头又缩了回来。张老汉使劲敬，李老爹也一个劲地喝，一会儿工夫，半瓶酒不见了。可能是喝得太猛的缘故，李老爹只觉得头晕乎乎的，说话也颠三倒四。张老汉离开这一桌，又去照看其他客人了。

酒楼的大厅里满满二十桌，一对新人、一对老人轮流敬酒。满满的酒杯中，同样也是满满的祝福。从大家的说笑声中可以看出，今天一对老人比一对新人更开心，更吸引人的眼球。酒足饭饱之后，客人们先后散去。张老汉夫妇带领老乡们去看儿子的婚房，空间太小，闹腾了一会儿，张老汉只得送乡亲们回乡下去。经过大巴车的一路颠簸，一下车，李老爹脸色蜡黄，扑倒在一棵白杨树下呕吐不止。前来迎接的街坊邻居笑道："平日里谁家有大小事情，喝得不醉不归，走起路来摇摇摆摆，不成调子的曲子唱了一遍又一遍的是张老汉，可今天怎么变成李老爹了？张老汉却精神抖擞，满脸堆笑。"张老汉一边扶李老爹一边说："今天是我张家的喜事，让一直支持我的李老爹喝得痛快、喝得高兴，不醉不归，说明我今天没有怠慢大家。”

看着张老汉扶着李老爹远去的背影，一帮女人叹息道：“这些男人，只要高兴，便不分场合、不分彼此。今天你不醉不归，明天他不醉不归，真受不了。”

每逢好事情，不醉不归，这就是王河村的习俗。

灯盏，生命里的一束光

“寻，寻，寻蚰蜒，蚰蜒在哪？蚰蜒让张家的马过来踏死了。”这是小时候元宵节点灯盏时念的口诀。

元宵节的晚上，母亲递给我一个点燃捻子的灯盏，让我念着口诀去每间屋子寻蚰蜒。母亲说，手端灯盏，口念口诀，到处寻寻，家里一年四季都不会有蚰蜒或其他小虫子出没。我听从母亲的话，左手端灯盏，右手挡风扶光，光随人走，人随光行。口中念念有词：“寻，寻，寻蚰蜒，蚰蜒在哪？蚰蜒让张家的马过来踏死了……”炕角处、桌椅拐角处、墙角处、杂物周围等，仔细寻找一遍，蚰蜒自然是没有寻到。我问母亲蚰蜒为什么让张家的马过来踏死了，而不是其他人家。母亲也说不出所以然。

元宵节点灯盏，正月十四就得忙活起来。女人们和面，蒸灯盏，糜面的最好吃，入口无渣，有黏性，口感滑腻、甜味十足。玉米面的口感粗，不太甜，小孩都爱吃糜面灯盏。姑姑做的糜面灯盏既好看又好吃。每到这个时候，姑姑正好回娘家，我跟在姑姑后面瞎闹腾，蒸灯盏。糜面、白面各半盛一盆，开水烫，搅拌均匀，糅在一起，发酵一两个小时。我有点等不及，不断问姑姑面好了没。只要姑姑一发话，我比谁都跑得都快。捏漂亮的灯盏费时间，坐炕上，在炕桌上揉面，摆弄花样，舒心。姑姑心灵手巧，各种形状的都会捏，莲花灯、兔子灯、麻雀灯、老鼠灯……其中最为别致的是老鼠偷油的造型，栩栩如生。我很羡慕姑姑的手艺，怎么学也学不会，最终只能捏一个四不像。我放弃了高难度技术，选择最普通的一种样式，揉一团面，滚成圆棒状，一端坐稳，一端捏一个圆窝，窝边均匀地捏四个猫耳朵，灯盏就成形了。我的灯盏和姑姑的放在同一蒸笼里，对比太鲜明，姑姑的是“阳春白雪”，我的只能是“下里巴人”。人们常说有对比，就有伤害。我不伤心，反而很高兴。

灯盏进了蒸笼，大火蒸十五分钟，满屋子热气腾腾，一股甜丝丝的清香夹杂在热气中，扑鼻而来。该出锅了，取出蒸笼，掀开盖子，灯盏的形状变得活灵活现，熟透了，色泽光亮。我忍不住，伸手抓一个，想着趁热吃。姑姑说吃灯盏有讲究，晚上点过了才能吃，现在不能吃。母亲也这样说，我不敢违背母亲说的话，只能嘀咕几句“老迷信，老封建”，心里老想着吃灯盏的事。

母亲拿来布袋子装好灯盏，让我去送灯盏。我们村有个习俗，谁家有人去世，未过三年的，自家不能蒸灯盏，等着村里人、亲戚朋友送。对于送灯盏这个差事，我很乐意。提着灯盏，记着母亲嘱咐过的人家，依次去送。每到一家，他们非常客气，夸我家的灯盏样子好，夸我乖巧，感谢母亲费心……走了老远，身后还传来好多客套话，心里美滋滋的。

一直惦记着偷吃灯盏的事，又怕坏了母亲的规矩，掀开笼布，摸摸灯盏，只能将口水咽回去。盼星星，盼月亮，终于等到元宵节下午，父亲找来胡麻秆、棉花搓捻子。撕一缕棉花，缠在胡麻秆的一端，缠紧，缠均匀，伸入胡麻油里一蘸，放在盘子里。搓满满一盘子捻子，父亲让我拿来灯盏，整齐地排列在长方形的木盘子里，插上捻子，灯盏好像整装待发的士兵，期待前方。大门外的小道上，人声杂乱，是村里人去爷庙点灯盏的声音。父亲端起木盘子出门了，泰山庙、山神庙、四娘娘庙依次点灯盏。我出出进进、左右望望，急等父亲归来。父亲一进门，我接过父亲手中的盘子，灯盏东倒西歪，拿起一个，拔出剩余的半截胡麻秆，正想咬一口，便想起母亲的唠叨：“灯盏，要从底座吃。”心想：母亲怎么有那么多老规矩，不就吃一个灯盏嘛，还要按规矩吃，真是老封建。但还是按照母亲的吩咐吃灯盏，不知是点过捻子的缘故，还是……带有清油味的灯盏格外甜。

元宵节的月亮格外圆，父亲从庙里回来，趁着月色点亮家里的灯盏。主房正上方、厨房灶台前、院子正中间、大门门槛外各六个，厨房里一定要点老鼠偷油的灯盏，摆放好，捻子的火光随风跳跃，一闪一闪，温暖如春。那一夜，月辉如银，灯光摇曳，人影闪烁，暗香浮动，一切都显得那么柔美、和谐、静谧。我约好朋友一起寻蚰蜒。蚰蜒是百足虫的一种类型，节肢动物，像蜈蚣而略小，体色黄褐，有十五对细长的脚，生活在阴湿地方，是传统“五毒”之一。蚰蜒有时会把人耳当作它乔迁之居。在我心里，蚰蜒是一种可怕的虫子，按照母亲的吩咐，我端着灯盏，口中念念有词：“寻，寻，寻蚰蜒，蚰蜒在哪？蚰蜒让张家的马过来踏死了。”寻完自家的，就去朋友家寻，你在我耳朵边寻，我在你耳朵边寻，玩得不亦乐乎。不断叮嘱同伴可要寻仔细，不要让蚰蜒爬进耳朵里。耳朵边寻蚰蜒是非常必要的，不是迷信。捻子烧没了，换一根，接着寻，玩累了，才肯把手中的灯盏吃掉。

正月十六一过，家家户户都剩一大盆灯盏，糜面的、玉米面的，要吃完得一段时间。灯盏慢慢变硬，咬不动，切成小丁，放葱花炒，很好吃。

灯盏，曾是我生命中的一束光，只可惜这束光现已偏离了人们的生活，在记忆的路上越来越微弱、遥远。

家乡的端午节

家乡的端午节是飘满香草味的。

五月的风吹来，柔和、温暖、碧绿。一夜之间，柳树的叶子茂盛了许多，好像专为端午而疯长。漫山遍野的庄稼、小草，绿浪翻滚，有名字的、没名字的野花跑满山坡沟壑。五月的家乡像粽叶包裹起来未下锅的粽子，绿意盎然，情思绵长。

掐指算，到端午节前两天，母亲从尼龙袋子倒出半簸箕莜麦，拿一个干净的布鞋套在手上，鞋底蹭了又蹭，莜麦末子脱落，簸箕扇几扇，细末子飞出，瘦长的莜麦颗颗光滑、干净，放进水盆淘一淘，倒入锅，加水煮。待莜麦将熟半熟时，捞出，稍凉，盛入黑瓦盆内，加适量曲子，塑料薄膜覆盖其上，外裹厚衣服，在炕角落闷两天，准备迎接端午节。前一日晚上，再搅一盆酵子，放在还有余温的灶台上发酵，准备鸡叫三更时起来和面，炸油饼。在家乡，不仅我的母亲这样做，每家每户都这样做。那时，村里人的光阴有穷富之分，可节日没有穷富之分，穷人这样过，富人也这样过。

五月五，天麻麻亮，东家的门闩响了，西家的门环鸣了，院子周围的脚步声、咳嗽声匆忙响起来，孩子们吆喝着，呼朋引伴去爬山。这一天，学校要求吃完干粮去上学。我们放开胆子，上山采摘。动露水，是要做的第一件事。黎明将黑夜的眼泪一滴一滴挂在草尖，在晨曦的爱抚中晶莹闪烁，像珍珠，像星星，在草叶上跑来跑去。穿黑条绒布鞋上山的人专门为露水而来。行走在齐腿腕的绿草丛中，所到之处，露珠来不及滚动，被撞个粉身碎骨。一半滚落在行走者的布鞋上、裤腿上，一半跌落在泥土里，一半成为洗涤尘埃的圣水，一半成为滋养万物的养料。有人蹲下来，双手摆动草尖，捧起八九颗露珠，洒向自己的头发、脸颊，端午的香气湿漉漉地混着青草味，沁人心脾。

艾蒿长在绿草丛中，它有好几个“姊妹”。叶宽，正背面翠绿的是水蒿，无味。叶细，正背面呈灰白色的是臭蒿，味臭。叶不宽也不细，正面绿，背面灰白色的才是艾蒿，味香。拔几株，十指生香，拔一捆，用一根长篙拧成草绳捆起来，算是采到端午的第二份礼物。草丛中，还可以看见零零星星的瓢儿，一颗颗，如跳动的心脏，在绿草如茵的草坡上红得耀眼，红得诱人。摘一颗最大、最鲜艳的放入嘴里，是来自黄土地、绿草丛的甜，甜得厚实、甜得凝重。摘一把，用冰草扎起来带回家，和家人一同分享。

绕过一道道梁，来到小河边，目标是一排排柳树。男孩爬上树，几脚踩下去，细弱的柳枝骨断香消，跌落下来。女孩怜惜地捡起几枝，算是采完了端午的礼物。

上山的大人和小孩头发、裤子湿漉漉的，提着艾蒿，扛着柳梢，唱着山歌回到家中。油饼的香味扑鼻而来，得先忍着，门上插柳，门顶放艾，洗洗手才能吃。陈旧的木扇门上插几根柳梢，年轻几分，浪漫几分。我问过父亲，为什么插柳，他说隋炀帝后宫佳丽数千，对于每晚陪伴哪位妃子，很难抉择。他牵了一只羊，羊走到哪位妃子的宫室，他就去陪哪位妃子。有一位很聪明的妃子，她在自己的宫门前插了几枝柳，羊看见柳，自然走了进去。这位妃子很受隋炀帝宠爱。插柳这一习俗便流传下来，到底是为了传承智慧还是别的，我不知道，我只觉得门上插柳很有生机。一大捆艾蒿放在门顶，风吹日晒多久，无人问津。家里有人病了，自然会想起它，拿几株下来捏成柔软的小圆锥，放在身体的穴位处，点燃，香气四溢，可以治疗风湿、关节炎、脾胃虚弱等，艾蒿成了家乡人治疗岁月病根的良药。

柳梢依依，艾叶飘香，油饼上了桌。母亲掀开炕角放了两天的黑瓦盆，长竹筷一搅，熟透了的甜醅子散发出诱人的香味，是丝丝的甜、呛人的涩，还有白酒的醇绵。吃一个油饼、半碗甜醅子，耳边回荡起一首童谣："吃饱了，喝胀了，和富汉家娃娃一样了……"城里人说的粽子，对我们乡里娃娃来说就是一个生动的名词，没有内容和形式，只能想象。历史课本上讲到屈原，讲到汨罗江，讲到屈原投江自尽，人们为了纪念屈原，在每一年的五月初五往汨罗江投粽子祭奠。那些年，家乡的娃娃把粽子想象成汨罗江上一朵雪白的浪花，想象成江南烟雨中的一把油纸伞，朦胧、美妙而不可触摸。

吃完干粮，最要紧的是缝荷包、戴手款。我母亲是当地出了名的裁缝，家里有好多绸缎碎片和丝线，红的、黄的、绿的、蓝的、紫的……色彩鲜艳，正好可以用来缝荷包。母亲挑选一块大小合适的红绸子，用剪刀裁成两头尖的椭圆，撕一点新棉花，捏一小撮香草，均匀地铺展在剪好的红绸子上，顺长对折，穿针、引线、拉线，一个圆圆的红心做成功了。剪两缕绿丝线做成红荷包的穗子。红荷包、绿穗子黄金搭档，大气、耀眼，一派节日景象。一旁的我，或多或少也遗传了母亲的巧手。选取一块蓝绸子，学着母亲的样子，裁剪、铺展、放料、引线、拉线、一个说圆也不圆、说扁也不扁的荷包让我很有成就感，再剪两缕黄丝线当穗子，蓝荷包黄穗子富贵、庄重。和母亲做的相比，还是觉得母亲做的更漂亮，自然会戴在胸前的纽扣上，在朋友面前炫耀炫耀。

有了荷包，还得有手款。手款越花越好看，母亲积攒的花线全派上用场。我选出自己最喜欢的红、橙、黄、绿、青、靛、紫七色线，一头是母亲，一头是我，朝相反的方向搓拧、折叠，再搓拧，一条漂亮的线绳就拧好了。我说手上脚上全戴。母亲说不管是手还是脚，都要留一只出来，个头才能长高。遵循母亲的人生经验，留一只脚出来，长个头。母亲又说手款戴到六月六，剪断，扔到瓦楞上，喜鹊把它衔到银河之上，搭鹊桥用。七月七，牛郎织女鹊桥相见，那一晚，葡萄架下能听见牛郎织女的悄悄话。那些年，家乡没有葡萄架，始终没有听见牛郎织女说的话，是我最大的遗憾。一次偶然，看见维纳斯断臂的雕像，才明白残缺是一种美。生活中有遗憾，才会有对美的向往。

特殊的一天，该到上学的时候了，出门前，母亲拿出雄黄酒，在我头发上、耳朵边涂抹一点说："有了雄黄的味道，出门蛇绕道，飞蛾、虫虫不沾身。"

太阳爬上了树梢，像我一样的孩子戴着荷包，戴着手款，浑身散发着香草味，自豪、幸福地走在上学的路上。比一比，谁的荷包圆；闻一闻，谁的荷包香；看一看，谁的手款鲜艳；笑一笑，谁的头发未干。

中午的凉面，放几根炒熟的韭菜，擦一根黄瓜，捣两瓣蒜，辣椒油拌一拌，一下吃了两碗半，盼了很久的五月五吃出了香味，玩出了香味。

那些年，我的家乡——王河的端午节，缕缕香草味中全是幸福时光，幸福就这么简单，一缕香足以怀念一辈子。

家乡的年味

炊烟起了，家乡的泥土越飘越远；年龄长了，思乡的情思越来越浓；爆竹响了，家乡的年味越品越香。

腊月里，雪花纷飞，偶尔传来的杀猪声打破沉睡已久的大山，寂静的王河村这时也热闹起来。人们都在紧张而繁忙的节奏中，有计划地一步一步向新年迈进。腊月二十三是新年的前奏，一大早，父亲带着哥哥们上集市买灶糖、鞭炮、纸票和香火等。下午三四点，母亲开始烙灶饼，灶神要回娘家了，灶神回家时带十二块圆饼和一些灶糖，每家每户都忙着准备这些。圆圆的灶饼一出锅，父亲把圆饼分成两份，以每份六块重叠堆起来，并在两份圆饼上分别摆放一小堆灶糖，然后点燃香，磕三个响头，起身作揖之后，才恭恭敬敬地离开厨房。晚饭过后，父亲和哥哥们送灶神回娘家。先在厨房和院子里烧香、烧纸票、磕头，再从灶神位上撕下灶神牌位连同纸票一起烧掉，接着放鞭炮。灶神就这样在家家户户的爆竹声中，带着沉甸甸的礼物回家了。其实最高兴的是每家的孩子们，他们开始抢吃灶糖和灶饼，你不让我，我不让你，管他灶神回家还是没回家。

腊月二十八、二十九这两天是备食日，母亲带领姐姐和我做年馍。母亲精心和一盆一盆的面，蒸花卷、蒸馒头、炸油饼。两个大大的竹笸篮里，雪白雪白的馒头堆积如山。两口大黑缸里，黄灿灿的油饼被压出缸边。这些年馍除了自己家里吃，还要在正月里走亲戚当礼物带。听老人们说，正月里不能做馍，要在这两天一次做足，吃到二月份。

爆竹声声辞旧岁，欢欢乐乐迎新年。大年三十清晨，我们听到由远及近、由小到大、由简到繁、由单一到百声齐作的爆竹声，睡眼惺忪的表情顿时绽放成一朵盛开的花，蹦蹦跳跳冲向广阔的天地尽情地享受新年的乐趣。这时，大人们为了迎接新年的那一刻，显得更忙了。家家户户的妇女提前下厨，准备新年的第一顿丰盛大餐。掌事的负责给祖先包纸钱、写对联、写神灵位等。孩子们则很虔诚地给祖先、天神、地神、地方各路神仙，用模子印纸票。所有工作准备就绪，大约下午三点，迎接新年的神圣时刻到了。父亲把包好的纸钱，整整齐齐地摆放在主房正上方的桌子上，敬献的丰盛贡品一样都不能少，桌子后方墙上新贴的神灵牌位格外耀眼。院子里哥哥们撕下旧对联，贴上新对联。厨房的正墙上崭新的灶神位也出现了，灶台上也摆满了各种供品。屋里屋外这时都焕然一新，父亲一声令下，哥哥们从主房开始烧纸钱、烧香、祭奠、磕头、作揖，然后是厨房、院子再到院子大门外，最后点燃爆竹，全家人就这样神圣而庄严地迎来了盼望已久的新年。大家的喜悦之情在“福如东海长流水，寿比南山不老松”的对联寓意中跳跃，激动之情在横批“万事如意”中涌动。小孩子的心情也如同他们穿的新衣服一样美丽，迫不及待地相约，去村里最显眼的地方夸耀谁的花衣服最鲜艳。大山环抱的小村子，此时此刻沉浸在幸福之中，百千齐作的爆竹声、急促和谐的锣鼓声、快乐踏实的欢笑声，在神灵的祝福中旋转、翻飞、凝聚、升华。

傍晚时分，农家小院里张灯结彩，去往庙宇烧香的人成群结队。人们以丰足的食物、崭新的衣服、虔诚的纸香、响亮的炮声、铿锵的鼓声共同庆贺新年的到来。明亮的灯光让黝黑的山村如同白昼，除夕夜的庆贺活动开始了。人们过年的激动心情无法言说。父亲把全家人召集在一起，围桌坐下，桌子上摆满了平时见不到的糖果、瓜子、清炖排骨、凉拌三丝、酒等。这时，家里掌管财权的父亲便很大方地发给我们一块钱的压岁钱，这是我等待了一年的惊喜。我拿在手里左看看、右瞧瞧，生怕宝贝飞了，再也没有心思吃满桌的美味佳肴。大人们一边吃东西一边拉家常，谈过去，话离别，展未来。祖先一炷香，家人一杯酒，幸福尽在其中。午夜钟声一到，抢吃完幸运饺，家里所有男人便带上纸钱、鞭炮、烧酒和香火赶往村子里的大小庙宇，抢烧新年的第一炷香。

晨曦微露，爆竹声起。男人们开始从村东到村西，在各个庙宇里烧香了。妇女开始做新年第一天的早饭，这一顿饭意义重大，要用心来做。家里的猪肉、鸡肉和其他菜要全上桌。掌事的还要请来要好的朋友一起吃饭，喝酒欢聚，吉言满屋，笑语满堂，节日的喜庆气氛满天飞。大年初二、初三两天也以同样的方式庆贺，妇女负责做饭，男人们负责吃喝还有给祖先烧香，孩子们负责快乐地玩。

从正月初四开始，爆竹声仍在继续，生活的重点从吃转移到玩。有兴趣爱好的人们，他们会不分昼夜地进行秦腔排练，所有队员尽心竭力地背台词，琢磨动作和表情。器乐队的二胡、板胡、古筝、笛子、锣鼓等也在紧张地配乐。乡亲们都急切地等待元宵节的到来，因为那时秦腔就可以开演，社火表演也能如期举行。人们在鸡鸣之时起床化妆，准备正午时分的社火表演。锣鼓声、爆竹声四起，方圆几十里的小村庄都带领自己的社火队来乡政府所在地进行表演。街道上人山人海，骑马的社火队也寸步难行，这是一年来山村里最热闹的一天。

夜幕降临之际，小孩一手提着灯笼，一手端着玉米面做的灯盏在戏场里快乐地捉迷藏，大人们则全神贯注地欣赏着催人泪下的秦腔。

天上的星星亮了，月儿圆了，地上的人们还在传承家乡文化，还在遥望希望之火。

碌碡碾轧过的日子

经过几处麦场，看见一两个碌碡，白花花地躺在草丛里，有一种说不出的亲切感。被碌碡碾轧过的日子从石缝间喷涌而出，像一缕阳光，洒在黑乎乎的草垛上，往事浮起。

碌碡普通话读作“liù zhou”，又称碌轴、石滚子等。家乡人叫它“lù chu”，是一种用以碾轧的畜力农具，总体类似圆柱体，长度可达一米，直径大小不一，用石头锻造而成。碌碡主体两端的中间各凿一个孔，用来安装横轴，把用木材做成的框架挂在横轴上，牵引碌碡转动，来轧谷物、碾平场地等。碌碡在我国内蒙古、甘肃、陕西、山西、河北、安徽、河南、山东等地的农村大量使用。

王河麦场里的碌碡大多出自樊家石窝的石匠之手。樊家石窝是王河镇的一个小小的村子，一九五八年之后更名为樊家村。其祖先来历有两种神奇的传说：一、据说唐朝时樊梨花违法，府中上下受牵连。她手下有一石匠，山东洮州人，带领家眷逃走，沿途寻找石头多的地方避难。行至现在的樊家村，见此地石山嶙峋，石头随地突兀。远望，犹如草丛中长出的大黑豆，星星点点、沟壑幽美、树木苍翠、百草丰茂，石匠就地安家落户，潜心打磨石具。二、相传明朝洮州卫中山旗服有十个不同姓氏的服兵人，结为异姓兄弟，情同手足，患难与共。他们分别姓樊、武、马、侯、王、刘、陈、高、代、魏。抗敌兵败，逃荒到现在的王河镇境内，其中，樊、武、刘三家以樊家为首，在今天的樊家村依靠石山安家，独创手艺——打磨石具，繁衍生息。

樊家村人在石房沟发现了石阴元、石阳元、石房、石炕、石桌、石桌子、石鼓、石梆子，称之为“石房八景”。还有石莺鸽（当地人又叫石锦鸡）、石河马、马鞍鞒。有关马鞍鞒有一个神秘的传说：一天夜里，鲁班牵马挑石路过石房沟，石莺鸽一声鸣叫，倏尔金光四射，天地锃亮，马儿受惊，狂奔而逃。马鞍鞒坠落在地，随即青烟缭绕，化作石马鞍。鲁班肩上的扁担断裂，石头滚落两地，一个落在大石沟，一个落在石房沟，便是如今的两块鲁班石。石莺鸽每天早晨按时鸣叫，声音回荡石谷，嘤嘤作响、清脆悦耳、草木动情。清朝同治年间，造反的人路过此地时，听见锦鸡鸣叫，空谷传响，乐转久绝，以为是天降宝物，定睛一看，原来是石莺鸽在叫。那人觉得石头打鸣，大难将至，是不祥之兆，怒不可遏，拔剑而劈，砍断了石莺鸽的左翅。从此，独翅石莺鸽再也不鸣叫了。

千年的石头会说话，樊家村的石头告诉人们，樊家人为了生活，利用得天独厚的环境优势——多石，进一步传承和发扬祖先的石匠精神，锻造打磨了石碌碡、石茶窝子、石柱子、石条、石槽、石碾子等。樊家村走出的一大批石匠行走在张川、庄浪、天水等地，传承祖先神奇而精巧的石头文化。樊家村因此而得名“樊家石窝”。樊家石窝的石匠锻造的石碌碡为附近人们的生活带来极大便利。

村里老人有句谚语“碌碡翻身知了叫”，说的是知了在绿叶间鸣叫时（约为阳历六月、七月），就是碌碡滚动、平整麦场、碾轧麦子的时候了。

麦子上场之前，净场是关键。清除场里的蒲公英、冰草、辣辣等，用锄疏松土质，家乡人叫扳场（pàn chǎng）。土松散开，洒少量水，渗透片刻，套好碌碡，驾上牲口，长鞭一挥，牲口呼哧呼哧走起来，碌碡在后面咯吱咯吱飞快地滚动，一圈一圈，圈由大到小、由小到大循环往复，麦场土质凝固，渐渐变坚硬、平整、光滑。傍晚时分，场地再洒少量水，第二天赶在太阳升起之前，拿新买的扫帚，认真扫一遍，麦场像水泥硬化了一般，平整光滑、细腻潮湿。

麦茬地里干透了的麦子一上场，大麦垛、小麦垛，齐刷刷，密林一样耸立着。麦场里，谁家的麦垛最大、最多，谁家便是一年来日子过得最好、最富有的人家。

碾麦子是一年中的头等大事。一年的光阴不能因天气而泡汤，碾场之前得夜观天象，早看云色。谚语说得好："朝霞不出门，晚霞行千里。""瓦渣子云泡死人，扫帚云扫天晴。"朝霞一出，万里无云，一声吆喝："摊——场——了！"村里男女老少齐上阵，大人摊麦子，小孩给大人抱麦子。有人提一麦捆，走向麦场正中间，摇摇麦捆，让其站立，其余人围着它，解开麦捆，摊麦，一圈一圈，摊开的麦子如同一个圆烧饼，越来越大，直至最后一个麦捆解开，散开。

碾场全靠碌碡跑得快。喂圆的牲口套上套环，驾起碌碡，在长鞭的驱使下走向场中心，沿着摊开的麦子，由中心向四周走圈，圈由小到大，几圈下来，被麦子掩盖的碌碡已完全露出了身子，越滚越顺畅、轻松。后来，手扶拖拉机、小四轮代替了牲口，碌碡仍在它的岗位上，跑得更快了。

碌碡碾轧的麦子得翻身，再碾，需翻场。三伏天气，骄阳似火，翻场是最吃力的活。翻场的人一条龙排列，围成一个圈，从外围往里圈开始翻。麦子碾了一遍，粮食没有完全掉落，挑一茬麦子，沉甸甸的，得用力才能使麦子翻个身。翻完一场麦子，汗如雨下，撩起衣襟，左一下、右一下，衣襟如墨。

麦子正反碾过两遍之后，是抖场。抖场不费力，粮食完全脱粒，挑一叉麦秆抖一抖，麦粒落地，麦衣尘土飞扬。抖场是一大景观，灰土弥漫，雾气腾腾，人若隐若现，灰土直入鼻孔，呛得人上气不接下气。麦秆抖匀，人出场，都成了大花脸，一道黑、一道红，只见两个眼睛转动，露出白牙。

场碾三遍，粮食和麦秆、麦壳完全脱离，就到起场的时候了。叉把、扫帚、锨、推耙全上场，叉挑麦草，锨和推耙推粮食，扫帚扫麦粒。一锅烟的工夫，麦草垛成形了，麦衣混粮食一大山，丰收在眼前，得好好吃一顿。

起场的一顿饭是一天中最丰盛的。夕阳西下，吹来了凉风，麦场一角放倒农具，打盘而坐，说笑声轻松自在。平光水滑的麦场上宴席铺开，花卷、馒头、鸡蛋糊糊、茄子炒肉。大碗吃菜，大碗喝汤，再加两三个花卷，一个个起身，打着饱嗝，拍着肚子笑。

女人、孩子回家，男人吸锅烟，等风来，扬场。东风吹来，掀起粮食落，麦衣滚边上。粮食和麦衣的分离，一半是风的功劳，一半是掠场人的功劳。扬场不需要技巧，掠场是一门技术。在飞扬的麦粒和麦衣落地时，掠场人得用扫把快速将它们分开。怎么分，扫把顺着怎样的方向扫，是有技术含量的活。不会掠场的人会再次将它们合在一起，经验丰富的人左右划扫把，扬起的麦粒自动分开。有了风扇，扬场随时进行，等风成了远去的故事。

家家户户的麦子进了仓，碾完胡麻和莜麦，碌碡才清闲下来。轰轰烈烈几个月，碌碡把自己打磨得一尘不染，更加光滑，躺在清冷的麦场里等风、等雨、等下一个六月天。

数九之时，天寒地冻，农活忙完了，村里人的日子过得悠闲、惬意。早上起来，男人赶牲口驮几趟粪，女人捞酸菜、切麻菜、馓馓饭。热气腾腾的馓饭上桌，一家人围桌而坐，一人一碗，筷子沿碗边一压、一勾，吹吹气，一口饭、一口菜，三下五除二，两碗馓饭下肚，鼻子尖冒着汗，浑身热乎乎的。男人溜下炕，走向村子的牙茬骨台（村里人扯闲话的地方）晒暖暖，女人洗完锅，胳膊肘夹一鞋底，同样走向男人们去的地方。牙茬骨台是个热闹的地方，全村的新闻都来源于此，可以说是情报中心。在这里，说到谁家几个碟子几个碗，都有人帮你数得一清二楚，自家的事不用操心，有人替你操碎了心。女人们一边闲聊，一边穿针引线，纳鞋底。偶尔朝背搭着手、不打牌、不吹牛、瞎晃悠的男人喊道："他爸爸，你吃饱了喝足了，没干的，麦场里搬碌碡去。"碌碡旧时还曾是乡下人赌力比赛的工具，在一些大力士面前，几百斤的碌碡只需一声"嗨——"就能抱起来，扛上肩。

村里真有这样的人——唐叔。唐叔二十八九岁，人高马大，体格健壮，饭量大，力气大。唐叔在村里人缘极好，大人们喜欢他是因为他是干农活的好把式，小孩喜欢他是因为他能把碌碡搬起来。碾场，往家里扛粮食，都抢着叫唐叔这样的人，一个顶十个。满满一麻线口袋粮食，唐叔弯腰，肩靠紧口袋正中间，旁边人稍微抬起口袋底部，唐叔一手叉腰，一声"起"，腰一挺，脸一红，将近两百斤的一口袋粮食扛着走起来。碰到尼龙袋装粮食，唐叔不用人帮忙，两手抓起袋子口和另一端的一角，一声"嗨"，一袋粮食稳稳当当扛在肩上。唐叔给别人干活从不偷懒，来来回回十几趟，不嫌路远。粮食整整齐齐码到家，该吃最后一顿饭了，这个饭点往往是半夜时分。干了一天的活，累、渴、饿，浆水面是最好的选择，清淡、解渴、易消化。一碗浆水面端在手，半碗浆水，一筷子头面，三四截韭菜，照得人影晃来又荡去。忙到半夜里吃饭的人就喜欢这样清爽的面，一口一碗。吃第一碗，面和浆水一起下肚，碗底朝天，从第二碗开始，就只是吃面，不喝汤了。唐叔和人打赌，他能吃二十几碗浆水面。大家一听，都放下碗筷围了上来，监督唐叔吃面。唐叔坐在炕桌旁，一口一碗，吃得津津有味，十几双眼睛直勾勾地盯着唐叔的嘴和桌子上摞起来的碗。有人开玩笑，故意整唐叔，来到厨房悄声对下浆水面的女人说多捞点面，让唐叔好好吃。女人嘻嘻一笑，说面有的是，吃出问题来可不好。男人嘻嘻一笑，说不会的，放心，多捞点。女人碍于面子，多几根，少几根，开心地捞着面。人堆中，吃面的唐叔汗流满面，光着膀子，汗珠从脖子流向腰间，面前的一摞碗玄乎乎立着。围观者大声喊着“再来一碗”。唐叔实在咽不下去了，求饶，放下碗筷。数碗开始，一二三四……二十三，大家拍手称赞。碾场，唐叔打赌吃浆水面的事就传开了。

没农活的日子，唐叔喜欢在麦场里搭倒立。别人搭倒立，找麦草堆、土墙做依靠，唐叔喜欢在碌碡上搭倒立。听说唐叔去麦场里搭倒立，小孩立马屁颠屁颠围上去。唐叔一到麦场，抹胳膊挽袖子，吐两口唾沫，摩拳擦掌，鼓足劲，双手扳住碌碡的一端，“一二三,一二三，起”，几百斤重的碌碡蹦跶几下，果真站立起来了。唐叔换一口气，摇摇胳膊，拍拍手，一跃身，蹲在碌碡上，双手一撑，屁股一撅，双腿一蹬，倒立起来。小孩高兴得喊起来：“唐叔真厉害。”唐叔脸红脖子粗，一声不吭闭着气，两三分钟过后，唐叔从碌碡上一个大翻转，一跃身站立在地面上。欢呼声四起，久久不曾平息。

小孩出于对唐叔的崇拜，也玩起碌碡来。十几个小孩围着碌碡，使出吃奶的劲，推呀推，碌碡纹丝不动。有时，在大人的帮助下，依靠陡坡，碌碡滚起来，小孩自是高兴。

遇到娶亲的日子，有人提前在沿路线边缘的麦场里找到碌碡，贴一块红纸，说是辟邪，担心碌碡冲撞新娘子。

近几年，麦场荒芜，大多数碌碡不见了。听人说，有人跑几十里路专门到处找碌碡。碌碡退出麦场这一悠久的历史舞台，它笨重的身躯以另一种形式出现在新时代的舞台上，乡村振兴的号角一响，乡村在发展特色产业、提高经济效益的同时，大力加强乡村文化建设。承载了几千年乡村文化的碌碡，它，滚滚而来，以不同的姿态抒写着乡村朴实而悠久的历史。

见到碌碡，就像回到故乡，闻到太阳暴晒下麦子的香味。

纳布鞋

“最爱穿的鞋，是妈妈纳的千层底，站得稳走得正，踏踏实实闯天下……”想起这句歌词，就想起了纳布鞋。

入冬，田里的农活都干完了，女人们才有时间串门子、走亲戚、做针线活。每一年的这个时节，小姨都会来我家，帮母亲纳布鞋。母亲手头的活很多，缝纫机昼夜不停，忙着做衣服，纳布鞋这件事交给小姨来做。小姨心灵手巧，我很喜欢她，我常常坐在她身边，看着她给我们一家人纳布鞋。

纳布鞋，先得作充分的准备。小姨翻箱倒柜，找出我们全家老小不穿的旧衣服，沿着衣缝撕开，按颜色、大小分开，铺平展，叠放。拿来吃剩的馓饭糊垫子，取一块撕好的破布在炕席上铺平、摸展，左手压布，右手拿刷子，蘸一点馓饭均匀地刷在布上，上面再铺一层尺寸大小的布。循环往复，厚度一厘米左右就停下来，找一张报纸封顶，放在炕席下，或糊在炕墙上暖干，一张垫子就糊好了。一张远远不够，得糊好多张，深色的多几张，白色的少几张。垫子要干透，得两三天。

拧麻绳，这个简单又好玩，我经常帮小姨拧麻绳。几根麻叶绑在拧车的上角，左手拉麻叶，右手摇拧车把，拧成的绳细、均匀、紧致，缠在拧车上，麻叶头处接茬，接着拧。小姨拧麻绳粗细均匀，速度快，我拧的一段粗一段细，母亲不让我瞎掺和，但我是不会放弃的。趁母亲不注意，偷偷拧两下，小姨一直支持我，夸我拧的绳好。

垫子、麻绳就绪，该纳鞋底了，这道工序最艰难。巧媳妇，干活麻利的，两三天纳一双；拙媳妇，笨手笨脚的，十天半个月，一只鞋底还剩半截未见针穿孔，就被折腾得黑乎乎。小姨两天纳一双鞋底，我很佩服她的神速。她从炕席下取出垫子，手一敲，当当响，一听就是好垫子，平放在炕上，铺一张鞋底样子固定，拿剪刀裁，裁完好几个叠在一起，目测大约有一寸半，分两半。一半正面刷白面糨糊，蒙一层新白洋布包边；另一半剪一段两寸宽的白布条，刷糨糊，包边，待糨糊干透，两半合在一起，蒙白布的为正面，开始纳。说鞋是千层底，有点夸张，但也有几十层吧。小姨纳鞋底还得我帮忙，拧车上的麻绳拉开一段，对折，我拉一端，小姨拉另一端，朝着相反的方向搓，直至紧致。一头撕细，穿针眼，一头绾一疙瘩，左手拿鞋底，右手拿锥子，钻一小洞，针才好过。针过不去，还得依靠右手中指上的顶针，用力一顶，针顺利而过，如果还过不去，就得牙帮忙。小姨糊的垫子好，不用牙咬针，她拿针在头发上一划，顶针一用力，针轻松而过。一针又一针，针脚整整齐齐、密密麻麻，错落有致，直到鞋底再没地方扎针，鞋底才算完工。小姨纳鞋底很专注，不说闲话，眼睛不乱看，一心一意。她说纳鞋底乱看，手指头会被针刺破。

鞋绑子比鞋底做起来容易多了。糊好的垫子刷上糨糊，一面蒙一层黑绒布，另一面蒙一层蓝布，干透后铺上鞋样子裁剪，一寸宽的白布条包底边，黑布条包鞋口边。包鞋边看似容易，也是一门技术活，有的人剪布条时顺着布纹剪，这样的布条不管用何手段，到最后始终拉不开，鞋边也就像搓的麻绳。斜着布纹剪布条，包的鞋边均匀、好看。当然，小姨不会犯那样没技术含量的错误。最后，把脚后跟处两头对接，为了穿脱方便，鞋口两端各剪一个猫耳朵形的缺口，缺口处补一块宽松紧带，收放自如。一个完美的鞋帮子就做成了。

一双鞋整体效果如何，最后一道工序——绱鞋非常重要。小姨绱鞋很谨慎，先用针线大针脚固定鞋帮和鞋底，再穿麻绳针，一针一针，小针脚走，两只鞋一会儿就绱好了。小姨纳的布鞋，针脚细致、漂亮，上脚合适、舒服。

小姨跟着母亲昼夜不停，做了一大堆鞋，父亲一双，母亲一双，哥哥姐姐各一双，我一双。小姨的手被针戳了好几个洞，我心疼，可我还有贪婪的想法，让小姨按我的要求做了一双绣花鞋，毛底的。鞋面是我选的玫红布，恳求母亲在外侧绣了一朵金黄色的小花，鞋底是纯白色的垫子，没包边。绱完，剪刀刃来回刮鞋底边，毛茸茸的白边很洋气。看着我的鞋，就是过年的那一天，我差点没舍得拿出来，更不忍心穿在脚上、踏在地上。

年关，母亲给别人缝衣服，别人送我家布鞋，有送父亲的、母亲的、我的。不知为什么，给我送鞋的人最多。大年三十，我从柜子里抱出一大堆布鞋，挑选样式、颜色最好的穿，哥哥姐姐们很羡慕我。穿了那么多双鞋，我始终觉得小姨做的那双绣花鞋最漂亮、最合脚。

我说纳一双布鞋真不容易。小姨却说："那是你还小，等你长大了，自己纳，就觉得很简单。"我长大了，觉得纳布鞋太难，始终没勇气自己做。现在，纳布鞋是我的一个梦，一个不切实际的、美好的梦。

岁月深浅，人们都追求省时、高效、精致的生活方式。眼前，鞋的种类很多，皮鞋、运动鞋、凉鞋、高跟鞋、平底鞋、长筒靴、雪地靴等，只有我不知道的，没有我想不到的，应有尽有。鞋合不合脚，只有脚知道。

每到夏天，我多么想拥有一双布鞋，让自己的脚乘乘凉、透透气。

杀猪过年

腊月到，雪花飘，一声“嘶哇”响彻山野的猪叫，拉开了村里人准备年货的序幕。

喂养了一年的一头大肥猪要被父亲杀了过年，我很难过，有点不舍。其实，父亲也舍不得，他想把它卖了，换取一点钱，补贴家用。但为了一家老小高高兴兴过个好年，解解馋，父亲还是决定：有钱没钱，杀猪过年。

早上，父亲请来七八个帮忙的，他们一个个身强体壮，精神抖擞，说起话来高喉咙大嗓门，这大概就是西北汉子的粗犷吧。他们一进家门，被父亲推搡着迎到热炕上，不知道的还以为在打架，其实，这是村里最热情、最真诚的待客之道。围着炕桌坐定，递烟，泡茶，商议杀猪事宜。说着、喝着、抽着，热气腾腾的馓饭上桌了，还有一盘麻菜、一盘咸菜，不用看，村里冬天吃食的绝配就是这样。浑身暖烘烘的他们，一个个跳下炕，我的心就开始怦怦直跳，为那头还不知自己命运去向的猪而跳。毕竟，那头猪被我喂养了整整一年。

初春，小草刚刚露出嫩芽，那头小猪崽来到我们家，小得可爱，干干净净、光光滑滑，有点好动，呼哧呼哧到处乱跑，这闻闻，那嗅嗅，一鼻子撞倒这个，又撞翻那个。有时，真拿它没办法。我有一根棍子，专门用来整治它，一看见我挥舞着棍子，它夹着尾巴乖乖回到圈里。一日三顿，一顿都不曾少。青草肥嫩的季节，下午放学，我飞一般跑回家，提上篮子，拿着铲子，奔向田野，苜蓿、苦苣、灰菜、麦瓶草……碰到哪一个，先下手为强。夕阳落山之前，满满一篮子菜提回家。廊檐下，案板和刀一直都在，拿起刀，抓一把野菜哐哐剁碎，洗锅水倒进猪槽，加野菜、胡麻衣、少量玉米面、麦麸搅拌，一顿丰盛大餐，猪闷头就吃。有时，时间匆忙，直接将篮子里的野菜扔给它吃。入冬以来，为了养膘，每顿多加玉米面和油渣，猪一天比一天肥，看着喜人，猪却不知道只因自己的一身膘，好日子到头了。

父亲为了给帮忙的人鼓劲，再次泡茶、递烟，准备动手。我害怕听猪凄惨的叫声，走进房间，关了门，在窗户内偷看。母亲走进猪圈，打开门，猪哼哧哼哧尾巴一摇一晃出来了。那七八个人围圈而上，三下五除二，有的抓耳朵，有的抓前腿，有的抓后腿，有的抓尾巴，有的拿绳子捆，猪倒在地上，才知道上了当，发出“嘶哇嘶哇”的哀号，震得门窗哗啦啦响。尖叫声进而冲破院落，萦绕在整个村子的上空，村里人都听见了，知道我家杀猪了。猪被五花大绑，抬起来，放在准备好的门板上。魏爸一刀刺向猪的脖子，嘶叫声渐渐微弱，鲜红的血汩汩流出。母亲盛一盆血拌玉米面，用来做煎饼。我看见门板上躺着的猪，流干了血还在微微颤抖，我也在颤抖。

大门外，父亲准备好一个铁皮大桶，装满开水，用来烫猪。村里只有这么一个大桶，轮流借用。大桶旁搭建了一个木架子跷跷板，将猪抬出来，倒挂，固定在跷跷板一端。大桶里倒开水，用力压跷跷板另一端，猪正好进入大桶，被开水淹没，大桶上空热气四散，大桶边沿水花四溅。跷跷板两端上下起落不停，猪出水，下水自如有序。魏爸喊一声“换水”，大哥、二哥、三哥一人提一桶开水，小跑奔来，哗啦哗啦倒入大桶，热气如烟，滚滚而上。魏爸摸摸刚出水的猪，说：“烫好了，可以刮毛了。”猪被倒挂在木架上，他们一人拿一把刀，轮流刮猪毛，从后腿、屁股开始，只听见嘶嘶的声音，猪毛纷纷下落，带着水花，有点粘连，霎时冻结成冰。猪蹄子、猪头褶皱众多，毛不好刮，以后有了闲工夫，慢慢用火烧。

一头猪，白白胖胖的肉暴露于阳光下，等待开膛破肚。魏爸拿刀，沿猪肚子正中间划开长长的一道口，大肠、小肠、心、肝、肺清晰可见。他们拿簸箕、盆子装被割下的五脏六腑。父亲拿一根细麻绳，把心、肝、肺串起来，挂在树杈上，血一点一滴掉下来，混入泥土，打着滚。簸箕里的大肠和小肠高高隆起，刮外层油，简单。翻肠，清洗，很费事。翻肠子是需要技术的，他们几个是高手，看着脏物外露，我不想再看下去，便走开。心里只想着猪肠子很好吃，炒着吃、凉拌着吃、灌上米煮着吃，都喜欢。尤其四川人做的腊肠，只是想想，就流口水。

一群男孩子不忍离开，我知道，他们在等什么。魏爸割下猪尿泡扔给那一群男孩子，他们立刻欢悦起来。你一脚，他一脚，踩来踩去，踩得透亮，洗干净，拿竹棍吹吹气，扎好，踢着飞跑。村里麦场，呐喊声、追逐声、欢笑声乱作一片，这是一群山村孩子玩得最开心的时候。村里的孩子没足球，这算是他们渴望已久的足球，直到踢破，失望而归，也许，第二天听到猪的哀号，他们又会高兴起来。

一头猪掏完内脏，也就轻省多了。魏爸砍下猪头，交给父亲，父亲在猪鼻孔里穿一根绳子，挂在树杈上，吩咐我好好看着，以防野猫野狗叼走。我点点头，看着血一滴一滴掉地上，仍在土里打着滚，圆圆的，我的心也跟着抽搐不停，上下滚动。魏爸将猪大卸八块，哥哥们搬来几张门板，父亲分类摆放，前猪腿、脖子、排骨、后猪腿、后臀部、猪尾巴、肥油等，看着眼前的成果，人们长舒一口气，浑身轻松，等着好好吃一顿。

厨房里，母亲和帮忙的阿姨一刻也没消停过。十几人的庆功宴，按惯例，仍是萝卜丝烩菜，不同的是有新鲜的炒肉片。忙碌了一天的人们，这会儿放开肚皮，肉，随便吃，再加一壶酒，说说笑笑。母亲盛一碗菜，加几片肉，让我送给左邻右舍。我当然唯命是从，东家门里进，西家门里出，分享喜悦。我家杀了一头猪，家家喜开颜。帮忙的人们回家时，猪尾巴要送给主刀人，这是我们村的习俗。第二天，传来猪的哀号，根据方向位置判断哪一家杀猪了。第三天依然如此。年的味道就这样有声有色、不紧不慢地开始浓烈起来。

除夕夜，一年难得一见的排骨，一大盆满满的，尽情吃。初一到初三，臊子面、炒肉片、猪蹄子、凉拌头肉，顿顿不离肉，这便是心里最喜欢的过年。剩余的肉炼制成臊子，腌成腊肉，只有在过节或重要日子有亲戚到来时，才肯拿出一点来吃。

杀猪过年，一头猪是一家人一年的光阴。肉，一口一口慢慢嚼，才能嚼出日子的香味。

十月一，送寒衣

昨天晚上，狂风四起，我蜷缩在被窝里，耳朵紧贴着被子边。屋外寒风怒吼着，踢打着玻璃窗，发出“哐哐啪啪”的声响。时而有挤进窗缝的几缕风，鬼哭狼嚎地叫。马路边的广告牌时不时地发出被折断、跌倒的声音，听着听着，心里咯噔几下，又缩紧了身子，感觉更冷了。

屋里还没有供暖，对电热毯过敏的我只能干冻着。经常听人说，九冬十月冻死人。掐指一算，明天已是十月初一，怪不得风这么大。

十月一，送寒衣。

爷爷奶奶刚去世那会儿，我还小，对亲人的生死离别没有深刻的感受，只记得十月一前几天，姑姑会哭着回娘家来。姑姑哭的声音很大，她从我们村对面的山梁上走下来，那哭声就已传入我家的院子里。母亲说：“你姑姑来了，快到村头去接。”我一听是姑姑，很高兴。姑姑一来，好吃的东西肯定拿不少，烧馍馍、酸菜饼、炒豌豆。再说，姑姑一来，烧炕这一差事会由姑姑接替几天，我这个长期的“烧炕工”就可以快乐地玩几天了。

没等母亲的话说完，我一溜烟地跑了。来到村口，北风呼呼地刮着，我瘦小的身子被风缠裹着，若不用力踏稳脚掌，会被风推着倒回来。树叶纷纷飞舞，在空中打着旋，翻几个跟头，飘然而至，给大地铺上了金黄的地毯，踩在上面软软的，发出沙沙的声响。姑姑的哭声也近了，看到她走到河边，我飞一般冲上去，一把扶住姑姑，接过她手中的包裹。姑姑是“三寸金莲”，本来走路踉踉跄跄地，过河，小脚踩石头，那不是更危险吗？姑姑拉着我的胳膊，觉得踏实多了，哭声也没有间断。我一手提着包裹，一手扶着姑姑往家走。到家门口，姑姑停止哭声，母亲出来把姑姑扶进去。

姑姑一来，忙着给爷爷奶奶粘寒衣。姑姑不仅饭做得好，针线活、手工活样样精通。母亲买来各种颜色的纸，红的、黄的、绿的、紫的、黑的、蓝的、白的等。姑姑对这些纸先做合适的搭配，给爷爷做几套衣服，给奶奶做几套。上衣、裤子、内衣、鞋袜、被子、褥子各选用什么颜色，姑姑确定好之后，母亲便帮姑姑裁剪。我也拿一把小剪刀，挑一片她们废弃的纸片学着剪，觉得很有意思，可怎么折腾也剪不出衣服的样子。母亲剪的上衣和裤子最好看，姑姑剪的鞋袜最好看。待所有衣服裁剪完毕，姑姑坐在热炕上，除上厕所之外，整日不下炕地忙活着，一日三餐都由我负责送到炕桌上。

姑姑粘寒衣的手艺可谓是精妙绝伦。给奶奶粘的一件紫色上衣，大襟的，五道纽扣，纽扣是蝴蝶模样的，精致、巧妙。衣服的边全部是折叠缝合的，找不到一点不均匀的毛边，邮寄到那边肯定也是上等的精品服饰，绝不是布满线头的廉价地摊货。爷爷的羊皮袄更是让人赞叹不已，黑色的面料带有暗暗的花纹，里层粘上了细而匀称的纸条，一层一层，浓密，有羊毛的柔滑感，乍一看就是羊毛。奶奶的小脚鞋，红色，有绣花。爷爷的青布小帽吊着长辫子，这是爷爷戴了一辈子的式样。我在一旁左剪右粘，手忙脚乱，不是糨糊粘得到处都是，便是剪一个三不像。那时，我很羡慕姑姑的一双巧手。

十月一的早晨，吃过馓饭，姑姑将衣服一件一件叠好，分类包好。父亲拿出毛笔，在包裹上写好邮寄地址、收件人，恭恭敬敬地放在主房的桌子上，点燃香。屋外的寒风一阵紧似一阵，下午三点多钟，父亲把桌子上的东西收拾到一起，带上冥票，端上一壶茶，准备给爷爷奶奶送寒衣。父亲拿着所有东西走前面，我和姑姑走后面。姑姑使劲地哭，我一声不响地搀扶着。我们走出大门，母亲在后边端一碗浆凉水，泼洒在土墙上。姑姑哭了一会儿，母亲扶她回家去。出门，进门，很简单，却包含了多少悲欢离合，可惜那时我不懂。我跟随父亲去爷爷奶奶的墓地烧掉寒衣，祭奠一壶茶，磕三个响头，爷爷奶奶的寒衣算是被准时送到了。

姑姑、父亲的心愿已完成，长吸一口气，我也很踏实。然而，年幼的我始终没有从姑姑的哭声中读懂离开父母的孤独和辛酸，也始终没有从姑姑诚心诚意地裁剪、粘贴中读懂儿女对父母的依恋和思念。如今，面对自己父母的去世，我的眼泪哗哗地流，我的哭声甚至比姑姑当时的声音还大。但，无论我怎样哭，父母还是听不见，就这样，在隔着一层黄土的萧瑟寒风里永不相见。我终于在呼呼的风声中，真真切切地懂了当初姑姑破碎的心，还有她用粘寒衣传达的怀念之情。人一辈子会遇到各种各样的酸甜苦辣，只有亲身经历的人才知其中滋味。

父母走了，今生难以相见，在大大小小的节日里，他们都会入我梦来。我想他们是来安慰我的。

早晨，风小了点，还是刮得很紧。我独自彷徨在凄冷的街道，行道树在寒风中哆嗦了一夜，只剩下光秃秃的枯枝在白霜的覆盖中瑟瑟发抖。不远处围着好多人，他们在挑选寒衣。原来有好多人和我一样，自己不会粘寒衣，这会儿买一些别人做好的送给逝去的亲人。前两年，一到十月一，我也像这些人一样来买寒衣。曾嫌弃买的寒衣手工不过关，没办法，谁让自己手笨，只能买一些尽心意，改心慌。又不免想起姑姑粘的寒衣真实、心诚。今年，父母的三周年祭日已过，无须再送寒衣了，想到这些，我的心不禁悲凉起来。

寒风又起了，父母坟头的枯草一定是厚厚的、软软的。老屋的大门一定是紧锁的、苍白的。风一吹，门环响得清脆，像极了天涯游子急切的敲门声。

一盏茶的光阴

品茶如品人生，或浓烈或清淡，或香甜或苦涩，或沉或浮，尽在一寸光阴里说话。茶的历史源远流长，人在岁月的浪花里煮茶更有不一样的故事。手捧一盏茶，倚窗远望，春和景明也好，淫雨霏霏也好，总会想起逝去的光阴，想起自己生命中三个与茶有关的人。

一、火盆炖茶

小时候，我们家被称为“桃树园”。一家大大小小十几口人，是村里有名的大户。爷爷是我们家掌事的，大小事情由他一人掌管。每到耕种时节，这块地种什么，那块地种什么，合计种多少亩小麦、多少亩玉米、多少亩胡麻……全由他一人作详细的规划，然后，由父亲带领家人去干。爷爷只管熬罐罐茶，喝茶，站在远处掌管农事。

爷爷是我们家茶瘾最大、茶龄最长的一位。他一辈子离不开的是火盆和茶，活可以不干，饭可以不吃，话可以不说，茶不喝是绝对不行的。用爷爷的话说，茶是他的命根子，一天不喝，浑身无力。爷爷有一个专门用来生火炖茶的火盆，这个火盆是用生铁铸成的，内窝直径约八寸，外圈边缘直径大约一尺五寸，底部三角腿支架，沉、稳。那时候，我用尽全身的力量才能把它端起来。

每天鸡鸣五更，爷爷第一个起床，咳嗽、开门、取柴、捡煤、生火。窸窸窣窣的声音近了，远了，又近了。屋内，灯光晃动，我开始进入半睡半醒的状态，迷迷糊糊，听见木柴燃烧发出噼噼啪啪的声音，爷爷用嘴扑哧扑哧吹火的声音，茶罐、茶杯、茶叶、水壶放到炕沿边上发出叮叮当当碰撞的声音，亲切、温暖。一会儿，又朦朦胧胧看见爷爷把燃得正旺的一盆火放到土炕的墙角，他上炕，双腿打坐，开始炖茶。捏一小撮茶叶放入小罐罐，倒满水，一摇一晃靠近火堆，等待茶烧开。这时，爷爷是不会干等的，他还有第二种消遣方式。捏一撮旱烟，放入旱烟锅，大拇指压一压，口含烟管，低头靠近火堆，猛吸几口，烟锅冒烟，火星点点，烟点着了，爷爷啪嗒啪嗒吸着。有时吸得太猛，呛得上气不接下气。爷爷一边尽情地吸，一边用小竹竿搅动水花四溢的茶水。第一杯茶煮开后，爷爷不喝，用来祭奠祖先，第二杯才是他一天的开始。

爷爷一边炖茶，一边和奶奶聊天。家常拉到东家穿到西家，柴米油盐尽在一罐茶水中交融，沸腾。奶奶也起身了，听她的动静，就知道是要去找旱烟锅。我知道奶奶行动不便，一个鲤鱼翻身，坐起来穿好衣服，跳下炕，光着脚丫跑到面柜前，从柜子上取下烟匣子和烟锅，咚咚跑来，递到奶奶手中。爷爷口吸烟管，含混不清地夸我几句，还会烤几块窝窝头给我吃。我心里美滋滋的，围着火盆，坐在爷爷和奶奶中间吃馍馍、听古经。那时，我很依赖爷爷的火盆，很喜欢闻罐罐茶的味道。

每天，天刚蒙蒙亮，爷爷就打开窗户，从窗缝里大声喊醒父亲，再三催促他去地里干活。爷爷却坐在炕上，一罐茶一直喝到十点左右才去屋前屋后打理生计。爷爷走在哪里，不是责骂声便是吆喝声，全家人很怕他，我也有点怕。

有一天早晨，天已大亮，刺眼的光从门缝里、窗缝里射进来，横七竖八地照着我的脸。我揉了揉眼睛，对旁边的嫂子说："昨晚给你做伴，没有和爷爷奶奶睡，爷爷生气了吗？今天怎么还没动静？还好，爷爷不早起喝茶，全家睡懒觉。”嫂子说：“你说得也是。”话音刚落，听到奶奶喊父亲的声音，接着是父亲母亲急促的脚步声。我急忙穿好衣服，朝爷爷的屋里跑去。一进门，看到五颜六色的衣服撒了一炕，父亲和母亲正在给睡在炕中间的爷爷穿那些衣服，奶奶在一旁拉爷爷已经僵直的腿和胳膊。看到眼前的一幕，我明白了：今天，爷爷连茶都没喝，就走了，他走得太急了。我的眼泪禁不住簌簌流下来。

爷爷在老屋住了三十年，那个火盆也给他炖了三十年的茶。老屋的每一根椽、每一片瓦、每一堵墙、每一扇窗都陪同爷爷烤了三十年的火。烟火的印痕在光阴里沉淀、彩绘，变成了永不褪色的历史。当我再次踏进老屋，环顾四壁，抬头仰视，老屋里全是爷爷的杰作和味道。屋里漆黑一片，即使是油漆工用黑色的漆来涂染，也不会涂得如此均匀。岁月如风，爷爷的人生却依然清晰，茶色、茶味、茶的光阴一一被时光涂染在屋顶上、墙壁上，黝黑而光滑。

一个火盆，是那个时代爷爷的威严之所在。一盏茶，煮沸了爷爷朴素而平淡的一生。一座漆黑的老屋，是我们“桃树园”辉煌的历史，象征着爷爷当时在村子里的身份和地位。

二、电炉炖茶

岁月荏苒，时代更迭，火盆渐渐淡出了人们的视线，电炉子正式登上了时代的舞台，它用起来既方便又省时。父亲买了一个20 瓦的电炉子，碗口大，一个白色的瓷缸子，二两茶叶，继承了爷爷的茶道之路。

父亲喝茶和爷爷不一样。他选择电炉子是社会发展的必然趋势，更重要的是节省时间。他是我们家的主要劳动力，十几口人的生活重担全压在他一个人的肩上，既要种地，又要想方设法赚钱，供我们一大帮兄弟姊妹上学。他没有足够的时间来炖茶，电炉子解决了他的大问题。

每天，天微微发亮，父亲起床了，他的起床可谓是惊天动地。他年龄大了，一年四季下地干活，腰腿疼痛。早晨，筋骨还未活动舒展，扶墙扶门走是常态，伸腰揉腿、大声呻吟也是常态。听到父亲说："不得了啦，这腿和腰怎么不听我的使唤？疼——疼死我了。"母亲责怪父亲大惊小怪，父亲才不去理会这些，呻吟的声音会更大、更厉害。他挪动着笨重的身子，好不容易走下炕，一瘸一拐，拿来电炉子、水壶、茶叶、茶缸、冰糖、茶杯和饼子。又呻吟着，一条腿弯曲打坐，另一条腿弯膝竖立，像爷爷那样捏一小撮茶叶放入小罐里，再加点冰糖，倒入水，小心翼翼地放到电炉子上。等待期间，他点燃一支香烟，抽起来，青色的烟圈慢慢上升，四散。父亲眯缝着眼睛，心里计划着一天的劳作。母亲央求道："给我一支吧，就最后一支，没钱了，我再也不抽了。""我也不抽了，这是最后一支。"他递给母亲一支烟。他俩抽着烟，商量着一天的劳动计划。茶开了，父亲倒满一杯，喝一口茶，吃一口馍，吃饱喝足之后，立刻开始一天的劳动。

我家的地都在很远很高的山上，来去一趟差不多一个小时。冬天，父亲牵着骡子去驮粪，一上午，来来往往才跑四五趟。春夏秋三季，更有干不完的农活。父亲为了提高劳动效率，下午干活之前也喝几杯茶醒醒脑，提提精神，集中力量扛起锄头，爬东山，下西山。

父亲的茶具简单方便，电炉子却不耐用，经常被烧坏。父亲拿钳子、夹子修理电热丝、插头，日子久了，他成了专业修理工，对电炉子的脾性摸得一清二楚。他还经常埋怨生产厂家为什么不把它制造得结实一点。像爷爷的火盆，几代人都弄不坏，现在可是我家最值钱的传家宝。

日子一天天好过了，父亲年龄已大，他告别了山地，告别了体力活，他应该有大把大把的时间来炖茶，可父亲偏偏戒掉了茶瘾。父亲说："我以前喝茶是为了干活有精神，现在地里的活干不动了，我也不想浪费电和茶。过去，我喜欢看书，没条件，没时间。如今日子好了，我有的是时间，我要弥补过去的缺憾，在书中游历山水，了解历史。"父亲说到做到，以前，他上炕之前是找喝茶用具，现在，上炕之前是找书。他一只手支撑着身子往炕上爬，另一只手拿一本书。父亲最爱看我的历史书，或历史小说。母亲经常调侃父亲说："该看书的孩子们要我一遍又一遍地督促，你倒好，随手抓一本书就看，你要考大学吗？你看那么多书有用吗？"父亲笑着说："你懂个啥，人要活到老学到老。"母亲气得扭头就走。

父亲的电炉子彻底坏了，不知从何时起也消失了。他喝茶的事也渐渐地被家人所遗忘，淡出了家人的生活。父亲刚开始炖茶是悄无声息，戒掉原本没有的茶瘾，也是悄无声息。父亲的人生就像他的茶瘾一样，平淡、朴实。

三、开水泡茶

从那年那月那日开始，只喝白开水的他竟然也喜欢上了茶。

午后的阳光素淡而温暖，有明媚阳光穿过落地窗，飘然于眼前的案几上。有点困倦的我斜躺在沙发上，想着要不要南柯一梦。而他却兴致勃勃地拿出两个透亮的玻璃杯，分别放上了红枣和茶叶，待一壶滚烫的水沸腾时，他沏满茶，递给我一杯说："你也来尝尝，茶的味道很好，喝起来舒畅、轻松，有一种超然释重的感觉。"

我有点不敢相信，斜着眼睛看了他一眼，接过杯子说："以前看着爷爷、父亲喝，自己从来没喝过。爷爷、父亲的茶罐内一层茶垢，黑乎乎的，村里喝茶人的牙齿也是黑乎乎的，我断定茶是苦的，自然没有尝试。只听他们说，茶有提神、聚气之功效，也没听说还有你说的这一神奇作用呀。你才喝了几天茶，还能从中品出人生的真谛？”

“不信，你试试就知道了。”

说实话，我从来没有认真端详过一杯茶的样子，也没尝过茶究竟是什么味道。那天，在他的蛊惑下，我仔细凝视一杯茶泡开的模样，意外地发现，茶泡开之后竟是那么让人惊喜。嫩绿的小芽随水绽放，在明净透亮的水中我看到了生命在延续。无色无味的水经自然之精华的冲泡，慢慢有了诱人的绿，有了沁人心脾的清香和淡雅。那一刻，我将要凝固的思绪好像长出了翅膀，轻捷灵敏地在一朵朵绽开的茶叶间飞舞、旋转。细品一口静谧纯澈的清茶，繁杂琐事在一瞬间释怀放飞，宁静、坦然随之而来。静坐在飘逸着六月余韵的一盏茶香里，浅斟细品，韵味悠长。就着茶香，静享一份最简单自然的安逸清静，便是一种最诗意的生活。难怪人们把喝茶说成“品茶”，品茶其实是品心情、品人生、品生活。

我随手拿起茶几上的一个茶叶盒，紫白色的，素雅精致。“安吉白茶”几个字跳入眼帘，我才知道他喜欢喝白茶。伸手取出一片茶叶，翠绿翠绿的，好似二月春风新剪出的细叶，刚风干罢了。遇水，恢复明亮的色泽，好似又长在了茶树上，翠生生的，是诱人的绿。

自从他喜欢上茶之后，每到周末，便和朋友相约去喝茶。有时家里有事，只要接到朋友一个电话，一句：“先放着，喝茶去。”没商量，一转身，走了。有时，我也如影随形。说是喝茶，实际上是在一盏茶的陪伴下，敞开胸怀地聊天，推杯换盏，任凭一张嘴，天南海北。说得无拘无束，听得仰天大笑，工作的烦恼、生活的苦闷在一杯茶水中消融、升腾，化为乌有，清零只需一杯茶。猛然间，我终于明白他——我的老公喜欢喝茶的原因。他不像爷爷那样，是为了树立“封建家长”的威严，也不像父亲那样，是为了凝聚精力拼命干活。他完全是为了快节奏工作之余的放松、静心，尽情享受慢时光里的那份娴静、舒畅。

一盏茶，一段光阴，一个让人难忘的故事。茶亦人生，人生亦茶，在一盏茶的光阴里，慢煮生活，心静，淡然。

又是清明情满园

小时候，在梦里过节日；中年后，在节日里做梦。

这几天，父亲和母亲相继来到我梦里。老家的院子里有好多人，父母还是老样子，穿着原来的衣服，母亲在厨房里做饭，父亲在院子里招呼人，我穿梭于厨房和院子之间，一切还是以前的模样、以前的感觉。在家真实而温暖的怀抱中，不想醒来，滚烫的亲情在生我、养我的那块黄土地上生根，发芽，流淌。现实终究抵不过似水流年，也留不住一场梦。

从一场梦中醒来，我马上意识到，清明节快到了。

清明节源自早期人类的祖先信仰，是中华民族最隆重盛大的祭祖大节，丰富的习俗活动和深厚的文化内涵跨越千年而不衰。扫墓祭祖，踏青郊游，自古传承。这一天，不管你身居何方，都想为逝去的亲人坟前烧一炷香、一沓冥票，祭一壶茶、一杯酒，磕三个响头，作一个揖，深深缅怀亲人。

今年清明节，三位哥哥之前商议，除了扫墓之外，要干两件大事。第一件：在父母坟前栽几棵松树，为坟头增添几分生机，延续逝去的生命。第二件：重振“桃树园”当年的威望，守住老祖宗的那块地，在院子周围的园子里栽树，势在必行。一家人约定，清明前一天必须赶到县城。

“清明时节雨纷纷”，节气就是这么恰如其分。清明的前两天，阴云密布，小雨绵绵。到了清明这天，天气放晴，阳光明媚，万里无云，天格外蓝、格外空旷，鸟鸣辽阔。鸟语花香是春天缺一不可的两个音符，我们和着春天的旋律，载着树苗，载着锅碗瓢盆，载着油盐酱醋，载着……向老家方向驶去。

清明节，是生者与死者的对话，这边是杨柳风杏花雨中欢歌笑语的血肉之躯，那边是一丘坟土下默默无言的枯骨。扫墓是悲凉的一件事，古人说："乌啼鹊噪昏乔木，清明寒食谁家哭。""佳节清明桃李笑，野田荒冢只生愁。"我们一家十八人，在父母的坟前跪拜。我想，父母在天之灵应该是微笑着的。"有后人，挂清明，无后人，一光坟"，清明节有人扫墓成为判定生命延续的一个标准。逝去的不再复活，但他们的生命在我们的血液里延续，我们应好好地活着。生命是美好的，保持生命的鲜活，是活着的人一直不变的努力。一大家人的幸福、快乐就是对父母最好的祭拜，这一天，对我们来说是意义非凡的一天。

扫完墓，大哥带领人在坟前栽树。父母的坟坐落在小河边的一块簸箕形的地里，向阳、暖和。坟对面有一条红土沟，一棵棵树挡住了红沟，栽树后，父母再也看不到烦人的红土，而是四季常青的松柏。凄凉之地多一分绿色，就多了几分生机与希望，孤独自然远远而去。

虽说是春天，但老家园子里盛开的只有桃花，树叶和小草还在试探春风的温度，未曾完全暴露自己柔弱的身躯，树枝黑乎乎的，将绿未绿。院子里的枯草铺成了地毯，脚踩在上面软绵绵的，拨开枯草，看到有嫩绿的小草在生长。还有东躲西藏的各种小虫子，有的在奔跑，有的在蠕动，形态各异，这便是院子里唯一活动的生物足迹，很是亲切。我和姐姐、嫂子们在院子里柔软的枯草上摆开战场，准备做饭。大门外的园子里，哥哥们带领小孩栽树。

大嫂在院子出水口的角落处支起烧烤架，生火。我和三嫂洗菜，切菜，串菜。姐姐找来两块砖，支起土暖锅，架好燃旺的无烟煤，倒入鸡汤，准备萝卜丝烩菜。正午，没有风，没有荫凉，唯有阳光，像流水，像碎银，像昨夜的梦，泼洒在枯草覆盖的院子里，白花花的，温暖，充满柔情。家里好几年没有升起的炊烟今天又升起来了，在院子上空缠绕、飘荡，像轻纱，像白雾，像母亲深情的呼唤。炊烟是乡村最美的姿态，是家乡的根，是亲情的燃烧点，看到缕缕炊烟，一股踏实的感觉油然而生。几只喜鹊从远方飞来，站在瓦沟上，叽叽喳喳地说个不停。以前母亲总是说，喜鹊在墙头或屋顶上叫，家里会来亲戚，是喜事。今天，喜鹊看到我们荒芜了很久的家里有这么多人，它们也来凑热闹。喜鹊叫，好事到，我们都这样说。

大门外的园子里，哥哥们和小孩干劲十足，待我出门一看，哇！大片大片的春天向我涌来，满眼绿色。从上房正后方起，绕上园子、下园子、门前园子、厨房后背一大圈栽上了松树。清一色的一米五，在微微湿润的土壤里站立，一样的粗壮、一样的青翠、一样的挺拔，英姿飒爽、威风凛凛。站在老屋门前环顾四周，一棵棵松树整齐地排列着，刚劲中尽显柔美，端正中尽显温情。此时的老屋，真正地躺在绿树的摇篮里，像是熟睡的婴儿，闲适、安详地沐浴阳光。大哥汗流浃背，他指挥三个不听话的小辈挖土坑。那三个淘气鬼抢着、争着选地势，说要种一棵属于自己的树，以后常来看看。二哥、三哥和两位女婿额头上豆大的汗珠在滚动。五十棵树在他们的汗水中，找到了安稳的归宿。

这时，大家的主战场由园子里转移到院子里。烧烤在火红的炭火上空发出嗞嗞油飞溅的声音。蘑菇、素鸡、豆腐、茄子、年糕、火腿、五花肉，一串串，红红的，色泽鲜艳。孩子们饿坏了，一起围过来，没等大人发话，一人一串拿起来就吃。那边姐姐的暖锅正在沸腾，我和哥哥们也像小孩子似的，拿着碗和筷子，一起凑过去，肥肥的土鸡块、嫩嫩的萝卜丝、晶莹透亮的粉条在锅内翻滚，香气扑鼻。盛满一碗，献给父母，我们便开始抢着吃。一碗又一碗，肚子吃撑了还想吃，都说从没吃过这么香的饭。大哥说我们吃好了，就等于先人吃好了，后代的幸福就是先人的幸福。

我们赞同大哥的说法。父母在世时，每逢过年，总是提前半个月准备年货，杀猪、宰鸡、做豆腐、炸油饼、蒸馒头、蒸包子，一切妥当之后，天天站在门前的大树下，望着对面的车路，等待我们的归来。在父母的心里，只有过年，我们才能聚在一起。母亲在厨房里忙着炖排骨，父亲坐在火炉边给我们熬黄酒，我们大大小小十几人挤在滚烫的热炕上，打牌、聊天，其乐融融，那时是父母亲最幸福的时候。今天也一样，我们聚在一起，虽然听不到父母的呼唤，但父母一定是高兴的，毕竟我们是为了父母而聚，为了剪不断的亲情而聚。

阳光下，忆过去，惜现在，话未来。二哥说："以后我们每年都来栽树，等老屋实在支撑不住了，就修一座祠堂，成为我们的念想。"好久未曾有的欢声笑语，此时在"桃树园"的每一个角落飘荡，好像从未远离。

"桃树园"是我们子孙后代生生不息的根，是祖祖辈辈的念想。